张宗子

# 不存在的贝克特

时代出版传媒股份有限公司
安徽教育出版社

## 图书在版编目（CIP）数据

不存在的贝克特/张宗子著.—合肥：安徽教育出版社，2012.6
ISBN 978-7-5336-6723-8

Ⅰ.①不… Ⅱ.①张… Ⅲ.①随笔—作品集—中国—当代 Ⅳ.①I267.1
中国版本图书馆CIP数据核字（2012）第115265号

---

**书名**：不存在的贝克特　　　　　　　　　　　**作者**：张宗子

---

| | | |
|---|---|---|
| **出 版 人**：朱智润 | **策划编辑**：何　客 | **责任编辑**：何换生 |
| **责任印制**：何惠菊 | **内文版式**：张鑫坤 | **封扉设计**：刘运来 |

---

出版发行：时代出版传媒股份有限公司　http://www.press-mart.com
　　　　　安徽教育出版社　http://www.ahep.com.cn
　　　　（合肥市繁华大道西路398号，邮编：230601）
　　　　　营销部电话：(0551)3683010，3683011，3683015
排　　版：安徽创艺彩色制版有限责任公司
印　　刷：安徽新华印刷股份有限公司　电话：(0551)5859480
（如发现印装质量问题，影响阅读，请与印刷厂商联系调换）

---

开本：787×1092　1/32　　印张：10.25　　字数：190千字
版次：2012年7月第1版　　　2012年7月第1次印刷

---

ISBN 978-7-5336-6723-8　　　　　　　　　　　定价：36.00元

**版权所有，侵权必究**

目录

1　序

1　辑一

3　看花诗在只堪悲
　　——读《红楼梦》诗词札记
52　雪夜东坡
61　东坡食蜜
66　陆游的饮酒诗
78　神仙赵高和卧底赵高
87　萧散
93　杜荀鹤的闺情
101　重读《水浒》
112　千家诗

117　辑二

119　黑鸟的翅膀

130　马勒：孤猿坐啼坟上月

137　中国公主图兰朵

151　周氏兄弟和龟鹤齐寿钱

157　周作人为周佛海改诗

169　蒋介石与唐诗

176　张蒋之恋

182　爱书当如郑振铎

187　音乐与诗

206　杂读

217　辑三

219　卡夫卡的乡村婚礼

236　从《阿凡达》到《魔戒》

245　回看《教父》

257　墓园和诗人

267　斯万之恋（一）：奥黛特，爱的秘密

279　斯万之恋（二）：嫉妒是更持久的坚持

288　歌德谈话录

296　不存在的贝克特

303　关于叔本华的梦

307　百合圣母，梦与现实

314　儿子和侦探小说

# 序

我读书驳杂，不能专精。兴趣游移于古今中外，旁及三教九流的杂学。儒家说定，说静，说安，说虑，说得，和我沾不上边。究其原因，在不能"知止"。"知止"本该是窥见大道，理想有了依归。这个止，是归宿的意思，所谓"在止于至善"，不是停留，而是抵达。然而我的不能知止，得从字面上理解，就是顺着自己的喜好，像小船顺流直下，走多少里程，在何处停靠，全在偶然或灵机一动，与时势无关。仁者乐山，取其浑厚稳重；智者乐水，取其圆转自如。仁者伟大，我们不能自比，一般人做到善良，不存害人之心，也就罢了。然而心中虽不乏仁念，却连小土丘的气度都没有，厚重自然谈不上。智者也很遥远，但不妨我们爱水，愿意以水为榜样。四方环顾，自如的人茫然无见，对于我，有一点自由，一点随心所欲，便是乐事。

儒家谈学问，谈修养，点出一个"游"字。志于道，游于艺。又说，"故君子之于学也，藏焉，修焉，息焉，游焉。"藏修息游,这四个字,除了"修"字,或能引起高山仰止的联想,其余三个字,都让我打心眼儿里喜欢,"息""游"二字,尤为精妙。就是"修"字,也不那么剑拔弩张,使人如临战阵。读书,思考,都是人生乐事,也是常事,振衣濯足一般,何必用那些苦哈哈的字来形容。有所藏则充实,充实则沉静。日复一日地不断充实,修不求而自至。有藏有修,所谓虑和得倒是很次要的了。

《西厢记》里,崔莺莺相知张生,说了一句动情的话:"我便知你一天星斗焕文章,谁可怜你十年窗下无人问。"因为这句话,莺莺的境界较之在元稹的小说里,是大大提高了。她不再是一个没有思想的作为男人情欲对象的"物",哪怕是一个"尤物",而成为一个在精神上与男人平等的人。她和张生在惯常的郎才女貌的相悦之外,多了一重同情的理解。十年窗下是科举时代的现实,这里的哀怜有强大的现实背景,不仅无可非议,还值得读者敬重。然而在另一方面,跨越时代,回到孔子及其追随者那里,张生出场时的"游艺中原",则更有一种精神的力量,因为它包含着超越世事的愉悦。作者写出这四个字的时候,或许意不在此,但他在无意中把中国文化中的精神传继下来了。

列子说,"至游者,不知所适;至观者,不知所眂,物物皆游矣,物物皆观矣,是我之所谓游,是我之所谓观也。"庄子说,"忘其肝胆,遗其耳目,芒然彷徨乎尘垢之外,逍遥乎无事之业。"都抓住一个"游"字,来讲学修之道。他们的大旨和孔子一样,在于自由舒适,在于快乐。

随意读,随意写,庶几接近这个游和观。柳宗元有一首《读书》诗,也很投合我的心思:

幽沉谢世事,俯默窥唐虞。上下观古今,起伏千万途。
遇欣或自笑,感戚亦以吁。缥帙各舒散,前后互相逾。
瘴痾扰灵府,日与往昔殊。临文乍了了,彻卷兀若无。
竟夕谁与言,但与竹素俱。倦极便倒卧,熟寐乃一苏。
欠伸展肢体,吟咏心自愉。得意适其适,非愿为世儒。
道尽即闭口,萧散捐囚拘。巧者为我拙,智者为我愚。
书史足自悦,安用勤与劬。贵尔六尺躯,勿为名所驱。

二〇一一年五月二十四日于纽约

辑一

# 看花诗在只堪悲
## ——读《红楼梦》诗词札记

一

唐人作小说,意在炫露才华。温卷之说假如可靠,而且温卷是一种普遍的行为,我们就容易理解,作者为什么必得借传奇这样的形式,在有限的篇幅里,把自己的看家本领全部展示出来。唐人重诗,诗是可以当名片用的。李白和白居易,都有因诗而得到名流褒扬的故事。所以在唐人小说里,多有吟诗的情节,这就使人物的身份受到限定,不管是才子佳人,还是神仙鬼怪,能诗,好比是进入沙龙的资格。诗本是情节的附庸,但在一些作品里,却蔚然而为大国,不仅占了主要的篇幅,而且人物和情节都是要给亮出那十几或几十首诗提供一个机会。后来的小说,包括几十万言的长篇,直到清末民初,还保持着这一传统。

小说中插入诗词,还有另外一个传统,就是代言体。

作者假借不同身份的人物，模拟他们的口吻说话。屈原的《九歌》，就已经如此。魏晋以来，更成风气，直到唐朝，还是诗人们特别喜欢的一种抒情方式。代女性发言，尤其普遍。性别差异，大概因为这是一种无法亲身体验的生活经验，常使男诗人们着迷。这种身临其境的"代入"，是对"对象"最高层次的认同，因为认同的极限也就是"充当"。

代言的根本问题，在于设身处地，以切合人物身份的语气说话。坦率地说，唐人作小说，是不在乎这一点的，因为他要给人看的，是自己的诗，不管这诗在故事中是出自西施还是楚霸王之口。所以像《东阳夜怪录》那一类的"诗会"故事，除了逗点设谜的机巧，无论故事中人物多少，诗风一律，毫无变化。爱情小说中的男女二重唱，像元稹的《莺莺传》，莺莺的诗和书信，都明显地有女性柔弱委婉的特点，和男主人公的轻狂和假道学的自辩不同，虽然很难得，但大体上，所有诗文的风格，还在一个人的作品所能展现的变化的范围之内。明清以来的小说，大致如此。

《红楼梦》开卷第一回，便借石头之口说道："至若才子佳人等书，则又千部共出一套，且其中终不能不涉于淫滥，以致满纸潘安子建西子文君，不过作者要写出自己的那两首情诗艳赋来"。而自己的这部书，"事迹原委，亦可以破愁解闷；也有几首歪诗熟话，可以喷饭供酒。"总之，是能让世人"换新眼目"的。

使诗成为小说的有机组成部分，成为表现人物和推动情节的手段，这是曹雪芹最了不起的地方。在中国古典小说里，是空前绝后的。《红楼梦》诗词的意义，盖在于此，而不在那些诗词本身。

为小说中的人物量身定做诗词，必须顾及四点：第一，人物的身份；第二，人物的性情和修养；第三，诗的语言和修辞风格；第四，人物的诗歌才能。人物的身份，应当说，比较容易照顾。富人不说穷酸话，人不说鬼话。人物的性情决定诗的风格，这里面，一是人物的情趣，二是人物的爱憎和理想，前者很难做到一定深度的模拟，因此模拟多通过表现后者来实现。古人经常模拟文友的风格做诗填词，如李商隐的《杜工部蜀中离席》，明言效杜体，姜夔词风与辛弃疾迥异，却有几首专拟辛体。这种语体的模拟，到什么程度不论，本身并不困难。最后的问题是人物的才气。才气有大小，因此诗有高下。一个志趣高尚的人可能没有诗才，一个品格低下的也可能诗写得不错。

上列四项，两个前三项完全相同的人，也可能因为第四项的区别，而写出很不同的诗来。这在《红楼梦》中尤其重要，因为曹雪芹把他的人物按诗才进行了明确的划分，而且反复强调，并构成情节发展的重要内容：薛林是第一梯队；湘云和宝琴是第二梯队，其中湘云有时和薛林不分高下，而薛小妹是曹雪芹点明才思直逼宝钗而在前八十回故事中表现并不突出的；属于第三梯队的是妙玉和探春；

余下李纨、迎春、岫烟等，属于跑龙套的角色。至于宝玉，他的情形特殊，我们后面会讲到。

在实际情形中，任何人模拟他人，其作品能达到的艺术高度，不能超出他的实际才能。也就是说，就模拟而言，往上有一个铁的限制，往下，这样的限制虽不存在，但让一个人故意写出远远低于自己正常水平的诗，实际上非常困难，他得抛弃自己多年写作发展出的一切技巧、习惯、感觉，而悬猜面对任何题目，一种更笨拙、更粗俗的表达方法是什么样的。那么，对于曹雪芹，最可行的办法，就是把大观园群芳的诗作水平，上下限确定在自己创作水平的范围内。就算他没有这样想，实际的结果也必然如此。

所幸红楼人物中的几位主要作手，一出场就已经是相当成熟的诗人，他们可能写出的作品，正在便于模拟的范围内。太高的，书中没写这样的人物。北静王水溶应该是能诗的，贾政也是行家，年轻时没少写，但曹雪芹没给他们安排一首诗。水溶是条伏线，在后三十回贾家破败之时，或许能向宝玉伸援手，否则"路谒北静王"一回，那么写他欣赏宝玉，誉为"雏凤清于老凤声"，关心他的教育，邀他去王府见识"海上众名士"，亲将所佩念珠相赠，难道只是虚言？况且贾政说宝玉"赖藩郡余祯"，似也暗示了后来的情节。至于贾政，他在书中更是有机会不得不作一两首诗应景的，比如在元春省亲时，中秋在贾母面前。曹雪芹在此处缩手，想是有所顾虑吧。

往另一头说,初学者或诗才太低劣者的诗作,曹雪芹也不愿过多涉及,出于同样的道理。香菱学诗,写了三首咏月诗,实在勉为其难。贾环从头到尾,只留下一首五律。

## 二

《红楼梦》作诗的场面既多,借人物之口,不免谈及诗歌创作的方方面面。这些"诗论"——主要的代言人是黛玉和宝钗——是否一定代表曹雪芹本人的看法,相信有不同的意见。问题不在这些看法表露出了什么艺术倾向,或是否高明,而是在于这些"诗论"的浅易,实在地说,谈不上"论",仅是一些常识。因为是常识,总是有道理的,但人人尽知,就说不上独创。如果说曹雪芹对于诗歌理论"技止此耳",固然缺乏根据。但曹雪芹别有何等见解,同样无从得知。但我相信一点,借宝黛钗等人之口讲出来的,确实是他的经验之谈,也体现在书中的诗歌拟作上。香菱初入诗门,谈读诗和写作的体悟,未尝不是曹雪芹自己当初的体会。教香菱学诗,黛玉有两段话,说得最为集中和详细。第一段:

香菱请教做诗,按照后文,说的是七律,黛玉说:"什么难事,也值得去学?不过是起承转合,当中承转是两副对子,平声对仄声,虚的对实的,实的对虚的,若是果有了奇句,连平仄虚实不对都使得的。"后面又说,"词句究竟还是末事,第一立意要紧。若意趣真了,连词句不用修饰,自是好的,这叫做'不以词害意'。"

起承转合,据说是元人范梈总结出来的:"作诗有四法:起要平直,承要舂容,转要变化,合要渊永。"启功先生说过:"唐以前的诗是长出来的,唐诗是嚷出来的,宋诗是讲出来的,宋以后的诗是仿出来的。"自觉过甚,刻意为诗,一方面机巧百出,另一方面则丧失了天然。

中晚唐以后,很多诗人作律诗,先从中间两联写起,专心雕琢,务求精工,然后回补首尾两联。这样写诗,首先是容易。诗之难在起,其次在结。中间两副对子,相对倒是最容易的。其次,对联是最容易展示语言才能的方式,中二联做好了,其他地方差一些,读者也能原谅,尤其古人爱摘句,更助长了这种风气。从贾岛直到林和靖,多见有句无篇,令选家头大。

《红楼梦》中的律诗,也是中间多好句。

学诗无别路,端在多读。照葫芦画瓢,描红。靠感性认识,靠没法总结成理论的领悟,靠长期培养的直觉。所以香菱学诗,黛玉先给她开书单:

> 我这里有王摩诘全集,你且把他的五言律读一百首,细心揣摩透熟了,然后再读一二百首老杜的七言律,次再李青莲的七言绝句读一二百首。肚子里先有了这三个人作了底子,然后再把陶渊明、应玚、谢、

阮、庾、鲍等人的一看。你又是一个极聪明伶俐的人，不用一年的工夫，不愁不是诗翁了。

这一段话，如蔡义江先生指出的，基本上是从《沧浪诗话》里搬来的。严羽独尊盛唐，话说得很绝对："夫学诗者以识为主，入门须正，立志须高，以汉魏晋盛唐为师，不作开元天宝以下人物。"又说："论诗如论禅，汉魏晋与盛唐之诗，则第一义也；大历以还之诗，则小乘禅也，已落第二义矣。晚唐之诗，则声闻、辟支果也。"

理论家的毛病，有时但求说得痛快，实际上行不通。中晚唐的韩白李杜，恐怕不易绕开。东坡以学刘禹锡、韩愈为主，照样卓然大家。一般而言，学作古诗，盛唐确是比较容易入手的，李杜王孟高岑，众体皆备，路数清楚，而且格调高，不怕流于褊狭。李白和王昌龄的绝句风华天然，可以参照一点杜牧；杜甫的近体格律谨严，可以借鉴一下李商隐；李白的七古天马行空，绕到韩愈那里看一看，或许可以加深对李白的理解。盛唐的底子差不多打好，便一路往下，到中晚唐，到两宋，到清。愈来愈深，愈分愈细。再以后，回头往上，追根寻源，补魏晋南北朝的课，直到《诗经》、《楚辞》。

有人从宋诗入手，过些日子，还得掉头往唐诗那儿追，多走了一大截弯路。学七律的，甚至有从黄仲则学起的，绕得就更远。

严羽讲学诗的顺序，认为"工夫须从上做下，不可从下做上"。先读《楚辞》，然后《古诗十九首》，汉乐府，汉魏五言，然后细读李杜，"如今人之治经"，最后"博取盛唐名家，酝酿胸中，久之自然悟入"。黛玉的说法，正好相反。我的感觉和黛玉相同，不过要略加补充：从盛唐入，打好基础，再向两头拓展：往下，观其流变；向上，追其源头。

黛玉没有提到宋诗，其实从书里来看，曹雪芹至少受秦观和陆游的影响是很深的。秦观的诗近于词，元好问说是女郎诗。陆游有一类诗，精细小巧，历来为官僚和清客所爱。这两类诗，放在《红楼梦》的环境，最为适宜。书中的匾额楹联，几乎都是陆游的路数。

黛玉列举六朝大家，有一个疏漏：应玚的诗，传世只有六首，其中一首还是四言，却让香菱从何学起。

三

《红楼梦》中诗多词少，除了戏谑宝玉的两首《西江月》，正经作的，只有五首《柳絮词》，外加湘云猴子谜语的半首《点绛唇》。一直在想，假如曹雪芹填词，会是什么风格。可惜现有的材料太单薄。这五首都是小令，风格明快，是五代宋初的路子。如果说有点冯延巳、欧阳修和晏殊的影子，固然不算错，但硬往上靠，终觉牵强。冯欧两家,情致深婉,晏殊不深,却也雍容大度。柳絮五首虽情调各异,却都浅显,因要考虑到小孩子的身份。

谈晚近作家的源流和影响,追到唐宋和唐宋以前相对容易。经典之作,人人必读,已成常识,受影响理所当然。假如一个人学李白,读者一眼就能看出,因为李白的风格我们太熟悉了。但如果他受同时代的作家,尤其是并不出名,但与他本人关系密切的作家的影响,通过这个作家,间接从前代大作家那里汲取营养,其中的因果关系,就不是那么容易说清楚的了。然而实际情况,恰以此类为多。具体到曹雪芹,他祖父曹寅,当时的大词人陈维崧、朱彝尊,以及与红楼一书有密切关联的纳兰性德,对他的词作最有可能发生影响。然而这里却套不上,只能说湘云和宝琴之作,气韵略近迦陵。

想来曹雪芹是不太喜欢词的,尽管他作得极为熟练。书中人物起社,唯此一次比词,而且六个人只作了五首,没有一首长调。柳絮五首,书中的评价是,宝钗的《临江仙》以能翻出新意,推为第一,黛玉的《唐多令》"缠绵悲戚",湘云的《如梦令》"情致妩媚",各有所长,宝琴的《西江月》和探春宝玉合作的《南柯子》落第。这样的评价是情节需要,和实际的情况有距离。

湘云和黛玉的两首,都极本色,是切着性格写的。黛玉以柳絮的漂泊自伤身世,内容上虽无新意,处理得还算委婉。湘云之作直接痛快,一扫伤春叹逝的老套,虽只有短短的三十三字，忽然而来，忽然而去，言尽则止，决不拖泥带水，正是这位爽快丫头一贯的声口。探春的《南柯子》，开头两句，"空挂纤纤缕，徒垂络络丝"，纯是小女孩的口吻，玲珑可爱。后两句似是从李后主那里套来的句法，干脆圆转如听京剧的西皮流水。惟"也难绾系也难羁"一句，"绾系"和"羁"的意思太接近了。在这样的句式里，并列的一对动词，词意必须拉开。宝玉续的下片，"飞来我自知"，是极恶的句子。受此拖累，此首殿尾，理所当然。

最可商榷的出在宝琴那一首。这首《西江月》气格沉稳，境界开阔，诉离恨而不纤弱，豪迈不亚于湘云，而格局之大，还要过之。宝钗说"过于丧败"，全无道理。"几处落红庭院，谁家香雪帘栊"一联，落笔有力。"江南江北一般同，偏是离人恨重！"着一"偏"字，看似强调，却有否定的感觉，词气之壮，极似湘云词开头的"岂是"。"三春事业付东风"又是颓废之语，随之而来的"明月梅花一梦"，不仅把它扭转过来，而且并不一味拉高，却是退一步稳守，显得风流蕴藉。全词空灵潇洒，不沾不滞，气韵直追宝钗。

宝钗立意翻案，一反古人以柳絮为春尽、为无根、为轻薄、为疏狂、为愁绪杂乱的定式，写其自由、舒放、潇洒，乃至积极进取的精神。《临江仙》起句高，过片两句洒脱，有东坡的余韵。结句画龙点睛，最为人赞好。但这

两句的意思,却袭自宋人侯蒙。侯词也是《临江仙》,咏的是风筝:

> 未遇行藏谁肯信?如今方表名踪。无端良匠画形容。当风轻借力,一举入高空。 才得吹嘘身渐稳,只疑远赴蟾宫。雨余时候夕阳红。几人平地上,看我碧霄中。

《夷坚志》记:侯蒙其貌不扬,年长无成,屡屡被人讥笑。有轻薄少年画其形容于风筝上,侯蒙见之大笑,作《临江仙》词题其上。后一举登第官至宰相。侯词颇有小人得志的夸耀,不免显得轻狂。宝钗词:"几曾随逝水,岂必委芳尘。万缕千丝终不改,任他随聚随分。"恬淡自在,俯仰随意,境界比侯蒙高多了。便是"好风频借力,送我上青云"这两句,也未必就是一门心思往上爬,攀高枝的意思。青云,无非是说志向高远。否则,青云之志不成说的都是做官?

这组柳絮词中,多次出现梅的意象,有几处似乎误用了典故。柳絮白而无香,但词中屡言其香。湘云写,"岂是绣绒残吐,卷起一帘香雾",将柳絮比作美人口里吐出的绒线,犹带口脂之香,说香雾自然没问题。宝琴的"谁家香雪帘栊",注谓香雪指柳絮,就此处而言,是对的,就用典而言,不对。香雪通指梅花,"明月梅花一梦",应是指柳絮飞时，梅花业已开过，再过些日子，柳絮亦将如梅花那样，一逝无踪。索引派硬说"梅"指宝琴许配的梅家。按照字面意思，一梦表示事情不成，或好景不长。此句如改为"明月梨花一梦"，也是很不错的。梨花有香，而且色白，在月光下看来，更有如梦似幻的感觉。

## 四

晚唐诗中的对句，工稳妥帖，精致小巧，竟是天然的庭园和居室的好楹联。如"孤屿池痕春涨满，小栏花韵午晴初"（司空图《归王官次年作》），"黄菊倚风村酒熟，绿浦低雨钓船归"（罗隐《忆九华故居》），"绣户夜攒红烛市，舞衣晴曳碧天霞"（韦庄《陪金陵府相中堂夜宴》），"井放辘轳闲浸酒，笼开鹦鹉报煎茶"（张蠙《钱塘夜宴》），"笑吟山色同欹枕，闲背庭阴对覆棋"（秦韬玉《题刑部李侍郎中山亭》），还有许浑的"花间酒气春风暖，竹里棋声夜雨寒"（《村舍》）和"云连海气琴书润，风带潮声枕簟凉"（《晚自朝台至韦隐居郊园》）。"云连海气"一句，当年极为喜爱，曾从别处另集了下联：人卧秋阴衾帐寒。较之原来的对子，似乎还更舒服。

温庭筠《和道溪君别业》中有一联："风飘弱柳平桥晚，雪点寒梅小苑春。"薛雪在《一瓢诗话》里批评它"上下情景不相属，竟是园亭对子。"虽是无意，却正一语中的。《金瓶梅》第六十七回,"西门庆书房赏雪":"温秀才拿起骰儿,掷出个么点,想了想,见壁上挂着一幅吊屏,泥金书一联:风飘弱柳平桥晚,雪点寒梅小苑春。就说了末一句。"这是一例。《西游记》第二十三回,"四圣试禅心",观音幻化的庄园,向南三间大厅两边的金漆柱上,贴着大红纸春联,也是这副对子,只不过改动了两个字:"丝飘弱柳平桥晚,雪点香梅小院春。"

两处活用的例子,《西游记》里的用没问题,尽管改"风"为"丝"意思差了。西门庆用在书房,就不对了。这是写的外景,不是室内。《金瓶梅》里这样描写,似在婉讽西门大官人的没文化,附庸风雅。

类似的例子,抄之不尽。约略看过,我们会发现,《红楼梦》中的那些对联,现在不那么陌生了,它们都是一个模子出来的:

> 嫩寒锁梦因春冷,芳气笼人是酒香;
> 绕堤柳借三篙翠,隔岸花分一脉香;
> 宝鼎茶闲烟尚绿,幽窗棋罢指犹凉;
> 麝兰芳霭斜阳院,杜若香飘明月洲;
> 吟成豆蔻才犹艳,睡足酴醾梦也香。

从用词,到句法,到基本思路,脉络清晰可寻。若说诗句的讲究和小情调,应该说,不亚于后来几次大型吟咏活动的诗作。

南宋受晚唐影响甚大,不像北宋,近体诗学杜学李商隐的多。陆游学杜,对晚唐自不陌生。曹雪芹于先代诗人,下功夫最大的,恐怕就是陆游,书中曾多次提到。我们也从陆诗中找点例子:

醅瓮香浮花露熟,药栏土润玉芝新。
——《过邻家戏作》
细烧柏子供清坐,明点松肪读道书。
——《幽居述事》
琴传数世漆文断,鹤养多年丹顶深。
——《幽居述事》
解箨有声惊倦枕,飞花无力点清池。
——《幽居初夏》

第四十八回香菱向黛玉学诗,说最爱陆游的"重帘不卷留香久,古砚微凹聚墨多",觉得"说的真有趣!"黛玉马上警告:"断不可学这样的诗。你们因不知诗,所以见了这浅近的就爱,一入了这个格局,再也出不来。"(其后第七十六回黛玉湘云中秋联句之前,由凹晶馆谈到诗词中的凹凸二字,湘云也提到陆游的这句诗,说道:只陆放翁用了一个"凹"字,还有人批他俗,岂不可笑。两处意思相矛盾,不知曹雪芹究竟是怎么想的。)

近体诗入门,如果贪图方便从晚唐或宋人入手,见效快,写得精巧,但格局一开始就小,以后开张就难了。"重帘"一联,意思很巧,但除了巧,没太大意思,上句还说得过去,下句差不多是废话。清代颇有人喜欢这类工巧,专在小处下功夫,《随园诗话》中例子多多。《红楼梦》中的楹联,未能免俗。然而初读的人,一读就迷上,原因就在于它"浅近",而文辞却极为典雅。少时第一次读红楼,读得最开心的便是"大观园试才题对额"。一方面,喜欢那些对联。另一方面,书中还有众清客的评赏和和宝玉自己的现身说法:为何用某字,为何用某典,以及同一个题目的不同作法,其中又有优劣之分。初次涉及,有穷汉入宝山,惊喜不知所措的感觉。

必须说明的是,曹雪芹未必便是认定上引诸联有多好,当时的富贵人家,风气如此,曹雪芹这么写,归根结底,还是写实。

五

探春起诗社,正戏开场前的引子,因缘际会,先拿白海棠练笔。宝黛钗加上探春,各做一首七律。事后评判,都道黛玉最好。唯有李纨认为:"若论风流别致,自是这首;若论含蓄浑厚,终让蘅稿。"两个标准,便有两个结果。李纨的标准,明似说风格,实际说的是命意,变成了

"政治第一"。而单论艺术，李纨也承认黛玉为佳。后来评红的文章，多以此为例子，说小说中的诗都是人物性格和思想的反映。此言不虚，曹雪芹在这方面是下了大力气的。他的目的很明确，风格即人。宝钗的诗，要害处只在"珍重芳姿昼掩门"，只在"淡极始知花更艳"，前一句自重身份，《西厢记》中万不能"折了女孩儿气分"之意，后一句以退为进，以柔克刚，老子哲学在审美和处世上的具体体现。历代诗人咏物，牡丹海棠，红艳热闹，话要从正面说；梅兰竹菊，淡雅清秀，要从反面说。对象不同，楔入的角度相应得变。赞颂牡丹的道理，放在梅花身上便成了胡话。反之亦然。黛玉的那首呢，关键词是"啼痕"和"向谁诉"，有一腔心事，欲说不得，只能终日流泪。至于说白海棠冰清玉洁，那是例行文章，四首诗中均有。黛玉为爱所困，故曰风流。这和闺中贵族少女的身份不符，所以李纨不取。现在我们排除李纨式的道德评判，看这四首诗究竟如何。

探春之作，依我看，是最健康明朗的一首。她笔下的海棠，伴人同享黄昏，没有愁怨，也不故作矜持，高洁而让人亲近，这是探春的自画像。诗的四联，两头起结，中二联铺开描写，有虚有实，非常整齐。似可商榷的，在颔颈两联。"玉是精神难比洁，雪为肌骨易销魂。芳心一点娇无力，倩影三更月有痕。"芳心倩影，是实写；精神肌骨，是虚写，秩序调过来，则更为妥帖。

宝钗之作,"胭脂洗出秋阶影"和"淡极始知花更艳",比探春的两联精炼,前一句是老杜句法,顿挫有力。颈联,上句"淡极"自赞,下句"愁多焉得玉无痕",脂批说意在"讽刺林宝二人",小小一联里埋藏着戏剧冲突,非常有意思。但就诗而言,两句都说海棠,"淡""愁"均在一身。也有一联之中分写两处形成对比的,那要看题目,咏物诗不太适用。譬如唐人的送别诗,凡有对句,多为一句写自己,一句写对方,如柳宗元《别舍弟宗一》中的"桂岭瘴来云似墨,洞庭春尽水如天",桂岭洞庭本不相干,上句沈德潜注曰作者"自己留柳(州)",下句"弟之楚",这样才建立了联系。此系题外话。

宝玉的诗,不用说,总是给他的姊妹们垫底的。垫底,宝玉不仅不沮丧,反而高兴。故有红学家说,宝玉在这种场合,故意掩藏,不与姑娘们争胜,其实他的诗才不亚于薛、林。然而《红楼梦》毕竟是小说,宝玉诗才到底有多高,无从查考。从大观园题额和四时即事诗来看,他至少不像历次诗社之会时表现得那么差。

此处的一首,除了"晓风不散愁千点"一联差强人意,其他句子都平庸。"太真西子"一联,简直不成话。试想杨妃怎么可能冰作影?唐玄宗以海棠形容其醉态,是说贵妃醉容红艳如红海棠,却不是此处的白海棠。

再看黛玉。众人一致叫好的是次联:"偷来梨蕊三分白,借得梅花一缕魂。"以梨花写其白,以梅花喻其香,看似巧妙，实亦老套，古诗中的例子，举不胜举。比如卢梅坡的"梅须逊雪三分白，雪却输梅一断香"。后联写白海棠的情愁，"月窟仙人缝缟袂，秋闺怨女拭啼痕"，结构上正是先实后虚，由表及里——可与探春一首作比——然后转到"娇羞默默同谁诉"，最后以"倦倚西风夜已昏"作收，步步推进，非常自然。

湘云后来，补作了二首。这两首的意境，第一首是探春清新刚健的路子，而更加潇洒。第二首连用悲句，近乎黛玉，但格调并不萎靡。"花因喜洁难寻偶，人为悲秋易断魂"，如果曹雪芹此处仍然借诗为谶，可以看作湘云命运的一个明确而有力的说明，前句说终身不嫁，后句说不幸早逝。热衷于演绎湘云苦尽甘来，终与宝玉结合的红学家，或者应该细细领会这两首诗。

## 六

李纨评海棠诗的时候，以温柔敦厚为第一，宛然沈德潜的私淑弟子。立意务正勿奇，抒情必有节制，怨而不怒，哀而不伤，讽喻要委婉，不能尖刻。一句话，好诗必须中正平和。不料评菊花诗，她一变而为性灵派，哀婉凄清的林黛玉因此夺魁。不仅夺魁，而且所作的三首诗包揽了前三名。对于人物的调度，曹雪芹成竹在胸。海棠诗宝钗小胜，菊花诗黛玉大捷。前抑后扬，天平摆向黛玉一边。然而帷幕甫落，又小小地再起波折。宝玉为补菊花诗的遗憾，席上挑起咏螃蟹的较量。所作不恶，甚为得意。黛玉当然不服气，非要争个高低，不料正应了宝玉的话，"这会子才力已尽"，强作的一首，委实没法看，连"壳凸红脂块块香"这样的句子都冒出来了。这时宝钗翩然登场，不慌不忙，念出自己的一首，在座诸人，齐声叫绝。"眼前道路无经纬，皮里春秋空黑黄。"疾邪刺世，犀利精警。这算是宝钗的"偶尔露峥嵘"吗？"珍重芳姿昼掩门"的处世智慧之后，宝钗并非没有真性情啊。

在黛钗之间不左袒一方，曹雪芹是很注意搞平衡的。

菊花诗的评比结果，黛玉的《咏菊》第一，《问菊》第二，《菊梦》第三，获奖理由：题目新，诗也新，立意更新（题目一条没道理，因为题目是预先拟定个人随机选择的）。之后，依次为探春的《簪菊》，湘云的《对菊》和《供菊》，宝钗的《画菊》和《忆菊》。宝钗不仅落在黛玉之后，还让探春和湘云压了一头。菊花历来和隐士相关联，切合黛玉而不切合宝钗。宝钗富贵淑女，大家气象，咏海棠，自然别人难撄其锋，假若咏牡丹，她更要横扫三军。

李纨的评价无争议地为各方接受，实际上是集体的结论，小说当然不必写得具体。读诗正如写诗，完全是个性的结果。曹雪芹这样的安排，在情节上，毫无商榷余地，但我们不妨有自己的看法。那么我的看法呢，湘云的《供菊》最好，其次，黛玉的三首，取《问菊》，然后数到探春的《残菊》。是为三甲。再下来,我觉得宝钗的《画菊》也很不错。

原本夺冠的《咏菊》,其中间二联,"毫端蕴秀临霜写,口角噙香对月吟。满纸自怜题素怨,片言谁解诉秋心。"虽然也有两层,逐渐深入,但大体上,四句只说了一个意思,未免词费。《菊梦》首联"篱畔秋酣一觉清,和云伴月不分明"好,后面太弱。《簪菊》颔联"长安公子因花癖,彭泽先生是酒狂"太平易,而《对菊》的结句"秋光荏苒休辜负,相对原宜惜寸阴"不够精警。

宝玉的两首,只有《种菊》中的"昨夜不期经雨活,今朝犹喜带霜开"一联,还自然可喜。他选的两个题目,原本比较平,好写,但不易出彩。"种菊"须得朝陶渊明和范成大的方向靠,不雕饰辞藻,不炼字炼句,白描写来,以淡远取胜。这是适合李纨作的题目,和宝玉风马牛不相及。《访菊》是可以出彩的,但宝玉的毛病和黛玉一样,只围绕着题目,不敢脱开来,因此限制得太死,能说的意思不多。

《供菊》除了首联"弹琴酌酒喜堪俦,几案婷婷点缀幽"稍弱,全体都好,中二联尤其出色。"抛书人对一枝秋"可算是这组诗中最精彩的句子之一。颈联"霜清纸帐来新梦,圃冷斜阳忆旧游",极其老成,却又用情至深,耐人咀嚼。前句系从陆游的"纸帐光迟饶晓梦"化来,意境超过原作(放翁原诗写雨)。

探春的《残菊》本是最萧瑟的题目，换成黛玉，怕要伤感得一塌糊涂，而探春下笔，句句都有分寸：

> 露凝霜重渐倾欹，宴赏才过小雪时。
> 蒂有余香金淡泊，枝无全叶翠离披。
> 半床落月蛩声病，万里寒云雁阵迟。
> 明岁秋风知再会，暂时分手莫相思。

花谢了，余香仍在；叶落了，翠意犹存。写"残"如此，使人想起俞樾的"花落春仍在"，也因为这种乐观向上的精神为曾国藩所欣赏，当时的诗题为"淡烟疏雨落花天"。五六句放开视野，由近及远，引申首句"露凝霜重"对严寒气氛的渲染，而尾联自慰，明年还会有秋天，人在，花也会照样盛开。词语的选用和句法，全仿李商隐。若说格高，此首近是。

至于宝钗的《画菊》，最爱其"淡淡神会风前影，跳脱秋生腕底香"一联。红楼梦研究所校注本的注释论及后句时说：跳脱亦作条脱，即手镯，"后引申为灵活生动。这里因写到'腕'，故兼含两义，既巧妙地点出画菊者是女子，又形容画的很生动。"

李纨宣布评选结果后，在场各位开始摘句。黛玉首选湘云的"圃冷斜阳忆旧游"，说它从无可再说处能再翻一层，翻到"未折未供之先，意思深透。"探春赞扬宝钗的

"空篱旧圃秋无迹，瘦月清霜梦有知"，能把"忆"字烘托出来。不过此联还是太直白。宝钗则称扬探春《簪菊》中的"短鬓冷沾三径露，葛巾香染九秋霜"。湘云回到黛玉那里，选了《问菊》中的"孤标傲世携谁隐？一样开花为底迟？"李纨再从湘云那里摘出《对菊》中的"萧疏篱畔科头坐，清冷香中抱膝吟"。男子不冠露髻谓之科头，是潇洒不羁的表现。王维有句："科头箕踞长松下，白眼看他世上人。"湘云豪迈不亚男子，"科头坐，抱膝吟"，大概只有她能写得出来——可惜芳官不会作诗。

经过交叉的相互赞赏，诗中佳对基本被网罗一尽。未得称道而实际很好的，除了《画菊》中的"跳脱"一联，《残菊》中的"金淡泊""翠离披"，宝玉已经指出，其下的"半床落月蛩声病，万里寒云雁阵迟"，也是好联。

和咏白海棠的六首不同，和后来的柳絮词也不同，十二首菊花诗，整体风格大同小异，如出一手。就连比较容易做文章的诗中的思想情调，这次也都差不多。黛玉自然孤傲，湘云自然豪爽，探春从不顾影自怜，性情上的这些区别还在，但已大大缩小了。一人连做十几首同题诗，能够拿来使用的招数肯定有限，宋人有一口气做几十首梅花诗的，如张泽民的池州五言十六首，以及七言的二十首，结果是还不如别人一首。意象重复出现，就是一大弊病。试看这十二首诗中，秋、寒、香、酒、黄花等几乎不能避免的字权且不说，"霜"字最多，用了十一次，只有《对菊》和《菊梦》两首没用,宝玉《访菊》一首中就用了两次;典出陶诗"采菊东篱下"的"篱"字,用了九次;"圃",四次;"月",四次;"梦""露",各三次。连陶赋中的"三径"也出现三次,其中湘云和探春的两幅对子,出句都以"三径露"为句尾。

七

韩愈在《石鼎联句诗序》里虚构了一个离奇的故事:校书郎侯喜与进士刘师服夜坐谈诗,忽有衡山道士轩辕弥明前来投宿,听到他们旁若无人的高谈阔论,便指着屋里的石鼎,以之为题,与他们比试联句。侯喜见他相貌极丑,白须黑面,不太看得起他,听说作诗,大喜,以为可借此狠狠压他一头。三人对坐,一人两句地逐次吟咏。道士"初不似经意,诗旨有似讥喜。二子相顾惭骇,欲以多穷之,即又为而传之喜,喜思益苦,务欲压道士,每营度欲出口吻,声鸣益悲,操笔欲书,将下复止,竟亦不能奇也。"而轩辕弥明出口成章,毫不费力,诗句愈出愈奇,而且句句都压着刘侯二人。刘与侯都已过赋十余韵,弥明应之如响,锋芒丝毫不减。侯喜心中越发不忿,欲图反击,却完全不是对手。斗到深夜,两人才力枯竭,只得认输。道士说,虽然如此,诗还是要写完,于是一口气念出八句,写下来,让刘侯读过,问他们,是否圆满收尾了。二人无话可说，大为拜服。

韩愈游戏为文，《石鼎联句》当然都是他自己作的，但一首咏物诗因双方的较劲而风波变生，奇峰迭起。这篇诗序竟被后人视作唐人小说的名篇，子虚乌有的轩辕弥明还位列仙班，被收入道教典籍。

以联句构成故事的基本情节和戏剧冲突，韩愈是第一人。此外，从前的联句，都是一人一联，自出自对。韩愈首创跨句联法，每人先对别人的出句，再出下一联的上句，难度更大（见《瀛奎律髓》）。《红楼梦》里的两次联句，都是跨句联法。第一次是第五十回的芦雪庵即景，五言排律，限二萧韵；另一次是第七十六回，凹晶馆中秋夜黛玉湘云闻笛起兴联句，限十三元韵，后来妙玉加入，续完全诗。

两次相比较，黛湘那一次，胜过芦雪庵。芦雪庵联句，不过集体联欢活动的余兴，旨在渲染气氛。前面的第四十九回，颇有群芳荟萃的意思：湘云因史鼎迁委外省大员，被贾母留在大观园长住，宝琴、岫烟、李纹、李绮，同时来到贾府，探春大喜，说"咱们的诗社可兴旺了"，大观园中，加上凤姐和宝玉，人数达到十三，空前而绝后。此时香菱正学诗学得入魔，又拉着湘云请教，湘云哪里经得起挑逗，"越发高了兴"，两人"没昼没夜高谈阔论起来"。

为了展示大观园的空前兴盛，不大识字的凤姐破天荒地作了她生平唯一的一句诗，"一夜北风紧"，歪打正着，被大家一致夸奖,说是"会作诗的起法,不但好,而且留了多少地步与后人。"曹雪芹认为长篇之作,起句务须平易,给后面留下发挥提高的余地,如果起调过高,后文恐怕难以为继。大概是他的经验之谈。其次,香菱经过黛玉,也许还有宝钗的指点引导,经过咏月等诗的苦练,终于出师,正式加入诗社的活动。她的两句,"匝地惜琼瑶,有意荣枯草",不比人好,但也不显差。岫烟、李氏姐妹和宝琴头次露面,以稳重列入大观园诗人的第二梯队,在探春之下,在迎春、惜春之前。独有宝琴,八十回中后三十回的新秀,才貌都隐约要与宝钗相颉颃,一出场就和争强好胜的湘云拼得不相上下——当然"老将"湘云还是保持了优势,抢的句子最多,因为"那块鹿肉的功劳"!

情节固然热闹好看,雪诗三十五韵,称得上警策的句子却一句也没有。最有趣的一联,"伏象千峰凸,盘蛇一径遥",还是从韩愈那里(《咏雪赠张籍》:"岸类长蛇搅,陵犹巨象豗")转化来的。另外,没有章法:从瑞雪丰年,到山水远景,转到室内,忽而又是"野岸",接皇帝赐裘,缝衣人加絮,然后续写外景,忽而又回家中,忽而又到山上,层次非常混乱。

曹雪芹作诗,不会犯这样幼稚的错误。一方面他已经让读者知道,这就是个大联欢,能诗不能诗的一起上;另一方面,由于湘云、黛玉、宝琴三方抢拼,笑到身子发软,自然顾不上起承转合,雕琢字句。虽然如此,李纨的一句

"欲志今朝乐",把前面没完没了的铺叙一刀截断,李绮后面的"凭诗祝舜尧"自然跟出,干干净净收结了全诗,还是能看出曹雪芹的老练。

中秋诗的发端依然贯彻"平起"的精神。"三五中秋夕"与凤姐的名句如出一辙,也是"现成的俗语"。以后慢慢铺陈,开始用些较僻的典故。这是斗才学。黛玉、湘云都是高手,所以要步步紧逼,一人两句,不用抢句,但每句务必求精。湘云对出"庭烟敛夕楹",算是一个小高潮。其后的出句"秋湍泻石髓",直如出自大谢之手,黛玉赞叹之余,"打起精神"对出的"风叶聚云根",终是输了一截。此后无波无澜,直到在湘云的妙句逼压之下,黛玉吟出"冷月葬花魂"的点睛之句,我们才明白,前面的高潮其实还是铺垫。

葬花已是黛玉的独家标记,如果没有前面的葬花词,这一个遥远主题的激越回响,未必能显得如此有力。在这种特定情境之中,湘云的"寒塘渡鹤影",只好屈居人下。

警句已出,故事到此已经结束。妙玉突然现身,作用只在替后力不继的黛、湘把诗续足。妙玉意欲一挽诗中的"颓败凄楚",另辟蹊径,写"振林千树鸟,啼谷一声猿",一直写到钟鸣鸡唱,天将大白。但诗题既为"中秋联句",写天亮,多少有点跑远了。题目中又有"大观园即景",则"犹步萦纡沼,还登寂历原。石奇神鬼搏,木怪虎狼蹲"不像在私邸花园徘徊游赏,更像是《古镜记》中王勣持宝镜月夜嵩山的寻幽探穴。

## 八

第七十五回，写到中秋赏月，贾母起兴，玩击鼓传花的游戏。轮到宝玉，不肯说笑话，贾政便让他作诗。作诗难不倒宝玉，贾政便加了限制："只不许用那些冰玉晶银彩光明素等样堆砌字眼，要另出己见，试试你这几年的情思。"宝玉听了这话，"正碰在心坎上，遂立想了四句，向纸上写了，呈给贾政看。"

寻常咏物诗，尤其是那些常见的题目，如风花雪月之类，把一应典故和前人用过的词语记熟了，遇到交际应酬的场合，便能开作坊一样流水生产。咏梅必说罗浮之梦，咏菊少不了陶渊明，咏雪是谢道韫的柳絮，咏月不妨提一下谢庄。《红楼梦》三十八回起社咏菊，十二首诗中，六首用了陶渊明的典故，如果算上"问菊"一首的暗用，就有七首了。夺魁的林黛玉，所作三首，全在此列。南宋以降浩如烟海的诗作，大部分的篇什，我们常有一种感觉，字句不错，用典也精当，起承转合，不违法度，可是通篇读罢，似乎句句深意，细想究竟不知作者要说什么。正像当今习见的官样文章，试问其中哪一句，哪一段文辞不讲究，不铿锵有力？整体却只是精致的废话罢了。

作诗容易，不显本事，难分高下，文人间的比试，就开始设置各种限制，最简单的是限韵。早年在文人的雅集，尤其是在帝王或高官主持的雅集上，文人当场赋诗，展露才华，有名复有利。赋诗的题目多和节令有关，不难猜到，很多人提前在家里做好。限韵可以有效地防止"宿构"。比如咏海棠，迎春限定用"盆魂痕昏"为韵脚。这四个字都不偏僻，容易造句，几乎算不上限制。长篇用窄韵，连极其偏僻的字眼都得用上，那就不是一般人能对付得了的。李清照的词中说，"险韵诗成"，以此打发时间，也可见其难度。韩愈作诗，最擅长用怪韵。

　　限用常见而已成俗套的字眼，比限韵更有意思，逼着作者创新，自铸新辞。这有个说法，叫做"禁物体语"。苏轼曾开玩笑说，如此作诗，好比徒手搏战，不持寸铁。他在《聚星堂雪》诗的序言里讲了欧阳修的故事。皇祐年间，欧阳修做颍州太守，"雪中约客赋诗"，规定："玉、月、梨、梅、练、絮、白、舞、鹅、鹤、银等字，皆请勿用"，以求"于艰难中特出奇丽"。

　　"禁物体语"诗有多难？要看禁什么字，禁多少字。禁得越多，当然越难。欧阳修把咏雪诗常用的修饰语和形容词差不多全禁了。我们不妨在唐宋诗中找找看，不犯此禁的有几首。所以苏轼说，自欧阳修那次以后，"四十余年，莫有继者。"欧阳修在《六一诗话》中也讲了一个故事：宋初有九个以能诗著名的和尚，号曰九僧，"当时有进士许洞者，因会诸诗僧分题，出一纸，约曰：'不得犯此一字。'其字乃山水风云竹石花草雪霜星月禽鸟之类，于是诸僧皆搁笔。"

贾政敢当着贾母的面给宝玉出难题，是因为他知道宝玉偏在这方面有歪才。而宝玉不愁反喜，也是因为这根本难不倒他。不仅难不倒，反而可以露一手。果然，诗成之后，贾政"点头不语"，贾母就知道"无甚大不好"，实际是相当不错。宝玉获得两把贾政从"海南带来的扇子"的奖励，惹得贾兰忍不住跳出来，也作了一首。

宝玉和贾兰的两首中秋绝句，能得贾政赞可，在《红楼梦》全书中，仅此一例，可见不是一般的好。然而这两首诗，以及随后贾环让贾政觉得"罕异"，让贾赦"连声赞好"的一首，书中都空缺，显然是曹雪芹预备以后补写但终于没来得及补上的。为何一直空缺？也许正是因为这题目出得连他自己都觉得难。

## 九

宝玉兄弟叔侄的中秋诗，贾政最喜欢贾兰的。宝玉和贾环的，都带着"不肯念书"之意，"发言吐气总属邪派"。贾兰的一首，我们由此可以想见其大概内容和风格。但同是不乐读书，宝玉和贾环又有分别："哥哥公然以温飞卿自居，如今兄弟又自以为曹唐再世了。"

宝玉的诗，以前各回所见，除了"四时杂咏"，有点温李的路子，其他的都平平，不像黛钗一众姐妹，性情张扬，各具特色。宝玉在贾政眼里，基本上是一个纨绔子弟，风流公子哥儿，他的诗靠近温庭筠，显然是一贯的风格，非独此次咏月一首。

以前诸回，贾环无诗。诗社不让他参加，理所当然，因为大观园是女儿国，浊世中的洁净之地，除了护花神一样的宝玉，没有男性。元春省亲，贾环虽然也跟着众人得了一点赏赐，题咏的时候，则完全被排除在外。第二十二回的制作春灯谜也算作诗，贾环的一首最恶劣，呈到元春那里，元春说"不通"，连猜都懒得猜。

第七十八回曾有对贾环叔侄诗才的直接评语，道是：第一，"若论举业，似高过宝玉，若论杂学，则远不能及"；第二，"才思滞钝，不及宝玉空灵娟逸，每作诗亦如八股之法，未免拘板庸涩。"才思不及，确切无疑；举业之高，"似"是而非。中秋之前，书中交代，贾环"近日读书稍进，每常也好看些诗词，专好奇诡仙鬼一格"，内容虽不正，诗的水平似乎有所提高。后面作《姽婳词》，贾环的五律再平庸不过，字面上却也将就。

贾政说贾环似曹唐，闭门修道炼丹玩女人的贾赦顿时来了兴趣，接过诗看了，赞道："这诗据我看甚是有骨气"，"竟不失咱们侯门的气概"，"方是咱们的口气"，甚至许诺："将来这世袭的前程定跑不了你袭呢"——呵呵，这也是对后来情节一个有力的暗示呢。

曹唐为唐朝最著名的游仙诗人，《唐才子传》说他"志趣澹然，有凌云之骨，追慕古仙子高情，往往奇遇，而己才情不减，遂作大游仙诗五十篇，又小游仙诗等，纪其悲欢离合之要，大播于时。"大游仙诗是七律，可以不论。小游仙诗是七绝，共九十八首。

游仙诗起源极早，屈原是游仙诗的第一位大诗人。自曹氏父子和郭璞以至唐，游仙诗大约可分两派，一派借仙言志，常以组诗形式出现，与咏怀感遇之类无异。另一派是信仰神仙的，你也不能说他们毫无寄托，但其要旨在表达对神仙生活的向往。曹唐的游仙诗属于后一派。他的语言漂亮自不必说，技巧也高，但他最令人诧异的，是对虚拟神仙生活的高度"写实"精神。就像现在很多杂志和批评家呼吁的"关注底层"，写底层生活，纪实，曹唐是一门心思地"关注神仙"，写神仙生活，细节之逼真生动，不是仿佛实有其事，而是让人觉得，那就是实地卧底采访而来，再没有比他更"第一手"，更"零距离"的了。曹唐诗的可爱，正在此处。如"冰屋朱扉晓未开，谁将金策扣琼台。碧花红尾小仙犬，闲吠五云喷客来。"写客至。"酒酽春浓琼草齐，真公饮散醉如泥。朱轮轧轧入云去，行到半天闻马嘶。"写醉归。"偷来洞口访刘君，缓步轻抬玉线裙。细擘桃花逐流水，更无言语倚彤云。"写情会。"共爱初平住九霞，焚香不出闭金华。白羊成队难收拾，吃尽溪头巨胜花。"写闲居。"沙野先生闭玉虚，焚香夜写紫微书。供承童子闲无事,教剉琼花喂白驴。"写夜值。全都玲珑细腻,如在目前。

曹雪芹没写出来的贾环七绝,如果从小游仙诗中找近似之作,下面两首似可参考:

风动闲天清桂阴,水精帘箔冷沉沉。
西妃少女多春思,斜倚彤云尽日吟。

青苑红堂压瑞云,月明闲宴九阳君。
不知昨夜谁先醉,书破明霞八幅裙。

如果讨一心长命百岁的贾赦欢心,还有一首更合适:

一百年中是一春,不教日月辄移轮。
金鳌头上蓬莱殿,唯有人间炼骨人。

贾赦为人下贱,贪且淫。依此再往下找,可就找不到了。

《红楼梦》里,贾环形貌猥琐,性情粗鄙,又无才思,如何一旦便脱胎换骨,居然写得能有几分似曹唐?曹唐话神仙,意不在兹,他是很有些人间男女的绮思艳想的,不过他绮艳而不下作,风流而不猥琐,贾环贾赦如何当得起?问题不好解决,想来曹雪芹也有点犯愁吧。

## 十

前面说过，凡是与众姐妹同题赋诗的场合，宝玉一定喜笑颜开地敬陪末座。我们当然可以假设，宝玉是故意谦让，以博女孩子们开心。那么，换一种情况，宝玉不需作姿态的时候，他的诗究竟水平如何？

闲征姽婳词那一回，作者对宝玉的诗才有一段全面论断，其中虽也有正话反说，但大旨俱在，不过是，宝玉杂学满腹，才思敏捷，任何题目，举手便可敷演成篇：

> 那宝玉虽不算是个读书人，然亏他天性聪敏，且素喜好些杂书，他自为古人中也有杜撰的，也有误失之处，拘较不得许多；若只管怕前怕后起来，纵堆砌成一篇，也觉得甚无趣味。因心里怀着这个念头，每见一题，不拘难易，他便毫无费力之处，就如世上的油嘴滑舌之人无风作有，信着伶口利舌，长篇大论，胡扳乱扯，敷演出一篇话来。虽无稽考，却都说得四座春风。虽有正言厉语之人，亦不得压倒这一种风流去。

宝玉虽然"空灵娟逸"，但天性不喜拘束，最怕奉和应制，应制诗中必不可少的颂圣，尤其是其所短。元春归宁，有意考较她自小带大的宝贝弟弟的才华,吩咐诸妹辈题咏的同时,却将自己最喜欢的大观园中的四处——潇湘馆、蘅芜苑、怡红院、浣葛山庄——称为四大处,"必得别有章句题咏才妙"——特地留给宝玉各赋五律一首,心中意思,自是让他好好出一次风头。

诗社之前的这次颇有点官办性质的比赛,宝钗戏比为"金殿对策"。因为主事者用意明确,宝钗三春李纨等参与者,心里明白,万不可喧宾夺主,都是"勉强随众塞责而已",不去和宝玉争锋。唯有黛玉性子傲,不通世故,还想着"大展奇才,将众人压倒",可惜元春只命一匾一咏,不好违谕,也"只胡乱作一首五言律应景罢了。"

如此特殊背景下,大展奇才的该是宝玉,然而区区四首五律,他居然忙得身上出汗。宝钗指点用典,黛玉还帮他完成了一首。最后勉强出炉,都是小巧玲珑的初唐体,轻描淡写,虚应光景而已。四首之中,元春钦点为榜首的"杏帘在望",恰是黛玉替作的。

薛林李自己"胡乱"作的三首,说起来,也都比宝玉的好,包括一贯不太会作诗的李纨的那首七律。

为什么宝玉在不需要谦让的时候,仍然甘拜下风?道理很简单,这都是应制诗。

应制诗有独特的格式,格式是方便写作的。玩熟之后,中等以上资质的,绝对不难出口成章。但如果你天生厌恶,格式就是巨大的限制。薛林李的三首,作为应制诗,中规中矩，雍容平和，相当有水平。咏四大处的四首五律，宝玉的三首都不合格，唯有黛玉代拟的一首，尾联（"盛世无饥馁，何须耕织忙"）落到颂圣上，算是给宝玉，也是给贾妃，一个面子。

说到不肯随波逐流，我们一向归到我行我素的黛玉那里。然而就此事而言，宝玉的不妥协，还要胜过黛玉。（湘云后来也说过一句话，"咱们犯不着替他们颂圣去"，然而芦雪庵联句，她也未能免俗，但不似此处这么明显罢了。）

宝玉真正显功夫的，除了大观园题额，就只剩下两处。八十回后惨然惊变，宝玉肯定会有大文章，可惜曹雪芹真本无从得见，这就不去提它了。剩下的两处，一隐一显，隐的是第二十三回闲闲一笔顺手提到的四时即事诗，显的是大张旗鼓的第七十八回的"老学士闲征姽嫿词"。雪景联诗，宝玉落第，众人罚他去妙玉那里讨红梅，湘云出题目，命他以此为诗。宝玉果然作了一首《访妙玉乞红梅》：

> 酒未开樽句未裁，寻春问腊到蓬莱。
> 不求大士瓶中露，为乞嫦娥槛外梅。
> 入世冷挑红雪去，离尘香割紫云来。
> 槎枒谁惜诗肩瘦，衣上犹沾佛院苔。

这一首，较之他咏菊咏螃蟹之作，都好。第一句，黛玉说"起的平平"。虽然平平，却是个逗起句。次句，黛玉湘云都点头称道，说"有些意思了"。颔联，黛玉显然是赞赏的，不过又说他"凑巧"。诗题重点在"访"，所以直到颈联才出现对红梅的直接描写。红学家有人对此联大为赞赏。入世，离尘，冷挑，香割，确实精工之至，缺点是出句对句，意思重复了。另外，大士嫦娥一联，虽然上句点名妙玉身份，下句赞其美貌，并暗指其孤独，黛玉觉得它巧，到底太直露。通首诗的好处是结构谨严，处处扣题，选择的动词，寻、问、求、乞、去、来，全是围绕访求。结句用一"犹"字，便有回味无穷之意。

四首即事诗，曹雪芹自己大约是相当得意的。书中自赞："虽不算好，却倒是真情真景"。传到外头，被人"抄录出来各处传诵；再有一等轻浮子弟，爱上那风骚妖艳之句，也写在扇头壁上，不时吟哦赏赞。"

宝玉不作应制诗，不会联句，不喜限题限韵，他的看家本领，大概就是这种浓艳的近体诗。贾政说他以温飞卿自居，唯一可落实的，也是这四首七律。说温飞卿，也许并不完全能对应，依我看，有一点温飞卿，还有一点李商隐，有一点韩偓，或许还可加上一点吴融。温庭筠楚辞式的南方色彩浓重，意思尚不够深；李商隐典故太多，造成隐晦，而且过于感伤，但他保有一丝杜甫的风骨，却是后人容易忽略的；韩偓学他姨父是学了真本事的，不过他有庄重的一面，诗风稳健；吴融学温李而更加清新明快，人谓有中唐余韵。

宝玉的四首即事，虽然整体风格是晚唐的，其中精彩的句子，恰巧仿佛中唐，甚至盛唐。"井飘桐露湿栖鸦"，令人想起王建的"中庭地白树栖鸦"；"梨花满地不闻莺"，令人想起刘方平的"梨花满地不开门"；"玻璃槛纳柳风凉"，令人想起白居易的"水槛风凉不待秋"；"倦绣佳人幽梦长，金笼鹦鹉唤茶汤"，意境接近李商隐的"蜡照半笼金翡翠，麝熏微度绣芙蓉"。还有一些，则靠近词境了。最著名的"枕上轻寒窗外雨，眼前春色梦中人"一联，颇似秦观，又像吴文英的小令。诗境近于词境，也是晚唐诗的特点。

曹雪芹为宝玉拟此四诗，刻意作温李体，字字雕琢，句句求工，言情体物，警语频出。起句得李商隐神韵，中二联放松，比晚唐诗明快，纤巧如词。尾联收结，常用荡开法，另出一层意思，但不能就原意更深一层，亦无所藏，故余韵有所欠缺。

## 十一

《姽婳词》牵涉到七言歌行。七律五律之外，曹雪芹对此体裁甚为喜爱而且相当自得的。书中借人物之口大谈创作经验，分析写作技巧，精当而细致的有三处：一是大观园题额；二是诗社评讲和香菱学诗，都是有关近体诗的；

再就是宝玉作《姽婳词》。论近体诗的地方，除了黛玉称赞湘云能从无余地处另翻出一层意思，比较专业（但"背面傅粉"四字俗气，黛玉不该用这样的词语），其余的多是老生常谈。宝玉就《姽婳词》的写作放言高论，贾政和一班清客旁敲侧击，从"一题到手，必先度其体格"，也就是看题目作文章，讲到长诗的起、转、铺叙、换韵、收结，虽无大的创意，却句句切实，是很内行的话。

《姽婳词》的题目，一看就是歌行体，贾环叔侄一首七绝一首五律，如果不是有意搪塞，那就说明他们对于作诗完全外行。轮到宝玉，首先声明："这个题目似不称近体，须得古体，或歌或行，长篇一首，方能恳切。"众客应合，进一步细说："题目名为《姽婳词》，且既有了序，此必是长篇歌行方合体的。或拟白乐天《长恨歌》，或拟咏古词，半叙半咏，流利飘逸，始能尽妙。"

"拟《长恨歌》"这一句之前，甲辰本多了"或拟温八叉《击瓯歌》，或拟李长吉《会稽歌》"两句。温诗和李诗，与眼前要作的姽婳词关系不大。温诗咏音乐，七言二十二句。李诗拟"庾肩吾潜难会稽，後始还家"，"以补其悲"，五言八句，连长篇都算不上，内容更是不沾边："野粉椒壁黄，湿萤满梁殿。台城应教人，秋衾梦铜辇。吴霜点归鬓，身与塘蒲晚。脉脉辞金鱼，羁臣守迍贱。"甲辰本这两句，照理是后人妄加的，为红学家所不取（蔡义江取温而弃李，其实此处温李虽有别，若为蛇足，则无不同），但那么多长篇歌行，哪怕加进王维的《洛阳女儿行》，也比这两首更妥当，而且王诗比温李的两首更为人知。假如程伟元、高鹗之流依己意添加，应是尽量往通俗的方面靠，何必选一首甚为偏僻的诗？所以，曹雪芹原文说不定就是如此。其中也不是毫无道理。一则曹雪芹喜爱温、李，给宝玉安排的风格就是温体。二来温李这两首诗都有藻饰妍丽的特点，曹雪芹觉得可以补白诗平易的"不足"。

唐代的七言歌行，初盛中晚各具风格。初唐有种音节婉转，文辞优美，语意浅显，重叠往复，带民歌风味的俗体，如刘希夷的《代悲白头翁》、张若虚的《春江花月夜》。黛玉所作的三首，一概袭用此体，而关键字词的反复频率，变本加厉。中唐变革，韩奇白俗。韩愈对李白有所继承，白居易多少有点杜甫的影子，同时又把初唐俗体的长处全部抓到手。白的俗是以深厚的艺术功力和高雅的审美趣味为内劲的，似俗而实雅，大雅而能通俗，至为难得。《长恨歌》形成了七言歌行中一种独特的体，所谓长庆体，一种抒情意味浓厚的叙事诗。特点是：故事性，少用典，民歌风，音韵谐和，多人生感慨（东坡的"明月几时有"，抓住一般读者的，也是其中的人生哲理吧）。因此雅俗共赏，造成此体空前的风行，历代都有人模仿，如吴伟业的《圆圆曲》。宝玉的《姽婳词》也是一首典型的长庆体：

恒王好武兼好色，遂教美女习骑射。

秾歌艳舞不成欢，列阵挽戈为自得。

　　起首一句，曹雪芹故意借贾政之口说它"粗鄙"，幕宾马上接口，说"要这样方古，究竟不粗。"四句写出，为一小段，众人齐赞"平叙出，最得体"，其中第三句"古朴老健，极妙。"

　　《唐音癸签》引王世贞之言："歌行有三难：起调，一也；转节，二也；收结，三也。"又引杨载："七言古诗要铺叙，要有开合，有风度。"盛唐岑杜，如元人范梈《木天禁语》所言，经常突兀起句，譬如岑参的《白雪歌送武判官归京》："胡天八月即飞雪"，《热海行送崔侍御还京》："侧闻阴山胡儿语，西头热海水如煮。"白居易的歌行不然，它往往平叙而出，片言点题，迅速转入正文。宝玉的第一句完全模仿"汉皇重色似倾国"，四句成一段落，也是亦步亦趋。

　　此后全诗逐步展开，"须是波澜开合，如江海之波，一波未平，一波复起"，忽正忽奇，"出入变化"（杨载）。有波澜，求变化，关键只在一个"转"字。意思转，韵脚相辅，也跟着转。所以转韵往往就是转意。"眼前不见尘沙起，将军俏影红灯里"，转得精彩。因为它在字面和语气上不仅转了，而且转得陡急，意思上却是暗中承接，继续写前面的"骑射"。"丁香结子芙蓉绦"，转了韵，在连续八句着重写林四娘的武之后，回写"红妆"之妩媚，遥接

"俏影"。但问题也来了，贾政说，已写过"口舌香""娇难举"，再如此写，不免堆砌。宝玉解释说，长歌必须加些词藻点缀，"不然便觉萧索"。这个点缀，是作文赋诗的一大要诀。写文章的人，往往重视"有用"的地方，不知"无用"的妙处。宝玉此处的点缀，和《长恨歌》中那些点缀一样，还不是真正的闲笔。真正的闲笔，像杜甫《北征》中的"山果多琐细，罗生杂橡栗。或红如丹砂，或黑如点漆。"历来为人称道。在汉赋似的宏伟结构和悲苦庄严的叙事中，插入看似轻闲的几句，有效地调节了诗的紧张节奏和严肃气氛，显得跌宕生姿。

点缀的道理，贾政也承认，他担心的是作者有没有足够的才力，做到"一句连转带煞"。结果宝玉想了一会儿，想出一句"不系明珠系宝刀。"承先启后，明珠承前之娇，宝刀启后之武。从红妆转到武装，转得有力而自然。众人叫绝，贾政也笑了。曹雪芹写到这里，想必是很得意的，字里行间难掩兴奋情绪。以后数十句，基本上就是一个层次接一个层次的转折和推进，"明年流寇走山东"，"纷纷将士只保身"，"胜负自然难预定"，"星驰时报入京师，"每一句领起一个段落，有正接，有反接，丝丝入扣，逻辑严密。最后四句以议论作结。

王世贞说歌行三难，收结最难。其中一种情形："奔腾汹涌驱突而来者，须一截便住，勿留有余。"《长恨歌》的结尾，"在天愿作比翼鸟，在地愿为连理枝。天长地久有时尽,此恨绵绵无绝期。"从明皇和杨贵妃的七夕密誓,直接跳到最后两句的议论点题,干脆利落之极。

《姽婳词》篇幅较短,铺叙不够开阔,林四娘战死,故事便结束。反观《长恨歌》,写到贵妃之死,篇幅方才过半,仿佛一个休止,急管繁弦一转而为缓歌低吟,写明皇的伤悼,独行,还宫,思念。眼看文意又将尽,不料还有埋伏。白居易化用汉武帝招李夫人魂的故事,插入临邛道士的段落。杨贵妃恍惚如梦,再度登场。故事一下子回到当初,回到长生殿里两心相知的爱情高潮。奇外出奇,千回万转,极尽变化之能事。《姽婳词》只有白诗的一半,按时间顺序直叙情节,格局便小得多。叙事相对简单,蓄积的冲力小,收尾难以造成"铿然一声,万籁俱寂"的惊人效果。

## 十二

前面说到颂圣。应制诗有基本的套路,颂圣虽非每首必有,基本上是不可少的内容。社科院文研所《唐代文学史》总结其特点如下:主导的艺术风格是典雅绮丽,雍容平和,缺点是藻饰雕琢,缺乏自然风韵,偶对流于板滞,结构程式化,个人风格模糊。施蛰存的说法更亲切:"由于这是君臣之间的酬答,措辞立意,必须顾到许多方面。要选择美丽吉祥的词藻,要有颂扬,祝贺,箴规的意义,要声调响亮，要对仗精工，要有富贵气象，切忌寒酸相。"

我们来看一首应制诗中的上乘之作，沈佺期的《兴庆池侍宴应制》：

> 碧水澄潭映远空，紫云香驾御微风。
> 汉家城阙疑天上，秦地山川似镜中。
> 向浦回舟萍已绿，分林蔽殿槿初红。
> 古来徒羡横汾赏，今日宸游圣藻雄。

对照上面的形容，基本无出入。说"个人风格模糊"，仅就一般作手而言，在大诗人那里，哪怕是最古板僵化的形式，才气和个性也是压抑不住的。比如王维，"云里帝城双凤阙，雨中春树万人家"（《奉和圣制从蓬莱向兴庆阁道中留春雨中春望之作应制》），谁能说它不是一流的好诗。沈诗的中间两联，气魄大，又精细，亦非寻常人能作得出来。

元春省亲，命宝玉和众姊妹分就大观园诸景题咏，这是典型的群臣应制赋诗的场面。迎春三姐妹虽只各做了一首绝句应付，里面的词语，如"万物生光辉"，初唐宫廷诗中处处可见。宝钗和李纨的两首七律，允为这组诗中的翘楚，风格酷似唐人。具体说来，李纨的一首，略似初唐；宝钗的一首，接近盛唐。因为李作偏于秀媚，而薛作前四句意境较阔。早年读到此处，前者让我想起沈佺期，后者

则让我想起王维。如今细看,似觉牵强。宝钗之作如下:

> 芳园筑向帝城西,华日祥云笼罩奇。
> 高柳喜迁莺出谷,修篁时待凤来仪。
> 文风已著宸游夕,孝化应隆归省时。
> 睿藻仙才盈彩笔,自惭何敢再为辞。

首联破题,此联写景,比喻性的虚景,颈联赞颂贾妃的文才和孝义,尾联不惜重复,再赞贾妃此前的题咏,同时自表谦恭。李纨之作结构完全相同:

> 秀水明山抱复回,风流文采胜蓬莱。
> 绿裁歌扇迷芳草,红衬湘裙舞落梅。
> 珠玉自应传盛世,神仙何幸下瑶台。
> 名园一自邀游赏,未许凡人到此来。

"绿裁"一联,大概受到李义府"镂月成歌扇,裁云作舞衣"的启发。义府原句清雅,李纨变为热闹。

文学史一般不多谈应制诗,即使提到,也是大加贬斥。其实初唐盛唐,应制诗数量既多,更不乏名篇,如沈佺期和王维的七律,自必千古吟唱。何况应制诗也可算是实用文体,好比试帖诗之用于考试,联句和诗钟之用于交际,一般在现实中活着的诗人,肯定要练好这几套本事,因为它所关系的，小到生计，大到功名。曹雪芹在实用诗体上下过功夫，薛、李各一首和黛玉的两首，让我们见识了他的本事。

这次省亲诗会，颇有奇怪之处。黛玉不和宝钗一样作七律，却作了一首五律。诗的后四句："香融金谷酒，花媚玉堂人。何幸邀恩宠，宫车过往频。"虽说应制诗必须说君王后妃的好话，以黛玉的禀性，何至于专拿貌美邀宠说事儿。宝钗只说元春的文才和品德，李纨说到文采，还说到元春身份的高贵，到此为止。邀宠则非妥当的话题，颂圣轻易不要这样颂，既容易犯错误，境界也显得低。

再说探春，志气和才华远在李纨之上，李纨后来也不见有像样的诗作，但此处探春的绝句，纵和"二木头"迎春比都显不出特色，倒是李纨作了一首足以和宝钗一决高低的非常大气的好诗。如果按照上官婉儿裁判沈宋《奉和晦日幸昆明池应制》诗的标准，李纨还要胜过宝钗。

当年沈宋之争，两诗工力悉敌，上官婉儿久久难以取舍。最后她发现，"沈诗落句词气已竭，宋犹健笔"，故以宋诗为冠。沈的结尾是这样的："微臣雕朽质，羞睹豫章才。"宋的结尾是："不愁明月尽，自有夜珠来。"确实很有意思。巧合的地方在于：宝钗诗的结尾，正和沈佺期一样。这样说乃是就诗论诗。按小说情节，元春读毕，认为"终是薛林之作与众不同，非愚姊妹可同列者"，根本不提李纨。难道曹雪芹对于自己写出的诗分不出优劣？或者本来的故事，和现在的版本不同？李纨名下的诗，原先是为黛玉或探春写的？

## 十三

关于《红楼梦》一书中的诗词，有几点需要指出：

第一，这些诗词出自小说人物之手，是情节的有机部分，也是展示人物内心世界的一个窗口，它们的主要功用在此，而不是作者借空空道人之口明确表示的，"要写出自己的那两首情诗艳赋来"。更何况书中吟诗作赋的一班人物，不过十几岁的少男少女（偶有例外，如贾雨村），在梅花菊花等最通行的题目上，假如他们脱口而出的篇章，居然胜过或能直追唐宋以来文学史上的一众大家名家，那就太不符合小说规定的情境了。不说曹雪芹是否具一流的诗才，就算他是，他也必得深藏若虚，像处理香菱学诗时的情况一样，不遗余力拟出"真是那么回事"的诗作来。香菱的习作，第一首稚嫩拙劣，第二首略有改进，第三首才大致有个样子，但仍然费力而拘谨。一个惯会作诗的人，拟作拟到这个份儿上，比写出几首放在唐人选集里足以乱真的佳作要难十倍。

从书中可以看出，这些诗，曹雪芹是在不断修改的，有些地方，留下了空白，等待后补，正说明量人裁衣的艰难。如果要从鸡蛋里挑骨头，骨头确实是有的。试举一例。

宝玉的四时即事组诗,前已说过,是他的"代表作"。《春夜即事》的次联,"枕上轻寒窗外雨,眼前春色梦中人",又是其中的名句,纤巧秀媚,直逼秦观。此联写相思难寐,意境雅似李商隐的《无题》。可是书中明写,宝玉作此诗时,年方十三,何来如此刻骨铭心又极为老到的相思?

第二,从体裁上来看,《红楼梦》中的诗歌以七律为大宗,其次是几篇七言歌行,和两次联句的五言排律。五律不多,但风格和水平都和七律接近。七绝数量不算少,仅宝琴的《怀古》和黛玉的《五美吟》就有十几首,但无论怀古还是黛玉题帕诗的言情,都比较浅俗。大规模的联句以五排为宜,选用七言难度太大,而联句相当于双人或群口对话,本身就容易构成戏剧性。《红楼梦》中的两次联句,芦雪庵烘托气氛,作群像素描;凹晶馆深入三位女性人物的内心,湘、黛的倾谈,不亚于黛、钗的"金兰契互剖金兰语"。但排律动辄数十韵,结构上很难照应得周全。书中两首,尽有佳句而通篇不称,想来曹雪芹未必喜欢并擅长这种形式。最后剩下来的,便是七律和七言歌行。七律精于咏物,走南宋的路子;歌行近俗体,似乎正是明清很流行的,尤其在下层文人中。《葬花词》和《桃花诗》可能受到唐寅的影响,唐寅的歌行,已经浅俗到和道情甚至民间曲子词差不多了。

第三,《红楼梦》之外,曹雪芹没有留下一首完整的诗。就迄今已发现的而言,他生前的几位朋友,在这方面,也没有留下有价值的材料。敦诚的诗里，有几处提到曹雪芹的诗，看来不过是随口的夸赞，没有文学批评的意义。《寄怀曹雪芹》有句："爱君诗笔有奇气，直追昌谷破篱樊"，《挽曹雪芹》则说，"牛鬼遗文悲李贺"，显然认准了曹雪芹的诗风近于李长吉。

昌谷诗在元朝大受追捧，学者颇多，清人似乎没那么热心。李贺不爱近体诗，七律似乎没有，而曹雪芹在《红楼梦》里是把七律当作本门兵器的。如果说联系，只有微不足道的一点。曹雪芹喜欢李商隐，李商隐和温庭筠都受到李贺的影响。敦诚、敦敏，加上张宜泉，只告诉了我们一个事实：曹雪芹在朋友圈子里，被视为工诗善画。仅此而已。

如果要在《红楼梦》中找一首从技术水准上来看最能显示曹雪芹本色的诗作，贾雨村中秋咏怀的五律庶几可以当选。这首诗技巧圆熟，题旨是对月感怀而思佳偶。首联破题极为利索，用对仗而几无痕迹；颔联死咬题目不松口，展开描写，巩固阵地，是小学生作文或八股的章法，让考官感叹而又无可奈何，因为无错可挑；颈联是非常自然的流水对；尾联虽无新意，而大致工稳。通读《红楼梦》诗词，我对作为诗人的曹雪芹的朦胧感觉，大致就是这样。

第四，有一种说法，大概出自民国年间，道是红楼书中，词胜诗，曲又胜词。全书中的词除了柳絮五首，还有讽刺宝玉的两首《临江仙》，湘云的半首《点绛唇》。说柳絮五首胜过全书的几十首七律和七古，很难令人信服。曲子的问题复杂一些。第四回的《红楼梦曲》，规模庞大，完成预言人物命运之使命的同时，抒发一腔悲情，既低回婉转，又痛快淋漓，确是不可多得，尤以"引子"、"终身误"、"枉凝眉"、"世难容"、"虚花悟"、"晚韶华"诸首为佳。第二十八回宝玉唱的"滴不尽相思血泪抛红豆"，仿佛出自民间。花月庭院烛影摇红，歌姬们俯首低眉弹唱的，多是此类柳永式的才子所作的小词。曹雪芹此处如非借用，那是极其难得，极其本色的。

《红楼梦曲》不用虚拟书中人物的口吻，只需放胆去做，这就是原汁原味的曹雪芹的韵文。情绪之沉痛，世事领悟之深刻，表达之强烈，都和拟作的节制和乔装大不相同。

说曲胜诗的人，在这一点上是对的：因为曹雪芹模拟的成功，他们从那些诗中读出了少年人的"浅薄"，而非曹雪芹本人的久历风霜。

二〇一〇年二月六日完成，七月八日改定

# 雪夜东坡

一

舟中夜起

微风萧萧吹菰蒲,开门看雨月满湖。
舟人水鸟两同梦,大鱼惊窜如奔狐。
夜深人物不相管,我独形影相嬉娱。
暗潮生渚吊寒蚓,落月挂柳看悬蛛。
此生忽忽忧患里,清境过眼能须臾。
鸡鸣钟动百鸟散,船头击鼓还相呼。

平生乘舟夜行,只有一次,还是大二那年的暑期,与同学结伴游庐山。自汉口出发,水路到九江,五等舱去,四等舱回,船票数元而已。大半时间,从船头到船尾,扶栏看景。江风甚急,夜色如墨,岸上风光,不过一卷绵延无尽的浓淡不齐的影子。偶有城镇,便见灯火两三。汽笛沉沉一声,像是打了个招呼。此外,一路上只听得机器的轰鸣和哗哗的水声。三十多元玩了一躺庐山,包括车船票和食宿。牯岭旅店的大通铺,一夜两元。上五老峰,搬了一个小西瓜上去。三个人坐在峰顶的大圆石上吃瓜,就着榨菜啃面包。白云从身边滑过,一团团,厚实如棉絮。笑着去抓,但觉满手湿漉漉的。风大,云团疾似飞鸟。云雾密时,邻近的峰头皆不可见。低头看立身之处,无根基,无牵系,如同断线的纸鸢。人面相对,不过几尺距离,亦觉恍惚。那一年,我十九岁。

东坡的夜航野泊,我没有经验。顶多星光好的凉夜,看过渔人幽幽地撒网。聊斋里有几篇,似乎写到过夏夜柳岸,邻船男女惊鸿一瞥而互生爱慕的故事。唐诗里类似的情景也很多。直接和间接的片断,多方凑泊,居然也能再现东坡当年的羁怀。最起码,梦过好几次了。月亮、水鸟、翻腾出水面的大鱼、岸边蒲苇的影子……

夜深人物不相管,我独形影相嬉娱。此生读过的诗中,时时会在脑海里跳出来的,并不太多。冬夜临窗看雪中空无一人的街道,感觉很静,在一无所得之后觉得充实和满足,希望夜这样一直持续下去。

电视上四十年代的黑白电影斑驳恍幻,桌上的书凌乱欹侧。茶已凉透,床已铺好。所有这些,都盈盈漾出亲切的气息,不计较和抚慰的气息。只可惜,没有过去的那一缸金鱼和红鲤鱼在熄灯后暗得发蓝的水里做梦一样浮游,不再像白天那样看见我的手伸出便聚拢过来。

人鸟同梦,人鱼同梦。在梦里,一如既往的快活。

## 二

二月二十六日,雨中熟睡,至晚,强起出门,还作此诗,意思殊昏昏也。

> 卯酒困三杯,午餐便一肉。
> 雨声来不断,睡味清且熟。
> 昏昏觉还卧,辗转无由足。
> 强起出门行,孤梦犹可续。
> 泥深竹鸡语,村暗鸠妇哭。
> 明朝看此诗,睡语应难续。

乌台诗案之后,东坡到黄州。途中经过我的家乡光山,作《游净居寺》诗,结句云:"回首吾家山,岁晚将焉归?"才到中年,已起归心。和早年出蜀时的诗何其不同啊。宿黄州禅智寺,也是一个雨夜,寺僧皆不在。他想起少年时候,曾经路过一个乡村小院,墙壁上有人题诗:"夜凉疑有雨,院静似无僧。"故作一绝:"佛灯渐暗饥鼠出,山雨急来修竹鸣。知是何人旧诗句,已应知我此时情。"

黄州的定惠院,和东坡有莫大干系。被人赞为"幽绝"的那首《卜算子》(缺月挂疏桐),便是寓居定惠院时所作。东坡爱热闹,但在定惠院,他独自月下散步的次数特别多,"缥缈孤鸿"的描写,相信是实有所见而久久凝结在心头的感触。院东有一株海棠,生在满山杂花之中,"土人不知贵",却便宜了贬谪至此的诗人,"每岁盛开,必携客置酒,已五醉其下矣。"(《记游定惠院》)

定惠院海棠诗,也是东坡令人念念不能忘的诗作。"嫣然一笑竹篱间"的海棠,本是西蜀名花。东坡奇怪,不知何年何月,什么人把它移到了这里。在异地见到家乡的风物,惊喜之情自不待言。人情之常,正如庄子《徐无鬼》篇所言:"及期年也,见似人者而喜矣。"东坡也确是如此:"忽逢绝艳照衰朽,叹息无言揩病目。陋邦何处得此花,无乃好事移西蜀。寸根千里不易到,衔子飞来定鸿鹄。天涯流落俱可念,为饮一樽歌此曲。明朝酒醒还独来,雪落纷纷哪忍触。"

黄州期间,东坡比之前和之后都更多愁善感。"今年黄州见花发,小院闭门风露下。万事如花不可期,余年似酒那禁泻。至今归计负云山,未免孤衾眠客舍。"也是作于定惠院的诗句。

东坡无酒量,却好饮。"浮浮大甀长饮玉,溜溜小槽如压蔗"。这样喝,终日昏昏怕是难免的了。

卯酒是早晨卯时喝的酒,古人有此习惯。据说白居易常喝卯酒。青木正儿有篇文章谈白居易的卯酒诗,据他说,卯酒早晨空腹喝,酒劲上来很快。喝卯酒,妙处在"浅斟",微微有点兴奋,却不会耽误公事。清闲的时候,饮罢小睡,醒来神清气爽,最为惬意。东坡喜欢乐天,但这个大雨天的卯酒,他醉得太厉害了。

三

记梦回文二首并叙

十二月二十五日,大雪始晴。梦中以雪水烹小团茶,使美人歌以饮。余梦中为作"回文"诗,觉而记其一句云:"乱点余花唾碧衫。"意用飞燕唾花故事也。乃续之,为二绝句云。

酡颜玉碗捧纤纤,乱点余花唾碧衫。
歌咽水云凝静院,梦惊松雪落空岩。
空花落尽酒倾缸,日上山融雪涨江。
红焙浅瓯新火活,龙团小碾斗晴窗。

东坡记梦诗文何其多也?岂非老天立意要成全他,使他一天等于别人的两天,而且梦中的神思,或能补日日纠缠于世事的不足。

即使在梦中,东坡也是很会玩的。像我做梦,从来就没有这么奢华过。狼狈不堪是常有的,但说到口腹和声色之欲,却连一杯咖啡都没喝过。

看此处的两首诗,第一首空灵洁净,无一丝尘俗气,第二首安详适意,是"吾与点也"那种享受生活的仁智之人的本色。这样的诗,纯是个人精神世界的写照,纵有钱谦益那样的学问和技巧,也难以假装或追攀。梦中的一句最好,所谓神来之笔也。其他各句,稍欠一点神韵,尽管第一首的末两句已是非常精致的对子。

尝听人言,诗中无神来之笔,无不可解之妙句的,算不得大诗人。因为只有在大诗人那里,诗才不仅是一种文学体裁。

东坡的文字游戏很多,赠人的诗中,随时开玩笑,盖天性如此,欲使别人知其快乐,更欲使别人一并快乐。他后期酬赠林子中和刘景文的诗甚多。林希,不算大恶,诒媚之徒而已。髯刘,豪放有致,天地间第一有福之人也。

## 四

十一月九日,夜梦于人论神仙道术,因作一诗八句。既觉,颇记其语,录呈子由弟。后四句不甚明了,今足成之耳。

> 析尘妙质本来空，更积微阳一线功。
> 照夜一灯长耿耿，闭门千息自濛濛。
> 养成丹灶无烟火，点尽人间有晕铜。
> 寄语山神停伎俩，不闻不见我何穷。

在海南的一首记梦之诗中，东坡说他又回到小时候，应该是和弟弟子由一起读书吧，有些地方记不住，很苦恼。人到老年，想到还有那么多书未曾读，或读了却不曾理解通透，故其梦中面对塾师时的惶惑感强烈而清晰。一生浮沉宦海，东坡有时也说些气话，譬如不如终生守着书斋读书写作之类的。海南的梦使我想起鲁迅的小说《怀旧》。《怀旧》里有没有怅惘呢？大约是有的，尽管没有特意花笔墨去写。

东坡爱结交方外之士，作诗绘画的和尚尤其多。偏他诗里总爱谈神仙和养生，说起黄精茯苓、枸杞人参，津津有味。他又有很多讲究，早起梳头，睡前泡脚。写雪的那两句诗："冻合玉楼寒起粟，光摇银海眩生花。"玉楼啊，银海啊，敢情都是从道藏里来的啊。我明白他的意思，始终像狐狸一样让你看得见，却捉摸不住。

东坡的七律，很少像这样熨帖的。毛姆小说里写到，他在客轮上遇到一对神秘人物，人们传说他们是靠"手"

艺吃饭的赌徒。毛姆好奇，费尽心力企图套出他们的秘密，得到的回答却是，他们一个是银行家，一个是著名工程师。毛姆看"银行家"打牌，态度庄严神圣，姿势优雅，仿佛手中所持，不是一叠纸牌，而是国家的命运，一项伟大的事业。毛姆觉得，职业赌徒就应该这样，即使赌注微不足道，气度不变。回到纽约，在社交场合再次遇到他们，发现他们的身份果真如其所说，而且银行家富可敌国。毛姆在和他握手时，忍不住轻声赞叹：骗子！东坡的狡黠，大致如此。

## 五

十二月十七日夜坐达晓，寄子由

> 灯烬不挑垂暗蕊，炉灰重拨尚余熏。
> 清风欲发鸦翻树，缺月初生犬吠云。
> 闭眼此心新活计，随身孤影旧知闻。
> 雷州别驾应危坐，跨海清光与子分。

东坡集中，和子由之作最多。诗作于海南，此时子由在雷州。跨海清光与子分，亦是"但愿人长久，千里共婵娟"之意。夜雨对床，东坡一生念念不忘。他和子由曾相约共老田园。渡海北归，离梦想不过一步之遥，却中道长逝。东坡死后，子由退居颖滨而终老。

东坡豪迈，子由厚重，两人命运不同。苏洵在《名二子说》中曾担心东坡："轼乎，吾惧汝之不外饰也。"而苏辙，老泉先生说："天下之车莫不由辙，而言车之功，辙不与焉。虽然，车仆马毙，而患亦不及辙。是辙者，善处乎祸福之间也。辙乎，吾知免矣。"如此父子，如此兄弟！若论相知相亲，三曹四萧，概莫能比。

二〇〇九年十二月二十日

# 东坡食蜜

性情随和的人,大概都有一个好胃口,什么都吃,什么都吃得开心。胃口好,看世事乐观,看人亲切。这个境界,寻常人难以达到。苏东坡了不起,这也是一方面。他以美食家著称,连我这样轻易不碰肥肉的人,遇到东坡肉,也要吃两块。我对饮食要求不高,喜欢炒菜,咸一点,辣一点,菜炒得嫩一点,吃牛羊肉,多加香料,这就好了。但我有忌食,显得心胸狭窄,不爱吃甜,不吃看上去粘乎乎的东西,很对不起东坡。想想看,东坡喜欢吃蜜。这蜜,恰恰又甜又粘乎。如果是冲水喝,做佐料,都还好说。而东坡吃蜜,按陆游记载,是吃蜜渍的面筋和豆腐。这可真不得了。

《老学庵笔记》里说:"族伯父彦远言,少时识仲殊长老,东坡为作《安州老人食蜜歌》者。一日与数客过之,所食皆蜜也。豆腐面筋牛乳之类,皆渍蜜食之,每多不能下箸。惟东坡亦嗜蜜,能与之共饱。"上海人爱吃的烤麸,我尝过其中的面筋，入口，甜汁流溢，就觉得惊恐，从此不敢再碰。面筋里浸透了蜜，那是什么感觉。

仲殊和尚嗜蜜，其来有自。据说他早先是个士人，人很风流，不知什么原因，妻子下毒害他。他中了毒，吃蜂蜜解毒，方才逃得性命。这件事发生后，他想开了，功名食色全抛下，出了家。为消除体内残留的毒性，还得不断食蜜，因此得了个外号，叫"蜜殊"。仲殊和尚有一句名言，也与蜜有关，见惠洪《冷斋夜话》："仲殊初游吴，自负一盏。见卖饧者，从乞一钱，与之，即就买饧，食之而去。尝客馆古寺，道俗造之，辄就觅钱，皆相顾曰：'初不多办来！'殊曰：'钱如蜜，一滴也甜。'"说得真好！仲殊和尚是湖北人，出家前是否嗜甜，不得而知。但做和尚后，却是以甜为美，由食蜜解毒变成以蜜为嗜好了。

东坡为仲殊作《安州老人食蜜歌》，说仲殊和尚"不食五谷惟食蜜，笑指蜜蜂作檀越"。又赞扬蜂蜜的好处：

> 蜜中有诗人不知，千花百草争含姿。
> 老人咀嚼时一吐，还引世间痴小儿。
> 小儿得诗如得蜜，蜜中有药治百疾。
> 东坡先生取人廉，几人相欢几人嫌。
> 恰似饮茶甘苦杂，不如食蜜中边甜。

东坡是四川人，四川人早时候，可能很爱吃甜，和我们现在看到的情形不同。魏文帝曹丕在《诏群臣》里说："新城孟太守道，蜀肫羊、鸡，骛味皆淡，故蜀人作食，喜着饴蜜，以助味也。"从曹丕到苏轼，过了八九百年，不知四川人是不是一直保持着好甜的口味。如果手头有中国饮食文化史一类的书，很容易查一查。但有一点可以肯定，他们无辣可吃，因为一般的看法，辣椒原产南美，要到明朝才传入中国。

网上曾有一篇文章，谈金庸小说里的硬伤，其中一条就是关于辣椒的："《天龙八部》第十一回：'自此一路向东，又行了二十余日，段誉听着途人的口音，渐觉清雅绵软，菜肴中也没了辣椒。'显然金庸认为云南、贵州、四川、湖南一带食物都嗜好辣椒，但辣椒却也和玉米、花生、南瓜、烟草等一样，是美洲农产品，明末才传入中国。中国传统的辛香料不是辣椒，而主要是花椒。并且辣椒最早也只是作为观赏植物，放进菜肴中的时间更迟，史料记载贵州、湖南一带最早开始吃辣椒的时间在清乾隆年间，而普遍开始吃辣椒更迟至道光以后。《天龙八部》小说写的是宋哲宗时代的事，所以段誉在一路东下时，不是菜肴里'也没了辣椒'，而是当地人从来就没吃到过辣椒。"

这里说辣椒明末始传入中国，食用更晚，也许估计得太保守了，因为文字记载总是晚于实际。《水浒》第三十九回"梁山泊戴宗传假信"，提到一种"麻辣熝豆腐"，其中的辣，不知道是不是辣椒。戴宗进了朱贵的酒店，《水浒》这样写道:"坐下,只见个酒保来问道:'上下,打两角酒?要什么肉食下酒?或鹅猪羊牛肉?'戴宗道:'酒便不要多,与我做口饭来吃。'酒保又道:'我这里卖酒卖饭,又有馒头粉汤。'戴宗道:'我却不吃荤腥,有甚么素汤下饭?'酒保道:'加料麻辣爊豆腐如何?'"戴宗道:'最好,最好!'酒保去不多时,爊一碗豆腐,放两碟菜蔬,连筛三大碗酒来。戴宗正饥又渴,一上把酒和豆腐都吃了。"

麻辣爊豆腐,听起来很像今天的麻辣豆腐或麻婆豆腐。不过,它是素的。戴宗因为要作法,戴甲马快行,所以戒荤。假如其中的"辣"确实是辣椒,又假如《水浒》确是元末明初的作品,那么,中国人食用辣椒,可能不至于晚到明末清初。

《安州老人食蜜歌》中有一句:"不如食蜜中边甜",用了《四十二章经》的典故:"佛言:学佛道者,佛所言说,皆应信顺。譬如食蜜,中边皆甜,吾经亦尔。"看来,佛祖的乡亲们,也是喜欢蜜的。《佛说譬喻经》里有一则旅人食蜜的著名寓言:

"时有一人,游于旷野,为恶象所逐,怖走无依。见一空井,傍有树根。即寻根下,潜身井中。有黑白二鼠,互啮树根。于井四边有四毒蛇,欲螫其人。下有毒龙。心畏龙蛇,恐树根断。树根蜂蜜,五滴堕口。树摇蜂散,下螫斯人。野火复来,烧然此树。"

佛祖自己解释：象喻无常，井喻生死，险岸树根喻命，黑白二鼠以喻昼夜，蜜喻五欲，蜂喻邪思。有欲就会产生邪思。所以，"当知生老病死，甚可怖畏，常应思念，勿被五欲之所吞迫"。以蜂蜜比喻人之欲望，显见它味美、珍贵，为大众所希望。

东坡自言前世为和尚，嗜蜜，很经典，很有来头。他取《四十二章经》的说法，与邪思无关。

二〇一一年二月二十二日

# 陆游的饮酒诗

王绩曾在《醉后》诗中自豪地宣称:"阮籍醒时少,陶潜醉日多。百年何足度,乘兴且长歌。"他的十几首五言绝句有意无意地构成了一个酒鬼的系列宣言。英译唐诗选本喜欢拿这一首打头:"此日长昏饮,非关养性灵。眼看人尽醉,何忍独为醒。"政治挂帅,饮酒先强调思想和动机。《鲁拜集》风流犹在,郭沫若译本的第一句很潇洒地高呼"醒呀!"这里却说不肯醒,大有更进一步,并驾齐驱的意思。《题酒店壁》有云:"昨夜瓶始尽,今朝瓮即开。梦中占梦罢,还向酒家来。"为求长醉,真是夜以继日,日以继夜,不让一日虚度。然而王绩虽然很哲学,很名士,很瘾君子,同处易代之际,少了一份彭泽先生的淡然。他更没有想到,论起饮酒的豪迈,身后百年,李白横空出世,饮中八仙中的每一位,都能轻易在宴席上把他撂倒。李白的酒诗黄云万里动风色,有"小李白"之称的陆游,横槊奋起,踵武前哲,六十年间万首诗,上不为仙,下不为鬼,洋洋乎自居于中流，泉石激韵，和若球锽，却也有白波九道流雪山的气势。王绩虽高，论气势，不得不让放翁一头。

一

江楼吹笛饮酒大醉中作

> 世言九州外，复有大九州。
> 此言果不虚，仅可容吾愁。
> 许愁亦当有许酒，吾酒酿尽银河流。
> 酌之万斛玻璃舟，酣宴五城十二楼。
> 天为碧罗幕，月作白玉钩。
> 织女织庆云，裁成五色裘。
> 披裘对酒难为客，长揖北辰相献酬。
> 一饮五百年，一醉三千秋。
> 却驾白风骖斑虬，下与麻姑戏玄洲。
> 锦江吹笛余一念，再过剑南应小留。

陆游七古学李，近体学杜，性情上他和李白有相似的地方，豪放来得比较精致和收敛，闲适却又奔了陶渊明和王维一路，就思想和处世的态度而言，则更接近杜甫。盛唐精神，道教是底酒之一，取功名和谈神仙构成乐观主义的两个方面。与神仙境界相比，现实颇不足道，所以他们看人生，有堂皇的理由洒脱。神仙虽好而难求，如不入山毕生为道士，神仙也就是一种精神。因此，现实也不必彻底看轻看贱，毕竟日日笙歌的富贵荣华既享受，又风流。唐朝人不仇富，汉人讥人铜臭，讥不到唐朝这里来。比起铜钱，唐人更喜欢帛。帛质地轻柔，颜色鲜艳，非但不臭，也许还芬芳扑鼻。韦庄诗，"因知海上神仙窟，只似人间富贵家"。后人便不肯这样说。李白在道家之外，兼具战国纵横家的遗风（和赵蕤不无关系）。这个纵横家，便是现实主义的，入世的，但和杜甫的儒家不同。他心目中的纵横家，不取苏秦的佩六国相印，专在嫂子面前摆威风。他取鲁仲连，取范蠡，取后来的张良，建功立业，似是专门用来炫耀的，而且重点不在建功立业本身，而在此后的功成不居，拂袖而去。好比当今一个人，千方百计得了诺贝尔文学奖。不得奖，辗转反侧三十年，心有不甘。一旦得奖，立即通电拒绝，显得特别高。李白的天真，表现在爱自夸，十足孩子气，搁到别人那里，便俗不可耐了。

纵横家舌耕唇战，滔滔善辩，此种风范，在苏轼的文章里可以见到。陆游不然，他的建功立业，一心在报国救民。这是很切实际的事。李白当安史之难的年代，也很脚踏实地，据说曾深入幽燕，窥探安禄山的虚实。兵戈满目，写出"俯视洛阳川，茫茫走胡兵"的诗句。可是他一糊涂，又站错了队，跟着永王李璘，来不及有任何作为，白落个从逆的罪名。苏文俯仰起合，风云舒卷。李白的文章，大部分和他的诗一样飞扬跋扈，或空灵剔透——那几封陈情的信，不读也罢！实在不愿意再替李白伤感——也许他终生不肯让别人看见的，正是他摆不脱的凡人的苦恼，尽管只是一星半点。杜甫的赋，有廊庙的庄重，却十分拘谨。陆游的文，舒展从容，老成持重，这是他性格中更主要的方面。可是，李白哪怕只是一点影子，陆游却要视若珍宝：仰慕，便希望接近，甚至超越。

《江楼吹笛》是我读到的陆游诗里最像李白之作的一首，包括那些门面招牌一般的夸张描写。更难得的是从头到尾，保持着一股逸气，飞流直下，毫不松懈。起句既高，结句复能从容着陆，中间连串的神仙典故，随手罗列，熟到极处，仿佛与生俱有，不觉费力。李白之后，这样的诗，万难一见。可是陆诗和李诗，区别还是能看出来的。"许愁亦当有许酒，吾酒酿尽银河流"。这两句，无论用词和语气，都和李白距离甚远。"许愁"、"许酒"，太绕。"酿尽"，太吃力。李白不会这样写。他说常人眼里不可能的事，根本意识不到其不可能，只是平平地说，仿佛很自然，完全顺理成章："划却君山好，平铺湘水流。巴陵无限酒，醉杀洞庭秋。"李白的诗脱口而出，平白如话，可是几句放在一起，其中的意思，别人就不会那么说，也说不出。"暮从碧山下，山月随人归。却顾所来径，苍苍横翠微。"找不出一丝镂刻的痕迹，却精致、自然、流畅，优美到极点。陆游固然潇洒，天花坠空，他虽不仰望，毕竟肩头还是沾了几片花瓣。

"一饮五百年,一醉三千秋。"这是从韩愈《双鸟》里的"朝饮河生尘,暮饮海绝流。还当三千秋,更起鸣相酬"化来的。宋人师法李白,往往要走韩愈这条捷径。正如学杜甫的,习惯从李商隐那儿拐个弯。韩愈诗对后世的影响多少被忽略了。这也是一例。

## 二

对酒叹

镜虽明,不能使丑者妍;
酒虽美,不能使悲者乐。
男子之生桑弧蓬矢射四方,古人所怀何磊落。
我欲北临黄河观禹功,犬羊腥膻尘漠漠;
又欲南适苍梧吊虞舜,九疑难寻眇联络。
惟有一片心,可受生死托。
千金轻掷重意气,百舍孤征赴然诺。
或携短剑隐红尘,亦入名山烧大药。
儿女何足顾,岁月不贷人。
黑貂十年弊,白发一朝新。
半酣耿耿不自得,清啸长歌裂金石。
曲终四座惨悲风,人人掩泪无人色。

这首诗里，李白的因素都有，包括仗剑游侠和炼丹。错落不齐的句式，也和李诗神似。非七言的句子，占了一半还多。起首四句，和李白的"梦游天姥"类似，先紧锣密鼓，拉开场子。其后六句，都是一个长句跟一个标准七字句，感叹兼倾诉，语气急，步子重，映带钩连，间不容发。"唯有一片心"，用两句五言转折，语气趋于平缓。接下来的四个七言句，以"或"连起几个并列的选项，与前面用"又欲"连起的一组相呼应，但此处不再从字面上一一否定，在节奏和语义上形成变化，尽管取消否定并不意味着可能实现。其后五言四句，转韵，整齐而略觉轻快。结尾四句七言，再转韵，气氛一下子低抑下来。

对比起来看，陆游的豪放和李白不同。不同的原因，一在时代，二在个人。盛唐气象自是南宋的偏安一隅不能比的，李白身上的游侠和神仙气度也是陆游不具备的。李白此类题材的歌行，如《襄阳歌》，核心在"狂"；陆游此诗，核心在"悲"，一头一尾，以悲始，以悲终。李白歌罢，掉头径去；陆游曲终，四座掩泪。同样是不得志，李白说，去他的，我走！陆游说，年华易逝，奈何奈何？

历史上的盛唐，固然空前绝后。李白这样的人物，也是世不二出。王绩偏于颓放，是介于陶渊明和李白之间的人物。有一点陶渊明的旷达，又有一点李白的清高。但旷达和清高都不够火候，取其中间，成了颓放。当然，如果只论酒瘾之大——假如他诗中之言可以当真,陶渊明和李白都比不上他。饮中八仙,贺知章算一号人物,可是张岱嫌他一辈子离不开官场,足足做到八十五岁才退休,不过一个"富贵利禄中人"。这话很偏激。贺知章身在朝廷也是以狂诞著称的,为人又好,从皇上到同僚都喜欢他。但他作诗循规蹈矩,与其为人不类。

"或携短剑隐红尘,亦入名山烧大药。"类似的意思,在唐人诗中是家常便饭,而且绝非吹牛。李白年轻时曾经"手刃数人",药他也没少烧,幸好不成功,否则恐怕活不到六十一岁。有人说韩愈是吃药吃死的。李白当年入山修道,可比韩愈狂热多了。倘若九转丹成,煌煌千卷唐诗里,我们读到的李白,可能就那么几首"犬吠水声中,桃花带露浓"了。到南宋,理学盛行,又是那样一个乱世危局,写游侠炼丹对于陆游,等于曹唐写游仙。

陆游还有一首《醉歌》,其中有几句:"方我吸酒时,江山入胸中。肺肝生崔嵬,吐出为长虹。欲吐辄复吞,颇畏惊儿童。乾坤大如许,无处著此翁。"看得出从李白那里学来的立意。除了后两句明显源于杜甫的"乾坤一腐儒",前面那四句,像是照着李白诗描红描出来的。但"颇畏惊儿童"云云,李白压根儿想都不会想。为什么说李白纯粹?因为他面对任何事,只是一条前路,无分叉,不环顾,急流直下,风驰电掣,痛快而已。陆游看似大,其实拘束得紧。酒酣耳热,他还想到别人怎么看。这说明他在乎,他还是严肃。李白和严肃不沾边，即使到了他非常羡慕的宫廷，仍然免不了得意忘形，结果连唐明皇那样大度的皇帝，也容不下他，赐金放还了事。《水浒》中，鲁智深打死郑屠，街上贴了海捕文书，图影了他的容貌，他还稀里糊涂地挤在人群中看。李忠小气，他当面给李忠难堪。打了小霸王周通，以后虽然成了兄弟，他不尴尬，也不会道歉，因为他做的事，出自内心，不会因人物关系的变化而自我否定。心地如此纯净，岂可以粗莽视之？我由衷地喜欢智深，也由衷地喜欢李白。

可是话说回来，唐朝以后，描红李白能描到这个样子，足称一流诗人。虽然总体创意不多，气势已经有了。你觉得他吃力，觉得有些地方勉强，但从头到尾，毕竟没有塌台。所以还是好。

陆游酒中作诗，十之八九，是抒发爱国热情的。这类诗发自肺腑，颇可动人，但数量既多，意思重复，纯粹从艺术上看，不免单调。像《长歌行》（"人生不作安期生，醉入东海骑长鲸"），是其中的佼佼者。到《江上对酒作》中的"把酒不能饮，苦泪滴酒觞。醉酒蜀江中，和泪下荆扬"，就和李白相去十万八千里了。

## 三

对酒

老子不堪尘世劳,且当痛饮读离骚。
此身幸已免虎口,有手但能持蟹螯。
牛角挂书何足问,虎头食肉亦非豪。
天寒欲与人同醉,安得长江化浊醪?

七律格律谨严,可以写得厚重,写得深沉,写得雄浑,写得婉转,写得大气磅礴,但不容易写得开张飘逸。李白一生只传下十余首七律,其中两首最好的,还是铆足了劲和人家赌气争胜才写的。可见他真是不情愿受此羁绊。陆游的七律多而好,以至于后人感叹七律的对句都被他用完。提到酒的,自然多不胜数。方回的《瀛奎律髓》,七律酒诗选了十六首,陆游一人五首,最多。

《六日云重有雪意独酌》的颔联:"天为念贫偏与健,人因见懒误称高。"方回称赞它"善斡旋,有味"。一向专门和方回唱反调的纪昀,难得附和一次,说这两句是"真正宋味","不得以外道目之"。我觉得出句也只是一般的好,好在对句,自嘲兼论世,正话反说,反话正说,特别有趣。结尾两句:"偶得芳尊须痛饮,凉州那得直葡萄。"

翻王翰《凉州词》的案，翻得轻巧而语意甚高。七律的收结，因为要归拢前意，稍不如意就意思老，气脉弱。一心去收，往往收不好，不如放开一层，以转折为结束，反而能收振起的效果。

陆游七律以圆熟居多。老健沉雄的，多见于各选本中，其实数量并不多。《对酒》一气呵成，句句刚劲，不像老杜，起首那么壮阔，结尾常见收敛，一变浑茫为哀恻。这是个性的问题。开头一联，破题直入，干脆痛快。后人说什么痛饮酒熟读《离骚》，方可称名士，拿到陆游这里，不值一笑。中二联先是一转，庆幸此身尚在，不仅尚在，还能持蟹对酒，下联两个否定句，用以加强前联。四句合起来，很奇怪的，并不如绝大多数律诗的作法，形成一个完整独立的意思，却是要做铺垫，引出尾联：天受不了寒冷，打算与人同醉，然而杯中残浆，怎够一饮？除非把长江之水都变成佳酿。这种神妙的想象，原是李白的看家本领，陆游一学再学，学到了家，此处甚至学得青出于蓝，李白见了，也要佩服。

晚唐以后，很多诗人作诗，爱从中间两联作起，得了好联，再接头续尾，凑成全篇。其实一首律诗，中间四句是比较好作的，作出对子，又特别容易讨好。难怪古人摘句，摘的都是好联。两头的各一联，既难，纵然作得极好，也不显山露水，常常成了中二联的陪衬。选七律的人经常感叹"有句无篇"，道理就在这里。譬如咏梅出名的林逋，他的七律就难以找出一首通篇浑成的。选宋诗，怎么选林逋？由此便看出陆游的厉害来了。《对酒》四联均好，没毛病可挑，更难得的是起收都高，这不像少陵家法，似从王维、李颀那里借了力。

## 四

初进大学，因为读过陆游的小传，记得《剑南诗稿》这个书名，在图书馆发现，大喜，立即抱回宿舍。可是这一读，把人读苦了。从前读古诗，一页纸上，顶多一首、两首诗，大字，后面跟着详细的注解。这《剑南诗稿》，左右摊开两页，十几首密密竖排，小字如蚂蚁脑袋，读得似懂非懂，坚持了几天，只背下一首"绿章夜奏通明殿，乞借春阴护海棠"。觉得好精巧。殊不知这路诗是最学不得的。这一次不成功的"阅读经验"，使我至今对《剑南诗稿》望而生畏。每逢读到论陆游诗的文字，总是不无嫉妒地猜想，这老兄不知读完陆诗没有。钱钟书《谈艺录》第三二至三七条，共六条，专谈放翁诗，他应该是读熟了。第三十四条补订二亦论及陆游学李白："放翁颇欲以'学力'为太白飞仙语，每对酒当歌，豪放飘逸，若《池上醉歌》、《对酒叹》、《饮酒》、《日出入行》等篇，虽微失之易尽，如桓宣武之于刘越石，不无眼小面薄声雌形短之恨，而有宋一代中，要为学太白最似者，永叔、无咎，有所不逮。"欧阳修学李白，他的七古中有一首《春日西湖寄答谢法曹歌》，或可引为一例："……参军春思乱如云，白发题诗愁送春。遥知湖上一杯酒，能忆天涯万里人。万里思春尚有情，忽逢春至客心惊。雪消门外千山绿，花发江边二月晴。少年把酒逢春色，今日逢春头已白。异乡物态与人殊，唯有东风旧相识。"但见清新爽朗，不觉狂放飘逸。近似李白的地方，明快而已。而且诗句的起落转折，还能看出李颀和高岑的影子。值得注意的是此诗末二句的结法，不妨和陆游的《江楼吹笛》作一对比。欧诗近李白，是唐人习用的手法，而陆诗不同。

二〇一〇年二月十九日

# 神仙赵高和卧底赵高

唐朝人重门第,不讲阶级斗争,看得出诗文的优劣,搞不清人品的好坏。大度潇洒的同时,天真糊涂得可爱。读唐人小说,很奇怪的一件事就是:那么多遇到神仙的大好事儿,为什么都让一些奸臣,如李林甫,还有比他更令人憎恶的卢杞之流,赶上了?李林甫妒贤嫉能,口蜜腹剑,世人皆知。卢杞阴险狠毒,或者还要超乎其上,知道的人却不多。他人品差劲,相貌还奇丑,可神仙中不乏糨糊脑袋的,硬有地位尊贵的大美女下凡,秋波明送,以身相许,要脱度他成仙。如此好事,遇上刘阮那样知道好歹的,死活也拜倒在地上,揪着裙摆跟去了。可这卢杞,真是天生作奸臣的料,居然不答应,宁可选择在人间做富贵宰相。研究唐人传奇的专家说,唐人讲这类故事,不搞什么政治正确和道德判断,只要说明婚姻、功名、富贵等等,一切都是前定,都是命运。而命运从来没道理好讲,雨点打在谁头上就是谁。

中国历史悠久，因此奸臣特别多。同样是奸臣，论作恶的多少，下流的品级，遭人痛恨的程度，也分三六九等。有些奸臣，就像有些好人，因为模范事迹不突出，根本红不起来。一手断送了大秦江山的赵高，无论按哪个指标，肯定属于最混蛋最下作的奸臣之列，排名也许仅次于秦桧，但绝不亚于蔡京、严嵩和魏忠贤。

先秦已经开始讲神仙了，两汉南北朝则大为盛行。王母娘娘当初的形象好似母夜叉，又像手持钢叉，头上插野鸡毛的食人族土著，这都没关系。东方朔本是个不甘心做宫廷小丑的文人，八尺大汉，天天和一个侏儒斗嘴争宠，这也没关系。说神仙就是神仙，端庄或滑稽，丑陋或漂亮，一概不碍事。可是千不该万不该，凡人中选神仙，怎么最早膺选的一批里，非要塞进一个赵高呢？王嘉的《拾遗记》是我常备手边的读物，也是有史以来讲神仙故事的书里文笔最华丽的。《拾遗记》卷四秦始皇条，记下了赵高的神仙事迹，说秦王子婴即位百日，赵高想谋害他。子婴夜宿望夷宫，梦见一位大丈夫，身长十丈，胡须青色，坐丹车，驾朱马，自称从沙丘来，进宫求见，提醒他："天下将乱，当有同姓者欲相诛暴。"说来自沙丘，点明是秦始皇，因为始皇崩于沙丘。秦以赵为氏，故言同姓者，即暗指赵高。于是子婴先下手为强，次日一早就抓了赵高。先把他吊在井中，吊了七日，不死。再放进大锅里煮，煮了七天，水还不沸。没办法，只好用最俗套的手段，把他剁了。

赵高如此奇异，方士们解释说，赵高曾跟随著名的仙人韩终学过炼丹。他进监狱时，狱吏亲眼看见赵高怀一青丸，像鸟蛋那么大，应该就是他炼的内丹。他死后，被陈尸于大路上，有人看见从他身上飞出一只青鸟，直上云霄。后来的道家解释这种现象，称之为兵解，逃出去的青鸟就是赵高的精魂吧。他死了没有呢？似乎死了，死后飞升。

但一般的看法，兵解在成仙的方法中，是顶低级的一种。既受羞辱，肉体痛苦，场面也不干净好看。比较好的是羽化，身上生出羽毛，直接飞。但"羽化"云云，用在诗词里似乎很文雅，仔细想想呢，好端端的一个人，哪怕是许飞琼、杜兰香、萼绿华（后两位可是李商隐的偶像啊）那样的大美女，浑身粘满羽毛，究竟好看不好看？所以到唐朝以后，大家就很少谈羽化了，说是古法，敬而远之。最好的途径，返璞归真，不炫奇，不逞怪，平地飞升，一步登天。比如淮南王刘安，可以说是平地飞升的仙人中最牛的一例。他不光一个人走，而且带着全家人，包括养的鸡犬，全部白日升天。因此之故，后来的神仙分类中，专有"拔宅仙"一类。晋朝的许逊后来居上，在民间似乎名气更大。有一种传世的"拔宅仙"花钱，题词曰："一夕玉皇诏，为君功行成，分明五云里，拔宅上三清。"说的就是许逊。

各个时代都有自己的神仙传说，从远古到明朝，如果有人做个统计，成仙的人数一定惊人。可是神仙太多，就像如今的作家和艺人，挤挤攘攘的成千上万，出名很难。《太平广记》是宋朝人编的，全书五百卷，"神仙"加"女仙"两类，就占了七十卷。如果加上"道术"、"方士"、"异人"和"异僧"，则多达九十八卷，几占全书五分之一。为数如此之多的仙人，百姓纵想诚心崇拜，哪里崇拜得过来？

在神仙这个行当，驰骋政坛呼风唤雨手眼通天的赵高，段位却很低。兵解毕业，很让人看不起。后世的神话仙话，一般不提他。可是不知从什么时候开始，出现了一种真正惊世骇俗的说法：赵高不像我们以为的，是个大奸臣，而是反秦英雄！此话怎讲？赵高违背始皇旨意，不立宽和仁厚的太子扶苏，将他逼死，立昏庸的胡亥为帝，接着再杀掉胡亥，把一个好端端的大秦帝国整得七零八落，终于在四方豪杰并起的鼙鼓声中，二世而亡。

听着够玄。可是，转引这一说法的都不是等闲人物，更不是当今讲坛上"戏说"无边的江湖教授和专家，而是真正的大学者。

谭献《复堂日记》引清泉欧阳轩的两首诗，这样赞美赵高的功绩：

> 当年举世欲诛秦，那计为名与杀身？
> 先去扶苏后胡亥，赵高功盖汉诸臣。

大贾灭嬴凭女子，奇谋兴汉诓萧曹，

留候椎铁荆卿匕，不及秦宫一赵高。

诗中的意思，张良雇力士用大铁椎袭击秦始皇的坐车，荆轲借献图谋刺，都不如赵高潜伏在敌人心脏，能建立旷世功勋。秦始皇的两个儿子相续被赵高所害，这一点，汉朝的开国功臣们，谁能相比？

赵高为什么要自我阉割为太监，忍辱负重，去做亡秦的大事业呢？这也有解释。据说司马贞在《史记索隐》中说，赵高本是赵国的公子，痛恨秦灭亡了他的祖国，发誓报仇，不惜自残身体，打入秦宫，借出色的才智，赢得始皇信任，掌握了权力，到最后大杀秦的子孙，事实上推翻了秦朝。清朝诗人兼史学家赵翼在《陔余丛考》中引了司马贞的话，"赵高之窃权覆国，备载李斯传中，天下后世固无不知其奸恶矣。然史记索隐谓高本赵诸公子，痛其国为秦所灭，誓欲报仇，乃自宫以进，卒至杀秦子孙而亡其天下。则高直以勾践事吴之心，为张良报韩之举，此又世论所未及者也。"赵翼还举了历史上的另一个类似的例子："《金史》：宦者梁珫，本宋奄人也，劝海陵伐宋，人谓其与宋通谋，使海陵疲敝国中云。"

不仅如此，据传说，张良刺杀秦始皇不成，也是藏在赵高家，才躲过了秦廷的追捕的。

从情理上讲，赵高的故事理由充足，更有实际的可能。

中国人一向钦佩卧薪尝胆的人物，讲究"忍"，讲究君子报仇，十年不晚。赵高的故事完全符合这些标准。假如有根据，奸臣一变而为英雄，如今"卧底"、"潜伏"不绝于耳，那么追根寻源，中国最早的大卧底、大潜伏，女的——也是按照传说——当推四大美女之首的西施；男的，则非赵高莫属。

问题是，清人笔记辗转抄传的惊世奇谈，却至今查无实据。司马贞的《史记索隐》是有的，但书中却没有赵翼所引的那段话。欧阳轩的诗题中说，他是从《古逸史》中读到赵高的故事的。然而这《古逸史》，没人知道是什么书（不知是不是梁启超所说的那本明人刻的伪书）。博学如钱钟书，在《管锥编》中就此事征引了能见到的各项资料，巨细靡遗，洋洋大观，然于《索隐》和《古逸史》二书，只能惋叹"皆不经见"，并说"自惭陋不之知，又疚懒未之觅"。《拾遗记》的校注者齐治平说，他"遍检北京图书馆书目，亦无之"。

天壤间是否真有这两本书？没人说得清。或者纯粹出自好事者的梦幻，也未可知。钱钟书在质疑赵翼之言的根据之后，又说了一句看似轻描淡写，实则很有分量的话："此说似在赵乡里人中流传。"中国人喜为亲族或乡亲辩护，这是很有传统，而且可以走得很极端的。武大郎本是小说中的虚构，居然有自称武氏后裔的，说武大并非矮子，也不是卖烧饼的，是个饱读读诗书，造福乡梓的好官。他的夫人更非淫妇，实是一知书达理的贤妻良母。《水浒传》的作者若还在世，对此实在不知该说什么。

为亲者讳之外，中国的文人，又爱翻案。越大的案，翻得越离奇，哗众效果越好。翻案比起在故纸堆里做学问，更容易一鸣惊人。所以历代的人不断地试，不断地获得一时的成功，一时的利禄。有些早已被揭穿骂臭的，过了几十年，有人重炒，照样成功。

记得前几年看到消息，说新发现的《犹大福音》，证明犹大并没有出卖耶稣。相反，犹大背负了耶稣的重托，故意告密出卖主人，好成全耶稣的舍身成仁。这消息刊登在《纽约时报》上，相当权威。但罗马教廷不认可，大众信徒也不接受，是耶非耶，没人理睬，慢慢地就被淡忘了。

卧底之说先抛在一边。赵高究竟是不是太监，还有争议。都怪司马迁没有专为赵高立传，相关材料散在各处，读书一不小心，容易得出错误结论。《史记·蒙恬列传》中关于"赵高昆弟数人，皆生隐宫"的一句话，成为各方立论的根据。隐宫如果解释为施行宫刑的"蚕室"，赵高就是太监；隐宫如果拐一道弯，被认为是"隐官"之误，隐官是因受刑而伤残者做工的官府作坊，则赵高只是因为母亲犯法受刑，而在作坊出生，并非太监。后一种说法即使成立，并不能证明赵高长大后就一定没有被阉割而成为太监。而赵高是不是太监，和卧底并无必然关系。不是太监照样可以卧底。

争议虽然这么多,有一点却是不容置疑的,那就是,不管赵高主观动机为何,大秦之亡,他的倒行逆施是一个重要原因。这里且引王夫之的两段话:

> 秦始皇之宜短祚也不一,而莫甚于不知人。非其不察也,惟其好谀也。托国于赵高之手,虽中主不足以存,况胡亥哉!

这一段说,国家大事托付于赵高这样善拍马屁的小人,继位的即使是中等资材的君主,也难以幸存,何况是胡亥这样的糊涂虫。

> 秦之所殄灭而降辱者,六王之后也;戍之徙之而寡其妻孤其子者,郡县之民也;而刲二世之首,欲灭宗室,约楚降而分关中者,赵高也。故怨在敌国,而敌国或有所不能;怨在百姓,而百姓或有所不忍;狎及小人,而祸必发于小人。……小人之心,智者弗能测也,刚者弗能制也。料其必不能,而或能之矣;料其必不欲,而或欲之矣。

这一段说,秦灭了六国,六国想报仇,未必有能力;秦欺压天下百姓,百姓心中愤恨,未必一定揭竿而起;而亲近小人,一定出乱子,因为小人的心计和作为,完全不合常理，不可测度，虽有大智慧，大魄力，也未必制得住。

犹大是假告密，秦桧身为大宋的宰相，却是金国的间谍，苏东坡的乌台诗案，据说大科学家沈括当了卧底，骗去苏轼的诗集，用来作"罪证"。很早以前读过一个故事，说一国的国王是敌国的卧底，原来他地位并不高，几十年，一步步，最终登上权力宝座，但间谍的身份不变，必要尽一切努力灭亡自己的国家。听起来荒诞得很，但在道理上，并非不能成立。

奸臣、神仙、超级间谍（他还是一流的法律专家、书法家、文字学家），赵高集这样的三重身份于一身，旷世罕见，匪夷所思，也许只在中国历史上才有可能吧。

二〇〇九年六月十日

# 萧散

当初读《西京杂记》,内有"相如百日成赋"一条,最爱其中的"意思萧散"这句话。萧散一词,特地上网查了,约有三义。第一个意思是潇洒,自在,闲散舒适,举例即为此条。第二个意思是消散,消失,引《晋书恭帝纪论》:"虽有手握戎麾,心存旧国,迴首无艮,忽焉萧散。"第三个意思是萧条,凄凉。举例有何逊《和司马博士咏雪》:"萧散忽如尽,徘徊已復新。"韦应物《独游西斋寄崔主簿》诗:"秋斋正萧散,烟水易昏夕。"苏轼《和李太白》:"野情转萧散,世道有翻覆。"等等。

《西京杂记》的原文如下:

> 司马相如为《上林》、《子虚》赋,意思萧散,不复与外事相关。控引天地,错综古今,忽然如睡,跃然而兴,几百日而后成。其友人盛览,字长通,牂牁

名士,尝问以作赋。相如曰:"合綦组以成文,列锦绣而为质。一经一纬,一宫一商,此赋之迹也。赋家之心,苞括宇宙,总览人物,斯乃得之于内,不可得而传。"览乃作《合组歌》、《列锦赋》而退,终身不复敢言作赋之心矣。

相如是大才,但非捷才。关于前一句,《杂记》有一条:"司马长卿赋,时人皆称典而丽,虽诗人之作,不能加也。扬子云曰:'长卿赋不似从人间来,其神化所至邪?'子云学相如为赋而弗逮,故雅服焉。"还有一条说,某人作赋而不能出名,便假托相如之名,果然广为流传。关于后一句,《杂记》也有一条:"枚皋文章敏疾,长卿制作淹迟,皆尽一时之誉。而长卿首尾温丽,枚皋时有累句,故知疾行无善迹矣。扬子云曰:'军旅之际,戎马之间,飞书驰檄,用枚皋;廊庙之下,朝廷之中,高文典册,用相如。'"

"不似从人间来",不是神仙就是鬼怪。汉人朴素,积极向上,"不似人间",不言而喻,单指神仙。说有神仙一样的才华和气度,以后的作家,只有李白当得起。神思妙想,忽然而来,忽然而去,了无痕迹。扬雄与司马相如齐名,他还要这样感叹,其他人心里,更不知怎么想了。这种情形,和当年杜甫看李白差不多。

有神仙品格，是一句很好的赞扬人的话，后人当然舍不得不用。可是要用，发现标准太高，不太用得着，只好降格以求，换个小一号的说法，叫做"无人间烟火气"。这样，很多诗人画家都可以跨进此一行列了。

李白的诗据说大多数是出口成章的，但也有些作品，反复读后，觉得他当初写的时候，并没少费心思，如著名的《蜀道难》。还有的，如《大鹏遇稀有鸟赋》，前后改写，相隔几十年。读书作文章，不管多么天才，不下苦功肯定不行。汉人作大赋，一上来就立志"苞括宇宙，总览人物"，呕心沥血的程度不难想象。相如一赋百日，左思作《三都赋》，居然耗费十年。那时传下来的一些典故，其实都是大文人们为事业呕心沥血的委婉说法和浪漫修饰：

扬雄草《太玄经》，梦吐凤凰。董仲舒作白虎通，梦龙入怀。五鹿充宗的老师弘成子吞下鸡蛋大的文石，"遂大明悟，为天下通儒"。"成子后病，吐出此石，以授充宗，充宗又为硕学也"。后来江淹的五色笔传说，或者就是从文石变化来的。吐凤，是接近本来意义的象征，就是把胸中的一切吐出来，挤出来。鲁迅自比为吃草挤奶，说得最明白。

近百天里，"意思萧散，不复与外事相关"，恐怕不是一个潇洒和舒适自在能了得的，也许真有萧条的意思。好在司马相如运气不坏，得到了汉武帝的赏识。但好运气并非人人都有,《杂记》里说:"相如将献赋,未知所为,梦一黄衣翁谓之曰:'可为大人赋。'遂作《大人赋》,言神仙之事以献之。赐锦四匹。"武帝喜欢神仙,相如投其所好,使他读完赋后,"飘飘有陵云气游天地之间意"。谁给他出主意?这个黄衣翁是谁?下笔如有神,黄衣翁不就是神吗?

运气不好的,如扬雄,虽然撰写《太玄经》时吐了凤凰,还是有人不容置疑地告诉他:瞎忙,你的书很难流传!("无为自苦,玄故难传。")李贺因此感叹说,"长卿(司马相如)牢落悲空舍,曼倩(东方朔)诙谐取自容。见买若耶溪水剑,明朝归去事猿公。"写文章终于不如从军有用。鲁迅开他玩笑:连留长了指甲,骨瘦如柴的鬼才李长吉,也要学做侠客,简直是毫不自量。

汉人好神仙,不仅是汉武帝。论热情,老百姓丝毫不逊色,尽管连起码的追星条件都不具备。汉人喜欢的神仙里,又以一位叫壶公的风头最足。他白天在市上卖药,所谓悬壶济世。晚上人散,不愁房子被褥,连一张床也不必,径自跳进壶里,安安闲闲睡大觉。汉人思想上虽然神仙挂帅,过日子却相当实际,全国最流行的口号是:乐无事,宜酒食;君宜侯王;长命富贵;长乐未央;寿如金石为国保。加一点小资情调的,还有:长毋相忘。最后这四个字都快用滥了。皇帝对娘娘这样说,小孩子过家家时也脱口而出。博物馆里看文物，汉人墓葬里出土的，多见陶制的大宅院模型：两三层的小楼、大院子、粮仓、猪圈、鸡舍，还有像是露台或阳台的地方（没有露台或阳台，罗密欧和朱丽叶的故事怎么演？），看了让人觉得无比温馨和羡慕。可是，这样的宅院既然被认真做成模型以表愿望，显然不是一般人能够享受的。大部分还是：小鸡五六只，茅屋三两间。为什么壶公最受欢迎？因为他那壶里什么都有，别说小小四合院了，他那里是"迢递起朱楼"，肉山加酒海。

壶是汉人的世外桃源，也是人间仙境。壶公在壶里，完全过他自己的生活，一切个人说了算，天王老子管不着。这样的世界，像是什么呢？也许做皇帝做神仙的，根本看不上眼，一笑而已。但弱而瘦像李长吉那样的，或并不弱而瘦，却受着同样的无力之感折磨的文士们，自然而然地觉得，或愿意，这壶就是文字的世界。

大人先生和乌有先生是一家，但大人先生和乌有先生都比司马相如更理直气壮。汉武帝也牛，他可以让太史公生不如死——《西京杂记》里的记载和其他书上不同，司马迁受了刑，没有发愤著述（他的书在此之前已经写完），到处讲怪话，结果再被投入狱中，死了——却拿大人先生和乌有先生无可奈何。他好脾气地赔笑，还一肚子仰慕。

不复与外事相关，那是因为司马相如快活的日子并不多。连面对着"眉色如望远山，脸际常若芙蓉"的"姣好"

的卓文君的时候，也得忍受糖尿病的痛苦。那么，所谓意思萧散，这萧散，显然既不是潇洒，也不是萧条，更不是散失无存。这萧散，就是南郭子綦先生的"吾丧我"。庄子说："南郭子綦隐机而坐，仰天而嘘，嗒焉似丧其耦。"不复为我了，进入壶中了，还能有什么外事相关？

二〇一〇年五月六日

# 杜荀鹤的闺情

古代文人的一大通病,是喜欢拿男女关系来比方自己和皇帝或恩主的关系。这里的男女关系,如果属于浪漫的情爱或"平等的夫妻关系",倒也罢了,虽然多少还是让人觉得别扭。这里的男女关系,却是女人千方百计向高高在上的男性献媚争宠,靠容貌,靠服饰,靠装扮。争宠不得,是谓"怀才不遇"。这"怀才不遇"不同于贾岛的"知音如不赏,归卧故山秋"。贾岛的诗句是赌气话。知道赌气,舍得赌气,说明风骨犹在;知道而不舍得,进而还要有所作为,就不可避免地落于深宫怨妇的俗套了。

中唐诗人朱庆余有一首呈献给名诗人张籍以求称扬的诗——《近试上张籍水部》,收在《唐诗三百首》里,是家喻户晓的名作。在诗中,朱庆余把自己比作一位洞房花烛夜的新嫁娘,良辰美景,没有心思安睡,却要百般梳妆,以便天亮拜见公婆,讨得公婆的欢心。打扮完毕,低声问那新郎,眉毛画得怎么样,是太深了,还是太浅,够时髦吗?

> 洞房昨夜停红烛,待晓窗前拜舅姑。
> 妆罢低声问夫婿,画眉深浅入时无?

要说诗的意思真的是好,委婉细腻,韵味无穷。倘若诗题就是一个"闺意"(施蛰存先生认为正确的诗题应是"闺意上张水部"),这里的新娘倒真是一个可爱的小女人,这首诗也就如李白的"却下水晶帘,玲珑望秋月"一样,称得上格调高远。现在我们知道诗背后的故事,而且诗题中赫然有个"上"字在,感觉顿时不同了。

借闺情述怀,以女人自比,在古典文学中是普遍现象。明人何景明就曾总结说:"诗本性情之发者也,其切而易见,莫如夫妇之间。汉魏作者,义关君臣朋友,辞必托诸夫妇,以宣郁而达情焉,其旨远矣。"现象是确实存在的,但是否一定"其旨远矣",就很难说了,何况"托诸夫妇"未必是唯一的,更不用说是最好的抒情途径。追根寻源,何景明追到《国风》那里,我倒以为是屈原开了一个不太好的头。《离骚》何尝不伟大呢,但"众女嫉余之娥眉兮,谣诼谓余以善淫",这样的比喻,我觉得无论如何是难以启齿的。大丈夫憧憬着铅刀一割,建功立业,本是光明正大的事,为何非要用"以色事人"作比喻?这里不是说不应该自比为女人,杜甫笔下的空谷佳人,"天寒翠袖薄,日暮倚修竹",也有自比的因素,却毫不酸腐,能得风雅之正。即如秦韬玉写贫女:"蓬门未识绮罗香,拟托良媒益自伤。敢将十指夸针巧?不把双眉斗画长。"说是不托良媒,不夸针巧,情急之中,诗人未必做得到,但就此诗而言,借贫女诉说贫士的衷肠,有表白,有企求,但说到何种程度,摆出什么姿态,俯仰进退之间,极有分寸,不使人觉得过于热衷而显得低贱。

男女区分,无所谓高低贵贱,但"以色事人",纵在女性那里,也不值得夸耀。才不妨视为"色",但才和色一样,可以供人赞赏,甚至可以自炫,自傲,但决不能用以取媚。流行的唐诗选本中,尽多扭扭捏捏以容色自夸、自献并自怜的名作,我佩服他技巧高,含意深,却始终不能苟同其态度。

再如晚唐杜荀鹤的《春宫怨》:

> 早被婵娟误,欲妆临镜慵。
> 承恩不在貌,教妾若为容?
> 风暖鸟声碎,日高花影重。
> 年年越溪女,相忆采芙蓉。

"风暖鸟声碎"一联,是千古传诵的名句,我们不去说它。颔联的"承恩不在貌"这两句,直译过来,俨然京剧里的念白:啊大王,您宠幸妃子,不看她的花容月貌,倒叫我怎么样娇滴滴地去收拾打扮呢？满腔委屈，毫无气格。

杜荀鹤相传是杜牧的微子（杜牧的小妾带着身孕另嫁他人，生下荀鹤），这个人，虽是名诗人，为人却历来风评不高。最典型的一件事，是拍唐末军阀、梁太祖朱温之马屁。《唐才子传》的相关记载只有寥寥三十余字："尝谒梁王朱全忠，与之坐，忽无云而雨，王以为天泣不祥，命作诗，称意，王喜之。"但宋初张齐贤的《洛阳缙绅旧闻记》中有一篇《梁太祖优待文士》，把这件事讲得十分详细生动。

朱温起初随黄巢造反，后来降唐，反过来镇压叛军，因功受封为王。势力愈大，竟至胁迫唐昭宗迁都洛阳，不久杀昭宗，另立哀帝，再不久，废掉哀帝，自立为皇帝。朱温性情残暴，人称之为乳虎，宋人小说《西池春游记》中说，朱温曾自言，"我一日不杀数人，则吾目昏思睡，体倦若病。"梁朝的官吏，每天上朝前，生死未卜，先要和家人诀别，如果能平安归来，则全家举杯相庆。杜荀鹤敢于到这样一个疯子那里求富贵，不知是读书人的糊涂还是投机客的胆大，这糊涂和胆大都不同凡响。当时求见朱温的人，通了姓名之后，也许几个月、几年都得不到召见，但名字一旦报上去，他就不能走，要一直等下去。如果某一天朱温忽然想起来，要接见了，手下人却找不到这个人，很可能被杀头。杜荀鹤也是如此，在开封困了几个月，有时连饭都吃不上，每天必得去接待处报到。

有一天,朱温不知因为什么终于想起了杜荀鹤,要见他。不料突然有使者来,接见完毕,已是中午,朱温就回家了。杜荀鹤等得肚子饿,要走,公人坚决不让,替他弄来饭菜。下午,朱温果然又回来了,却不办事,取了骰子扔着玩。一遍又一遍,总不能如意。朱温大怒,眼睛在随从身上扫来扫去,被看的人浑身战抖,面如死灰。最后,朱温抓起骰子,大喊一声"杜荀鹤!"一把扔出去,"六只皆赤",立即转怒为喜,连声叫带杜秀才来。荀鹤进厅,"恐惧流汗,神不主体"。坐不多久,开始下雨:"梁祖自起熟视之,复坐,谓杜曰:'秀才曾见无云雨否?'荀鹤答言:'未曾见。'梁祖笑曰:'此所谓无云而雨,谓之天泣,不知是何祥也?'又大笑,命左右:'将纸笔来,请杜秀才题一篇《无云雨》诗。'"杜荀鹤惊悸之中,抖擞精神,写了一首七绝:

同是乾坤事不同,雨丝飞洒日轮中。
若教阴朗都相似,争表梁王造化功?

最后两句的意思是,如果阴晴风雨都那么有规律,怎能显示梁王堪比造化之功呢?

马屁拍到这份儿上,朱温大为高兴。强盗和军阀出身的朱温,据说有一个颇文雅的爱好:喜欢警句。"争表梁王造化功?"大概也被他当作警句了吧。然而创造警句的杜荀鹤，回家后吓出一身病，拉肚子几十次，几乎起不了床。第二天又蒙宠召，朱温一见，就大声开玩笑说："杜秀才，争表梁王造化功？"杜荀鹤闻声，"顿忘其病，趋步如飞，连拜叙谢数四"。后来朱温"特帐设宾馆，赐之衣服钱物，待之甚厚"。

张齐贤所作的传奇以"梁太祖优待文士"为题，不知道是不是存心调侃。其中的三段故事，杜荀鹤是第一段，第三段讲朱温和手下在柳树下休息，那柳树异常粗大，朱温因此赞叹说，这样的好柳树，最好做车头，手下五六人齐声附和。朱温大怒，说你们这群措大，就爱顺口糊弄人，车头只能用榆木，柳树怎么可以？立命武士将这五六人以谀佞之罪处死。第二段故事倒可以和杜荀鹤的经历作对比，所讲的徐夤因《过梁郊赋》讨得朱温欢心，按字行赏，"一字奉绢一匹"。据《旧五代史》，徐夤的赋题为《游大梁赋》，当时朱温与晋王李克用为死敌。李克用是沙陀人，一只眼瞎了，徐夤赋中故意提到李克用，说"一眼匈奴，望（朱温的）英威而胆落"。可见也是个大马屁精。有一点五代史知识的人，多数会更喜欢李克用，觉得他虽然粗豪，为人行事，尚不失为一世英雄。清人严遂成的"只手难扶唐社稷，连城且拥晋山河"，很能写出他的气概，至若"风云帐下奇儿在，鼓角灯前老泪多"的烈士暮年之情，曾让毛泽东诵读之下，唏嘘再三。朱温则以"臣弑君"始，以被儿子"弑"终，自始至终，盗寇本色不改。

在朱温这样识货的明主那里，杜荀鹤和徐夤"承恩不在貌，教妾若为容"的感叹，可以改写为"承恩惟在貌，教妾喜为容"了。但杜荀鹤的命似乎不好。朱温推荐他当了翰林学士，迁主客员外郎，可惜几天就死了。这个死，对于杜荀鹤，是绝对的善终。《唐才子传》说，杜荀鹤有朱温撑腰，地位高了，仗势欺人，又爱在文章中东挖苦西讽刺，结果犯了众怒，缙绅大家都想找机会杀他，未及实行而荀鹤已死。《旧五代史》的记载就更可怕，说杜荀鹤借朱温之势，凡缙绅之间自己所不喜欢的，"日屈指怒数，将谋尽杀之。苞蓄未及泄，丁重疾，旬日而卒"。

两处记载，情形正相反，未知孰是孰非。以常理推测，杜荀鹤固然不算君子，但若说他只因为别人得罪自己，或自己看不顺眼，便起意大开杀戒，恐怕夸张了点。杜荀鹤早年贫寒，屡试不第，心中积怨深厚，故诗多讽世之作。宋人葛立方说他"老而未第，求知己甚切"，四处投献，诗中恳求之言，"几于哀鸣"。在朱温那里的表现，说来也是可以理解的。前人有诗谶之说，以为诗中之言发自内心，未来的命运，即在其中不知不觉地暗示出来。近乎算命的诗谶，当然不必信。但从中看作者的性情和品格，则不无根据。对于一事过于热衷或哀切，一旦机会来临，必不择手段攀缘进取，大概是情理之中的事吧。

附记：袁枚《随园诗话》中，多有怪论。比如我们这里讲男诗人好以女子作比，袁枚的看法就不同，诗话卷十四之二十四："写怀，假托闺情最蕴藉。仲烛亭在杭州，余虑为荐馆，最后将荐往芜湖，札问需修金若干。仲不答，但寄古乐府云：'托买吴绫束，何须问短长？妾身君惯抱，尺寸细思量。'"

这位姓仲的小文人，别人问他做家庭教师，要多少工资，他回信不直说，竟然把自己比为对方经常搂抱的小妾，身腰的粗细一想便知，根本不劳打听。试问世上怎么会有如此恶俗的文句，偏偏喜欢性灵的随园老人还称赞它蕴藉！

二〇〇八年春

# 重读《水浒》

小时候读《水浒传》，因为看战争电影的影响，对大军作战的场面特别着迷。宋江上山之后，梁山泊人丁兴旺，才有劳师远袭，攻打城池的故事。从前习惯于山间劫道、林中剪径的草莽英雄，忽然就转了型，摇身而为仪容赫赫的阵前大将。晁盖死后一拨拨上山的武将们，如董平、秦明，自不必说，早先的林冲、杨志，也是职业军官出身。然而看到庄户人家史进成了马军主将，已经觉得好玩；小牢子变成的闲汉李逵赤膊率领兵卒冲锋，更是一幕喜剧。每逢两军对阵，常常放慢速度，一句一字，细细品味。品味什么呢？只是他们的披挂和兵器。从头打量到脚，合眼想一想，是个什么形象。一败高太尉的时候，宋江排九宫八卦阵，梁山的人马逐次出场。马步二军，每一员大将带着两员副将。数数每一组的搭配，觉得趣味无穷。比如林冲这一组：

西壁一队人马尽是白旗，白甲白袍，白缨白马。前面一把引军白旗，上面金销西斗五星，下绣白虎之状。那把旗招展动处，白旗中涌出一员大将，怎生结束？但见：

漠漠寒云护太阴，梨花万朵叠层琛。素色罗袍光闪闪，烂银铠甲冷森森。

赛霜骏马骑狮子，出白长枪搠绿沉。一簇旗幡飘雪练，正按西方庚辛金。

号旗上写的分明："右军大将豹子头林冲"。左右两员副将，左手是镇三山黄信，右手是病尉迟孙立。

类似的描写，看熟了，记在心里，充实了当时的生活经验，补足了对未来的期望。凡是生活中没有的，便是好的。知道存在着如今的生活中从没有过的事物，那就是未来的希望，也是一个诱惑。说到上引这一段，曾经很好奇，为什么把林冲归于西方，让他白马白袍，而不是东方或南方。但不管怎么说，我替林冲高兴，因为觉得他跃马横矛的形象很神气。上世纪七十年代中国一个小县城的生活给了我什么？除了吃饭穿衣睡觉，很少很少，少到连这样公式化的描写也能和梦想联系起来。现在想得稍深了些，觉得问题不这么简单。布阵，也是一种仪式。仪式的要素，在神圣、庄严、肃穆。这些，都要靠规模之大来实现，一定的神秘气氛也是不可少的。在仪式中，作为个体的人，被尽可能地压小。他必须意识到自己是微不足道的，个体附属于并消融到一个更大的存在里，才是归宿，才是幸福，才是个人的意义。这是由恐惧支撑的崇敬，或者说，由崇敬支撑的恐惧，然而崇敬和恐惧都如盐在水，没人看得见。而可见的水，在所有人眼里，分明就是幸福。

只要这样幸福着，我们就是活在梦里。而我十来岁时描摹过的所有水浒英雄戎装立像，都证明了我曾经的幸福。

辗转三十年，重读《水浒》，最大的变化，恰是对战争场面失去了兴趣。连三打祝家庄那样得到领袖赞扬的经典章节，也只一翻而过。现在吸引我的，是有关江湖、市井、民俗和旅途生活的部分。在鲁智深、武松和宋江的故事中，这类细节比较多。如鲁智深在相国寺，武松在快活林，宋江作为一个其貌不扬的单身汉在县衙门的上班生活，都细腻生动。石秀在杨雄家开肉铺，阮氏三兄弟在水村打鱼赌博，张青夫妻开黑店，以及后来宋江、柴进等人去东京观灯，攀李师师的裙带，反复读了，还遗憾作者的描写不像现代小说那样详细。仅此一点，《水浒》大不如宋人话本亲切，也少了"三言两拍"的市井气息。读宋人话本，谁能忘得了大名鼎鼎的樊楼？《水浒》里也提到樊楼：宋江等拜访过李师师，再去找另一名妓赵元奴，不遇，从樊楼前过，"听得楼上笙簧聒耳，鼓乐喧天，灯火凝眸，游人似蚁"。樊楼可是当年的世界第一酒楼。还有游人鼎沸的金明池。谁又能忘得了李翠莲的快板书，那可和老北京人的神侃有得一比？北宋的汴京人说话，大概不会像今天的河南话，听惯了普通话的人觉得土。《志诚张主管》里的小夫人，不幸嫁得一个老头儿，不待见那把白胡子，有言道：那白胡子是沾了糖的？这声口！

好小说，故事情节人物等等之外，最好有几个小场面，能样让人反复咀嚼回味，哪怕这场面是游离于故事之外，要被锐眼的批评家斥为赘疣的。快活林那一回，胖大的蒋门神炎夏正午在酒店外大路口大树底下，躺在椅子上捕风纳凉。店里也不热，年轻的太太守着柜台卖酒。这场面，画一张画，或电影里拍一组慢悠悠的镜头，绝妙。如果不是武松来捣乱，就是永恒的好时光啊。我回忆从前的夏天，最怀念的场景，就是在乡下广阔的田野间，白花花的太阳底下，一棵大槐树，在树下的竹床上躺着，享受一阵阵热乎乎的风。不料这个梦想，竟然落实在蒋门神身上。再想想黄泥岗上，对于押送生辰冈的军士们，白胜的一担酒是如何迷人。还有那首"赤日炎炎"的小曲。杨志是个死心眼。这样的人，虽然本事大，不是会过日子的。幸亏他后来上了二龙山，天天和鲁智深在一起，人也熏陶得随和了。人不管在那里，随和就好。

比起惊天动地的英雄事业，普通人柴米油盐乃至声色犬马的生活，才是诗意所在，哪怕那诗意细微到如附于一片柳叶上的蛛丝一样，附着在同样细微的想象上。时迁去徐宁家盗甲时，爬到博风板上，看到屋子里头，徐宁和娘子对坐炉边烤火,怀里抱着一个六七岁孩儿,丫环一件件收拾衣服,"安在烘笼上"。临睡前,娘子吩咐丫环,"官人明日要起五更出去随班,你们四更起来烧汤,安排点心。"丫环睡了,"桌上却点着碗灯"。寻常城市人家平静的冬日生活,也能引人遐想,觉得其中大有滋味。再看徐宁在东京的住家,是在金枪班里(一个安静且安全的小区),"靠东第五家黑角子门"。从后门看,"一带高墙,墙里望见两间小巧楼屋",附近不远,卧着一座土地庙,庙后一株大柏树。夜深,有人"提着灯笼出来关门,把一把锁锁了","谯楼禁鼓,却转初更。"这样娓娓道来,便似一幅淡墨风俗画,处处诗意,却又那么随便,显见生活中早有粉本,一砖一瓦,了然于心,用不着向壁虚构。

梁山好汉中至少有一半以上,日子过得是相当不错的,他们上山落草,并非受到欺压,愤而反抗。他们被逼,是因为梁山需要人才,被宋江吴用设计陷害,断了归路。好几位,都叫智多星这家伙整得家破人亡。实实在在,要说仇人,梁山才是他们的仇人。若非一个"义气"作说辞,他们是不会投入造反队伍的。有时候,连《水浒》的作者也觉得那些被整得惨兮兮的汉子,只因宋江两句客套话,便一转眼认仇为友,似乎看不过去,只好归结于天命,加一句"也在三十六天罡七十二地煞之数"了事。便如徐宁,放着这么好的日子不过,从此江湖侄偬,"革命"和"起义",对他有什么意义。在徐宁那里,宋江的理想说白了,就是回到他从前的生活，而且是缩了水，打了折扣的。

和徐宁相比，像柴进那样，守着偌大的庄园，养着成群的家丁，三教九流往来不断，整天闹哄哄的，倒未必有什么情调。而且柴进这人，好人，仗义疏财，像他让贤的祖上一样好欺负，就是不会玩。至少在书里，没见他玩什么。初见武松，要是我写，就让他趿拉着拖鞋，怀里搂着一只大懒猫。

从前读《三国》，崇拜诸葛亮；读《水浒》，崇拜吴用。看他们玩弄对手于掌上，觉得打仗比上学还简单好玩。什么都不需要，只需要一点聪明。而聪明，在那时，比一个干巴巴的苹果更容易得。我们一无所有，只有脑袋在自己肩膀上扛着，属于自己，不用花钱。那时我觉得，这个时代乏味无聊，不是别的原因，只是因为没有战争。没有周瑜供人设计把他气死，没有黄文炳供人擒拿，也没有猪头小队长和汉奸哈巴狗刘魁胜之流供人逗着玩。运动，游行，喊口号，批判这个，批判那个，怎和千军万马的厮杀相比。就连公孙胜，背了一口剑，除了望天一指，口中念念有词，唤出一阵黑风，没见他和人拼上几十回合，就这样，也能让人羡慕。可是如今在《水浒》里，他们的光彩黯淡了，消失了。吴用作军师，在宋江之下，统领全军，骑着良马，好比今天开奔驰的，想撞谁就撞谁，然而自身形象，还是一个村学究，而且是很不本分，沾染了浓厚江湖术士习气的学究。他的计谋，特别上不了台面，是从他看过的草纸本土印小说里抄来的。好在对手连土印小说也不看，加上梁山兵将个个勇猛，胜仗就一个一个糊里糊涂地打出来了。公孙胜，连同他的老师罗真人，像是跳大神的。不过公孙胜有一点好处：顾念亲情，事母甚孝，又知道进退，没有陪着宋江死玩。

大学时期最喜欢林冲，喜欢他的知识分子风度，喜欢他的大气，连打仗都堂堂正正。一匹白马，一杆长矛，不是直刺对手于鞍上，便是"轻舒猿臂"，直接将人活捉过来。不搞拖刀计，不杀回马枪，也不放暗箭，或者飞石打人。如今对他喜爱不减，但却明白了，所谓知识分子风度，是想象出来的，也可能受了戏剧的影响，李开先加李少春的影响。喜欢鲁智深的纯净，像武松一样疾恶如仇，却不似武松那么狠辣，像石秀一样敢拼敢为，却不似石秀那么爱用心计。燕青乖巧，可惜奴才味太重。功夫那么好，在卢俊义面前，却像个倡优。再说了，一个男人，那么乖巧，算怎么回事？

李逵粗鲁，有人说，他有赤子之心，所以，虽然逮机会就乱杀人（罗真人解释说，李逵杀人，是因为"下土众生作业太重"，故上天借他之手惩治），却不觉其恶。赤子之心，意思是傻。小说作者对他很不厚道，处处捉弄。戴宗捉弄他，罗真人也捉弄他。宋江一块银子买到他死心塌地的忠心，用起来也真狠，临死还不放过，这是捉弄的极致了，真不愧是官衙小吏出身。三阮有英雄气，头脑简单。

性情中人，这是难免的。看吴用曲里拐弯诱说三阮的段子，真想抽这老油条一记大嘴巴——有话直说，用得着这么绕吗！做大事，当英雄，当然来劲，可是，宋江捣鼓招安，吴用屁都不放，被人家当枪使。打方腊，也算是大碗喝酒、大块吃肉的痛快么？阮小二阮小五死了，死得冤，他们不像那批阴错阳差上山的军官，梦想着封妻荫子，他们只求好好过日子。幸亏阮小七最终安然返乡，对读者是个安慰。

揭阳镇上的一群，若看排座次前的情节，也只是水乡恶霸。他们的作为，我看报上打黑的报道，黑社会控制市场，与他们如出一辙。但后来征方腊，李俊头脑冷静，居然能抓住机缘结识费保一伙，相约功成身退，共赴海外发展。这可能是宋江千方百计捞得招安后最破人闷气的情节了——唐人的虬髯客传奇，不意在这里开出一朵花。

卢俊义那几回，除了引出燕青，十足无聊。又一个通奸的故事，而且是最罪大恶极的一个。潘金莲参与谋害亲夫，阎婆惜企图陷害宋江，都不如卢太太这么狠毒：借刀杀人，破家谋财。相比之下，潘巧云只是偷腥而已，可偏偏死得最惨。偷情大概也分三六九等吧，与和尚偷情，最为低下，因此是最不可原谅的。明清小说里头，最爱渲染和尚尼姑的风流事，写得津津有味，无微不至，而又极尽嘲弄申詈之能事。事情暴露，处置总是特别严厉。有一个故事里，和尚和情妇被剥光衣服，面对面紧紧搂着绑在一起，扣在大缸里，被活活烧死或烤死。所以，处置潘巧云的残酷，石秀之狠辣只是表面文章，那和民间风气有关，也和作者有关。《水浒传》的作者看来是受过刺激的。凡有漂亮女人，就有奸情。坏女人水性杨花，眉眼盈盈，每一道流波摇漾出的，都是淫荡。好女人守妇道，红杏低垂。可是，你不出墙，别人却要翻墙，甚至推倒了墙来攀折——被豪强逼占。怎么办呢，女人最好中性化，上可学一丈青扈三娘，不爱红妆爱制服，天天舞刀弄剑，下可学顾大嫂孙二娘，以杀人放火为女红。日子久了，自己都忘了自己是女人，别人也生发不出"关关雎鸠"的情愫——王矮虎那样自身条件极差偏又很黄的色鬼除外。

成了家的男人，菜园子张青最幸福。他不仅毫无被人戴绿帽子，被人黥面发配，被人在肚子上踢一脚，然后强灌矾霜之虞，而且老婆在江湖好汉面前，还给他相当的尊重——蒙汗药麻翻的好汉，张青惜才，常常不惜耽误老婆做包子馅，把人放了，而孙二娘都能听从，事后也不给他小鞋穿，对人讲起，还隐约带一些男人的见识比自己高的意思。

前人论《水浒传》，说作者仇视女人。姓潘的女人，尤其倒霉。水浒两大"淫妇"，潘金莲，潘巧云，不知为什么都姓潘。有意考证作者生平的，这条线索万勿放过。此外，书中刻意写的坏女人，还有卢俊义的太太，刘知寨的老婆，以及阎婆惜。阎婆惜的名字，不知为什么和"一剑霜寒十四州"的钱婆留那么相似。一男一女，一个开国之君，一个街头小女人，怪了。模范太太呢，大概就是林娘子。鲁智深从郑屠手里救下的金翠莲,也是难得的人物:漂亮,正派,重情分,还有见识。说林冲和鲁智深不一般,你瞧,他们遇到的女人亦然。

仇视女人是一方面,《水浒传》的作者,也不太看得起文人。

这是个老话题,并没有过硬的证据,但只要看看有关王伦,有关清风寨文寨主刘高,以及好几处州府的文人知府的描写,多少能够感觉得出来。林冲火并王伦时,骂他"一个落第秀才",既无德无能,又心眼狭窄。刘高和花荣,一个文知寨,一个武知寨。一个英武豪迈,一个阴狠奸猾。花荣说,偏偏文职为尊,要受他的窝囊气。文官的知府们多半是贪腐奸佞之徒,手下的武将常被压制——当然,董平是个例外,这位风流的年轻军官贪恋上司的女儿,当梁山大军攻破东平府,知府程万里全家被杀,已归降梁山的董平跃马冲入程府,抢走了那位不知是倒霉还是幸运的程小姐。

王伦外号"白衣秀士",林冲总结他的两大毛病,是有典型意义的。行走江湖,武艺才是真本事,一肚子诗书当得何用。何况读书的人花花肠子多,要么嫉贤妒能,要么阴狠奸诈。如王伦这样,拒绝众好汉上山入伙,怕夺了自己的权,还只是气量小。像黄文炳那样的,无事生非,明明于己无利,也要害人,是最最可恶的,所以他死得最惨,也最难看。

宋朝鉴于唐末五代武将跋扈,采取文官治国的政策,打压武将的地位——读读名将狄青的故事就很清楚。兵制上的弊病，造成军事上的积弱不振，面对外敌，一直处于被动挨打的地位，直至一灭于金，再灭于蒙古。《水浒传》的作者，或有感于此，才借梁山英雄故事，发泄一下胸中的不平吧。

和原汁原味的宋人话本小说相比，《水浒传》是高度精英化了的侠盗故事。真正的宋朝江湖，你要到《好儿赵正》、《万秀娘报仇山亭儿》，以及《拦路虎杨温传》里去找。强盗有外号，在宋朝大概是件时髦事，《拦路虎杨温传》里有个"细腰虎杨达"，很像《水浒》里的"跳涧虎陈达"，陈达也是因为身子轻，善于蹦跳，才得了这样的外号。另外，你得知道，在宋人的话语里，"好汉"专指强盗，并非寻常的好一条汉子。《水浒传》从宋人话本里取材很多，一些故事是直接搬过来加工的。比如赵正与侯三老婆一节，就为孙二娘十字坡故事所本。宋四公和赵正行事，也有武松之风。如宋四公去张员外家盗物，不必要地杀死无辜的妇人，赵正引诱侯三夫妇杀死自己儿子，手段都很毒辣，杀人干脆，眼都不眨。《水浒传》的作者不管是谁，他是把《好儿赵正》等读得滚瓜烂熟的人，两篇对照，显见精神的一脉相承。

二〇一一年五月十七日

# 千家诗

"三百千千"是过去的发蒙读物,小孩子的玩艺儿。可是很惭愧,直到现在也不敢说全读明白了。首先是不会背,因为不会背,如果有人冷不丁地冒出两句,一时之间,无言以对。其次是里面的典故,未必每个都知晓。《千字文》的开篇讲宇宙起源,《三字经》的开篇讲人性论,这两个大题目,都是需要整本写书的。

小时候集得好几种这类读物,都是文革后期各个机关自己印制,供写批判稿用的,一律白纸黑字封面的小薄册子。除了《三字经》,还有《女儿经》、《神童诗》和不同版本的增广贤文。其中感兴趣的,只有《神童诗》。《三字经》本来挺有意思,可是学校里不断拿它当题目写作文,读烦了。《千家诗》虽然留意,却一直没找到,猜想是篇幅太大,刻印费功夫,负责文宣的人懒得去弄。

初中时遇到一个乡下同学,忘了他爷爷是教私塾的,还是算命看风水的,家里留存了一些线装书。我们同桌很久，他知道我的爱好，邀我去看，说反正也没用。在屋角堆了很多年，不时还有小孩子撕下一页两页拿去擦屁股。纸软，比报纸舒服。我骑了半小时车去他家，进村，穿过几道白垩土墙的小弄堂，到处是刺眼的白花花的阳光，睡觉的狗一只只被惊醒，连汪都不肯汪一声，觅食的母鸡很不情愿地让开两步，满脸气愤，仿佛神圣的事业被打断。村里房子一律矮小，但同学家放书的小偏房因为窗子朝西，满屋子明晃晃的。书有三四十本，又破又脏，翻开来，里面红笔圈，黑笔勾，和我们小学时的课本一样。这是我第一次看见成批的古书，喜出望外，两眼绿光闪闪，手也哆嗦了。但我不敢贪心，反复衡量，取了两本，一本聊斋后半册（前半册找不到了），一本《千家诗》。

《千家诗》版本很多，这一本只收七言，题为《钟伯敬先生增补千家诗》，有图。扉页的一幅全图，画一士人在石壁上题诗，身边一小童捧砚。我非常喜欢这幅画，拿半透明的薄纸影摹过多次。

在此之前，已经搜罗到几种当时不容易找的古诗书籍，包括《唐诗三百首》和《宋诗一百首》。毛泽东诗词注和其他书中援引的一些诗词，也全部抄下来。《宋诗一百首》是班上一位特别爱整洁，字也写得漂亮的同学借我的。知道觊觎无望，发了狠，硬把那本书连皮带骨全吞进脑子里。

《千家诗》按四季景色和风物编排，我奇怪有那么多很好的诗没收进去，如"远上寒山石径斜"之类，也想去"增补"一下。有个亲戚，比我大十岁，就手抄了一本《千家诗》。用普通十六开稿纸对折，背面朝外。写字用圆珠笔。我觉得他太不讲究，圆珠笔写字，见水就晕，不如钢笔，用"英雄牌"蓝墨水，永不褪色。他没画格子，不分栏，也没描图。我要做得比他好，找来白纸，对折，画格子，把能找到的凡是和四季景物有关的七绝全部加进去。每页上栏的图，顾不上——描摹，添加的诗，也没本事配图，只把扉页那幅整页的图描下来。装订完毕，那位亲戚借去看，就留在他那里了。

再后来，弄到一本五七言兼收的，印刷更粗糙。记得开篇是唐玄宗的《幸蜀西至剑门》，配图是人骑在马上，身后有仪仗，背后是山。

当时的感觉，五言部分不像七言那么好懂，而且离写景也远。唐玄宗的这一首，就看不出是什么季节。当然，七言里也有糊涂账，比如那首"大将南征胆气豪"，文辞粗鄙，不伦不类，成了京剧里许多武将念的定场诗。

《千家诗》原出南宋人之手，难怪七绝以理学家的诗打头。但程朱的几首，虽说直白浅俗，一样的"击壤体"，写景也还明快，至少不比"梅雪争春未肯降，骚人搁笔费评章"那样的名作差。司马光的"唯有葵花向日倾"，因为乡间葵花到处都是，冬季待客少不了嗑瓜子，所以觉得特别好，比杨万里的"闲看儿童捉柳花"还好。我印象里没有捉过柳花，也许我们那里的孩子，没有这个习俗。

童蒙读物也有罕贵的版本。台北故宫藏有明代朱丝栏抄本《明解增和千家诗》，残存卷一，收录七绝七十一首。这本彩绘千家诗开本特别大，高三十二点二公分，宽二十一点三公分。台北故宫的说明："以厚皮纸抄写，朱绘边栏界行，上图下文。图旁题和诗，但位置不固定，有时图居中，和诗在左右，有时图居左或右。插图彩绘，用色鲜明，像是明宫廷画师所作，极可能是皇子的教科书。"

皇家版本《千家诗》最令人惊奇的，倒还不是版式宽大和彩绘，而是增和。故宫的图册上选印了第一页，正是程颢的"春日偶成"：

> 云淡风轻近午天，傍花随柳过前川。
> 时人不识余心乐，将谓偷闲学少年。

增和的一首云：

> 迟日融和霁景天，无边花柳艳山川。
> 断怀美景浑相得，岂学荒游度少年。

二十八个字里，"景"字重出，"艳"字下得俗。作手的水平，可见一斑。但中国的教育，首重品行。增和的诗，也许是担心皇子不能理解程颢诗的妙意，只从字面上引申，遇上"云淡风轻"的天气，便要"傍花随柳"跑出去玩，特地强调不可荒废时光，用意是极敦厚的。

二〇〇九年十一月

辑二

# 黑鸟的翅膀

拉赫玛尼诺夫的第二钢琴协奏曲,怎么说它的人都有,旅法钢琴家傅聪直言不讳:他不喜欢拉赫玛尼诺夫,拉二是一碗糖水,加了太多的糖。在音乐里,忧伤总是和甜蜜在一起,能够迅速流行的,差不多都是这类东西。拉二开头命运的沉重撞击声,过于灰暗的调子曾经被人比拟为爱伦·坡的诗《乌鸦》,然而他们指出,《乌鸦》抒写死亡,并不单纯出自诗人神经质的臆想,瞻前顾后,都有现实的坚实基础。拉赫玛尼诺夫一点个人的艺术困窘,何至于夸张到与死亡一般肃穆。何况这样的处理,很容易使人认为,它是贝多芬第五交响曲的不恰当的模仿。事实上,拉赫玛尼诺夫的第二协奏曲确实来之不易。一八九七年,他的第一交响曲在圣彼得堡首演,结果是一场惨败。受此打击,拉赫玛尼诺夫对创作失去了信心,在近三年时间里什么都写不出来,只能专注于钢琴演奏。无奈之下,求助于莫斯科的精神病专家,靠催眠疗法回复正常。病愈后的第一部作品，就是这首风靡一时的C小调协奏曲。

从江淹到席勒，很多作家和艺术家都曾经为创作的巨大困境而痛苦，最终能够跨越关山的少之又少。托马斯·曼的短篇小说《沉重的时刻》，描写席勒在创作诗剧《华伦斯坦》的过程中，因无法写好一个重要场面而产生的内心焦虑，不知是实事还是虚构。参照曼的描写，拉赫玛尼诺夫的痛苦我们感同身受。因此，在拉二中，强烈的情绪之后出现的那些如云间流泉的淙淙之音，纤丝细缕，空灵飘忽，又似松下之风，携花香，伴鸟鸣，洗愁肠，破溽暑，那是得自在后的欢愉，不在所成就的大小，只在欢愉，哪怕只是一点点。这是我们最能消受的情感，至少对于我，拉二的好处在此，这是他更了不起的第三协奏曲里没有的。既然好，暂时不要想到贝多芬，更不要说勃拉姆斯的第二钢琴协奏曲如何如何。

一九四五年的电影《相见恨晚》（*Brie fencounter*）以此为贯穿影片的配乐，给人相当煽情的印象。一些乐评家一次次预言（更确切地说是希望），拉二将很快被人遗忘。但直到一百零八年后的今天，拉二和公众的蜜月似乎仍未结束。在网络和多媒体文化以摧枯拉朽之势横扫传统文化形式并全方位地改变大众的阅读和欣赏趣味的情势下，拉二的夕阳不仅没有垂直沉落，兴许还能逆向攀爬得更高。

从糖水曾是待客饮料的中国迁居到葡萄酒之乡的傅聪，当然不会再去喝糖水。而另一位从法国出来的钢琴家艾蕾娜·格里莫（Helene Grimaud），却对拉赫玛尼诺夫怀着特殊的感情（但她最爱的是德国浪漫派的大师们）。格里莫十五岁那年，凭着一曲拉氏的第二奏鸣曲扬名西方乐坛。她二〇〇〇年为 Teldec 录制的拉二，据说销路极佳。一些心有不忿的乐迷说，这张唱片，卖点不在钢琴演奏，甚至也不在拉赫玛尼诺夫，而是封面上年轻貌美的女钢琴家的玉照。

二〇〇〇年，格里莫刚过而立之年，清爽的男孩子似的短发，白色粗毛背心，仿佛来自安格尔画笔之下的蓝绸大裙子，双肘轻拄琴上，一手托腮，回眸浅笑。格里莫的唱片里，再没有这么动人的画面。古典音乐界难得出一个美女，不管是歌唱家还是演奏家，好不容易从天上掉下一个，如果不追捧，岂不是暴殄天物？

格里莫的唱片，听过几张，没有很深的印象，说不定也是因为她音乐之外的事太转移人的注意力了。她给人的感觉，很野，很异类，很叛逆。她的自传名叫《野性的变奏》（*Variations sauvages*），英译本略变一下，叫《野性的和谐》（*Wild harmonies*）。她喜欢狼，视狼为亲人，一九九九年，千辛万苦，在纽约上州的 South Salem 建起一处野狼保护基地，她自己也移居纽约。自传的封面上，三头狼围着她，狼头紧挨着她的脸，一副亲密无间的样子。

狼也可以温柔。格里莫的钢琴，并不狂暴怪异。弹贝多芬，她首选第四而非第五，似是一种本分的宣告。就是弹拉赫玛尼诺夫的第二,在众多版本里,她的似乎还更轻柔一些。异类和野性,是迎风张扬的旗帜,还是天生的气质?我们不知道。

在拉二的唱片说明书里,有萨宾·施耐德(Sabine Schneider)写的一段,讲格里莫天生的色彩感受。

对于格里莫来说,音乐始终和颜色密不可分。十岁那年,她第一次发现,巴赫"赋格的艺术"在她心里唤起了色彩感。每个单一的音符都和特定的颜色对应,但通常的情况是,整部曲子从总体上印证了某种色调。调性本身也各有色彩:升F大调是鲜艳的红色,G大调则是绿的。在乐曲的进行中,一种色彩浮现,变化,而后消失。

弹奏和单纯的聆听不同,聆听时的感受更强烈。而当格里莫阅读乐谱或想着某一部作品时,她能够利用色彩帮助记忆。这样,在她凭记忆弹奏时,她记起的不仅是音符,还有颜色的印象。至于拉赫玛尼诺夫的第二协奏曲,在格里莫眼里,那是黑色的所有浓淡变化,"就像黑鸟熠熠闪烁的羽毛"。具体地说,在第二乐章里,她看到"一块被铁匠烧得白热的金属,然后逐渐冷却,颜色也越来越暗淡,最后变为暗褐色。"

施耐德女士说,很多人具有听见颜色或看见声音的能力,这就是所谓"通感"。有通感的人,两千人里就有一个,但只有少数人能意识到自己具有这种天赋。很多大文学和艺术家的作品都受到通感的影响，如画家康定斯基，小说家纳博科夫，作曲家梅西安和利盖蒂。

　　施耐德的论断，在我看来，有装神弄鬼之嫌。通感，假如只是外物引起的情绪或感觉上的联想，那一点也不稀奇。我们常说冷色调暖色调，说某人的目光是温暖的，某人的话语是冷酷而尖利的，蛇"让我们的血液一下子降到零度（爱米丽·狄金森的诗），琴声一会儿似烧红的火碳，一会儿像冰（韩愈），如此通感，人人都有。可是格里莫的通感是那么明确，那么具体，我们不能不觉得惊讶。事实上，这种带点神秘性质的异秉，更像是一种感觉的串位或错乱，不过是良性的。还有一些类似的颜色游戏，看起来是把也许实有的感觉加工和提高了，本身与创作无异。法国诗人兰波用诗排了字母和颜色的对照表，虽然看似神秘，说穿了，和小孩子帮助记忆的"3是耳朵，7是拐棍"差不多。

　　相比之下，倒是俄国作曲家斯克里亚宾在神秘之路上走得最远。他构想中的巨作《神秘物质》，是一部"包含了声音，视觉，味觉，感觉，舞蹈，舞台装置，管线乐队，钢琴，歌唱演员，灯光，雕刻品，拥有色彩和幻想，处于催眠状态的各种媒介的狂想曲"（哈罗尔德·C·勋伯格：《伟大作曲家的生活》）。他的第五交响曲"普罗米修斯"的演出，"除了完整的交响乐团，还使用了一架钢琴，一个合唱队，和一个用来把色彩投射到屏幕上的色彩机。"

斯克里亚宾为此列出了一个详细的音和色的对应表：C是红色；升C是紫色；D是黄色；升D，闪烁的青灰色；E，珍珠白和月光；F，深红色；升F，鲜亮的蓝色；G，橙粉色；升G，紫红色；A，绿色；升A，闪烁的青灰色；而B，是珍珠蓝色。

在《神秘物质》的演出设想里，场上要"弥漫着香水和烟草的辛辣味，以及乳香和没药的味道"，演出场地必须设在印度的神庙里。

说颜色，就想到很多人对某种特定颜色的迷恋。我说的不是个人介绍里常有的"最喜欢的颜色"，我说的是迷恋。严格地说，迷恋是一种病态，但大多数时候无伤大雅。而且在艺术和艺术欣赏里，迷恋常常表现为一种趣味，一种很高的趣味。一件寻常的事物因此而附载和提供了超出其本身的意义，就此而言，审美怎么说也是更多地决定于审美者而非审美对象。

普鲁斯特喜欢红色：奥黛特初次登场是一身玫瑰红，这为"斯万之恋"那首洋溢着光怪陆离的激情的乐章定下了基调。男主人公最崇拜的盖尔芒特公爵夫人，也以她的红色裙子著名，其中一件是淡红色的天鹅绒连衫裙。普鲁斯特这样描写马塞尔的感受："我不像往常那样伤感了，因为她脸上的忧郁表情和连衫裙的鲜艳色彩一道，仿佛组成了高墙，把她同世界隔开，使她显得可怜，孤独，使我感到放心，宽慰。我觉得，这件连衫裙向周围发出的鲜红光辉，象征着她那颗鲜红的心，对这颗心我还不大了解，但我也许能给它安慰：德·盖尔芒特躲在微波荡漾、神秘莫测的天鹅绒的红光中，就像是早期的基督教女圣徒。"

另一件是"下摆缀有闪光片的红缎晚礼服"。这件红缎晚礼服在《追忆似水年华》中大名鼎鼎。马塞尔说，穿上这件衣服的盖尔芒特夫人，"就像是一朵嫣红嫣红的花儿，一颗火红透亮的宝石。"第三卷第二部的结尾，盖尔芒特夫妇为了不耽误参加德·圣德费尔特夫人家的晚宴，对于老朋友斯万透露的自己病重、将不久于人世的消息假装不信，而以玩笑置之。盖尔芒特夫人为晚宴而精心准备的盛装，就是这件红缎长裙，而且"头发上插着一根染成紫色的鸵鸟羽毛"。公爵夫妇的义无反顾，斯万的被"抛弃"，如一位美国女评论家所言，被描写得"如此惊心动魄"，以至于盖尔芒特夫人一身的红艳，在夕阳中令人永世难忘。在第五部《女囚》里，马塞尔更是不厌其烦地打听这件衣服的细节，以便为女友阿尔贝蒂娜照样裁制一套。

对于那些值得仰望和热爱的女人，普鲁斯特说，特定的衣着"并非一种无所谓的、可以随便更换的装饰，而是一种确定的、带有诗意的现实，如同一天的天气，如同这一天里某个时刻特定的光线。""这些长裙被赋予一种非常特殊的性质，使穿着这些长裙等你前去或是与你接谈的这个女人，变得异乎寻常地重要起来，仿佛这装束是长时期深思熟虑的结果,仿佛这谈话是超脱于日常生活之上,有如小说中的场景。"

将生活的每一个细节艺术化,将意义皴擦在每一件被纳入关注和情感投射的事物上,普鲁斯特也许在试图告诉我们,流淌在时间之河上的广大世界,不过是心智和记忆的游戏而已。联想到普鲁斯特的同性恋倾向,盖尔芒特夫人们的红色意味深长。

李贺也是颜色的迷恋者。早年的印象,现在可能不准确了。据说他眼中和幻梦中的颜色,和他长期的吐血有关:红,和红的对比色——绿。他的红往往牵涉到死亡,是一个触目即是的死亡过程。他的绿常被用来象征鬼魂的世界。红和绿本是强烈的对比,而在李贺那里,它们却能互相代替和转换,如《神弦曲》中的"笑声碧火巢中起",如《苏小小墓》中的"冷翠烛,劳光彩"。《巫山高》的尾句:"椒花坠红湿云间。"注者以为,椒花本非红色,李贺此处是误用。王琦说椒花坠红是无人花自落之意,指人去楼空,不是王维的"涧户寂无人,纷纷开且落"。但我觉得,坠红乃是暗示死亡,以花落暗示女人——尽管是一位神女——的死亡。

就像刚开始听京剧的人容易为马派的潇洒着迷一样,初听古典音乐的人,遇到拉二这样的作品,一定爱不释手。要说这也是我听得几乎能背下来的曲子,可从来没想过颜色这回事。读了格里莫的故事之后,找到她的碟,一心去听颜色,但那块烧得白亮的铁板,怎么也听不出来。

当然,格里莫还提到了黑鸟,这关系到整首协奏曲,不单是第二乐章。黑鸟很自然地使我想起写了著名的《观察黑鸟的十三种方式》的华莱士·史蒂文斯,一个因为纯粹而鹤立鸡群的美国现代诗人。在午后强烈的阳光下,黑鸟的羽毛熠熠闪光,幻化出多种色彩,而且有一种神奇的金属光泽。史蒂文斯在诗中发问:你们为什么尽想着虚无缥缈的事物,而从不费心注意你们身边女人脚下那些走来走去的黑鸟呢?由此可见,黑鸟只是寻常花鸟,随处即是。不寻常的是,当黑鸟的羽毛出现在从虚空开始的背景中,它必然引起创造性的联想。正如史蒂文斯断言的:

> 一个男人和一个女人
> 是一个整体。
> 一个男人和一个女人和一只黑鸟
> 也是一个整体。

我们活在世上,无非是活在与其他事物的关系之中,我们的喜剧和悲剧,我们的意义和无意义,都是关系的体现。

在过去住的地方,我常在天将破晓时听见乌鸦的叫声,白天却看不见它们;我常在白天看见从容踱步的黑鸟,却不知道它们夜晚的叫声如何。乌鸦和黑鸟，是时间的不同层次。一切都归于从前，那里有太多出发的误解。只要乌鸦和黑鸟的叫声和步态依旧，我们就还是原来的自己，在原来的地方，左右瞻顾。乌鸦和黑鸟，就像对于"生长中原，身未入蜀"的李贺，"蜀地之椒，目所未睹"，不论多么狂傲，总是有所欠缺。集万千因缘于一身，终归不能完美，甚至不能有所成就。

勋伯格这样描述拉赫玛尼诺夫从噩梦中的解脱：达尔博士在拉赫玛尼诺夫的耳边一遍遍地重复暗示："你将写出你的协奏曲，你将写出你的协奏曲，你将写出你的协奏曲，你会写得称心如意，这部协奏曲将是了不起的杰作——"这样，不管音乐理论家和欣赏者后来怎么评判，在一九〇一年，它总算完成了。回到李贺，椒花该红的时候，它就是红的。回到我自己，乌鸦到头来，也是黑鸟的一种。

整整两个星期里，艾蕾娜·格里莫的唱片静静地搁在办公室的桌上，在一排字典的前面，任何时候，微微转首，就看见了碟面上那个赏心悦目的蓝色形象，耳机里确实飘着不同风味的琴声，李赫特、吉列尔斯、巴克豪斯、布伦德尔、施纳贝尔、肯普夫、阿劳、吉塞金、鲁宾斯坦、霍洛维茨、米开朗杰利、柯托、波里尼、柯曾——还有如布伦希尔德一般英迈超逸的阿赫里奇，以及她欣赏的波哥莱里奇。在普鲁斯特的阴影下，我们很容易成为普鲁斯特，成为一个病态地迷恋某种事物的人。也许在这种意义上,每个人都是艺术家。艺术把不相从属的事物连接在一起,形成一个中心,一个圆,使我们有所依归:

  黑鸟的影子
  来回穿梭。
  情绪
  在影子中辨认着
  模糊的缘由。

二〇〇九年十月二十一日

## 马勒：孤猿坐啼坟上月

马勒的《大地之歌》采用了七首唐诗为歌词，其中的第一三四五乐章，分别为李白的《悲歌行》、《宴陶家亭子》、《采莲曲》和《春日醉起言志》。王安石说李白的诗十之八九歌咏醇酒妇人，当然不合实际，然而马勒从德文译文中所选的，恰恰如此。马勒的音乐作于四岁爱女不幸夭折，自己又身罹重病之日，他从李白、王维、孟浩然和钱起的诗中感受到的，便是良辰易逝，为欢苦短，狂歌痛饮虽能一时排解寂寞，人终归要在无可奈何中告别一切世上的美景，独自走向死亡。

选入《大地之歌》中的诗，除了钱起的一首，都是盛唐之作。李白的颓唐，孟浩然的自怜，王维的恬淡，似乎在不经意中表现出了难得的节制，始终怨而不怒，哀而不伤。颓唐的背后是豪迈，自怜的背后是自矜，恬淡的背后是闲适。一切负面的情绪，言辞未发已经升华，在表达的过程中呈示的，仍然是一个伟大时代深入到骨子里的自信。

而马勒透过译文感受并表达的,却是晚唐的声音,第一乐章的雄壮和末乐章的深沉都不能改变这一点。这里要说明的是,晚唐并不小,也不浅陋,它只是过于伤感,是敏感的人面对时代欲振乏力的绝望。

> 悲来乎,悲来乎。
> 主人有酒且莫斟,听我一曲悲来吟。
> 悲来不吟还不笑,天下无人知我心。
> 君有数斗酒,我有三尺琴。
> 琴鸣酒乐两相得,一杯不啻千钧金。
> 悲来乎,悲来乎。
> 天虽长,地虽久,金玉满堂应不守。
> 富贵百年能几何,死生一度人皆有。
> 孤猿坐啼坟上月,且须一尽杯中酒。

《悲来乎》虽非李白的杰作,开端的气势很可与《将进酒》一比,《大地之歌》也正是这样开始的:千林疾振,万壑轰鸣,狂飙天降,洪波涌起。"孤猿坐啼坟上月"一句,被译成李贺式的"秋坟鬼唱鲍家诗":

> 月光照耀着坟墓,
> 一个野鬼似的动物蹲着出现。
> 是一头猴子!

你听,像是叫喊,

在散发着幽香的夜晚。

由于马勒,李白这首原来并不十分在意的悲歌,另有了一层意思。其实就诗而论,《悲来乎》陈言俗语太多,尤其是后半部分,意思既不像《春日醉起言志》那么好,抒发得也不如《将进酒》那么痛快。苏轼就说,像《悲来乎》、《笑矣乎》这些诗,决非出自太白之手,"盖唐末五代间贯休、齐已辈诗也。"唐朝有个崇拜李白,一心想与李白较劲的诗人,自己取名为李赤,他写的诗,据说就有混入李白集子里的。苏轼所说的这几首,有人便认为是李赤所作。

柳宗元写了一篇《李赤传》,说李赤为厕鬼所惑,总是当厕所为玉堂香闺,看见美女向他招手,朋友几次把他拉回,但他执迷不悟,最终死于茅坑。柳宗元也许不太高兴李赤的狂妄,故意这样讽刺他。但如果传说属实,李赤其实是个很可怜的人,一个一无所有,因此耽于白日梦的人。

《笑矣乎》俗不可读,不管有没有证据,将它剔出李白的集子,无伤大雅。

《悲来乎》另当别论,"孤猿坐啼坟上月,且须一尽杯中酒",确乎是李白的口吻,而且这两句很不错。温庭筠的小说《何让之》中,写一老狐坐在坟头吟诗:"野田荆棘春,闺阁绮罗新。出没头上日,生死眼前人。"虽然狐猿有别，情调仿佛。

第三乐章的《宴陶家亭子》，出现了有趣的误译，陶家亭子被理解成陶瓷做的亭子：

> 池塘中央，矗立着一座
> 用绿白陶瓷建成的凉亭。
> 一座玉桥
> 像弓起的虎背，
> 高跨亭上。
> 朋友们衣冠楚楚，相对而坐，把酒临风，谈笑吟咏
> 快乐无比。

李白的原诗是这样的：

> 曲巷幽人宅，高门大士家。
> 池开照胆镜，林吐破颜花。
> 绿水藏春日，青轩秘晚霞。
> 若闻弦管妙，金谷不能夸。

青白二色的亭子从何而来？唯一的根据是"青轩"。中国瓷器在欧洲以名贵著称，一座用陶瓷做成的亭子，那是什么样的华丽？

《大地之歌》庞大的第六乐章用王维的《送别》（"下

马饮君酒,问君何所之。君言不得意,归卧南山陲。但去莫复问,白云无尽时")作结,归隐山中而作别红尘,被马勒一变而为对人世的告别:我已身心疲惫,我不愿再去远方。我要去到一个神秘的地方,获得内心的幸福。大地上永远如此,到处是白云飘荡。

第六乐章前半部分是孟浩然《宿业师山房待丁大不至》一诗的松散翻译,强调的是原诗中的"夜"、"暝"、"凉"、"归"和"栖"。这样的气氛,在这里被用来暗示死亡,恬静安详的死亡。虽然佛教有轮回之说,但因为孔子的现世主义精神,中国诗人在写到这种静寂和歇息的场景时,只是表达一种超然的态度,强调沉思和内心的宁静,或是对功名利禄的谦恭的拒绝。

中国诗人并不热衷于对天国的赞美和描绘,即使在游仙诗中,仙境突出的还是作为理想世界的一面,而非作为对来世的追求和个人的归宿。在大量山水田园诗里,诗人要避免的,恰恰是在对人间幽境的描绘中,不经意地流露出弃此世的念头,引起读者对神灵世界的联想。出现这种情况,古人称之为"诗谶",意味着作者将遭逢不吉,通常是过早的死亡。最为人议论的例子是李贺。

孟诗的原文是:

夕阳度西岭,群壑倏已暝。
松月生夜凉,风泉满清听。

樵人归欲尽,烟鸟栖初定。
之子期宿来,孤琴候萝径。

接下来的一段,是马勒自己加的,加在孟浩然(等待)和王维(告别)的诗之间:

> 大地在万物的睡眠与歇息之中深沉地呼吸,
> 疲惫的人们重新拾起遗忘的快乐与年轻。
> 这片可爱的大地,永远会在春天再现芳华。
> 永远会在太阳自地平线升起时,
> 拥抱无限的光芒,与蔚蓝的天空!
> 直到永远,永远,永远

诚然,这是对大地的赞美,乐观、自信、温暖、和平。但丁的天堂,是无限明亮的光的境域。马勒从唐诗中拈来一个万物苏醒的春天,但没有忘记"拥抱无限的光芒"。因此很明白的,这里的"可爱的大地"和春天,不是尘世,不是此时,而是彼岸,是信仰者重生在"另一个世界"之后的景象。唯此,这里才有一连串的"永远"。只有在神的世界,时间才有史以来第一次,不再成为人的挂念。

马勒的音乐,听得最多的其实还是第二交响曲《复活》,很喜欢德国女高音伊丽莎白·施瓦茨科普夫的声音,无论在马二,在贝九,还是在《玫瑰骑士》中。合唱的歌词出自宗教诗人克洛普施托克（Friedrich Gottlieb Klopstock，一七二四——一八〇三）所作，马勒加以改写，文辞极好：

> 无处不在的痛苦，
> 我已将你解脱！
> 征服一切的死亡，
> 如今你被征服！
> 我要展开通过自身努力而获得的双翼，
> 在爱的追求中飞翔，
> 飞向那肉眼穿不透的光芒！

二〇〇九年十月六日

# 中国公主图兰朵

普契尼的歌剧，打个不太恰当的比方，近似马连良的唱腔，或许不耐回味，但它的好处是明摆着的：好听，华丽。马连良当然潇洒，普契尼特能煽情。男女主角之间深情脉脉的大段对唱，尤其是他的拿手戏。记得初到纽约，看詹姆斯·艾弗利的影片《带风景的房间》，片头那段女高音回肠荡气的怨诉，一听就迷得要死。用在福斯特的故事里，也真用得恰如其分。普契尼如此从我面前走过，就像普鲁斯特童年时在外祖父那里见到的红衣美妇，知道她的名字，她是谁，却要到很多年后。

老普的歌剧，要说我最喜欢的，还是《图兰朵》。《图兰朵》的中国背景可能是一个因素吧，但我不能确定。我能确定的是剧中刘的两段唱腔，一在劝阻王子冒死求婚时，二是为了保护王子而自杀身亡前，实在婉转优美，令人不忍拒绝。剧终时的大合唱，尽管只是已成流行段子的"今夜无人安睡"的简单变化，却有冬日炉火的效果，每次都把人熏得暖洋洋的。

寻常介绍歌剧的书,提到《图兰朵》,一定少不了讲讲普契尼创作该剧时如何呕心沥血,如何一度陷入困境几乎不能自拔。还会提到托斯卡尼尼指挥此剧首演时的轶事:歌剧演到刘之死时戛然而止,托斯卡尼尼垂手面对观众,说:"写到此处,大师永远放下了手中的笔。"

对于中国听众,有一点不能不提:《图兰朵》的故事发生在北京,讲的是一位"中国公主"的故事,所以才有了张艺谋做导演在故宫演出的时髦盛事,还有人饮水思源,把公主的名字译为"杜兰朵"。果真是这么回事吗?

## 歌齐的童话剧

据莫思柯·卡纳的《普契尼评传》,《图兰朵》是根据意大利十八世纪剧作家卡洛·歌齐(Count Carlo Gozzi,一七二〇——一八〇六)的同名剧作改编的,歌齐如今名气不大,当时却是能够和卡洛·哥尔多尼分庭抗礼的人物。他出身贵族,文学观保守,五幕悲喜剧《图兰朵》的诞生,起因于他与哥尔多尼之间一场激烈的文学论争。

身为律师的哥尔多尼是新兴中产阶级的代表,他对威尼斯剧坛流行已久的假面喜剧(Comedy of Masks)深恶痛绝,认为那是一种矫揉造作的垂死的艺术形式,戏剧应当表现当代市民的生活。对此,歌齐嗤之以鼻。他认为,艺术就是要给观众看一些不"自然"不写实的东西，最好的例子是童话，就是"老祖母和乳娘们在冬天的炉火边讲给孩子听的那些迷人故事"。歌齐断言，在粗俗的世俗生活喜剧和富于象征意味的精致的寓言故事之间，"威尼斯人将把掌声献给我而不是哥尔多尼"。为了证明这一点，歌齐在一七六一至一七六五年间写了一系列寓言剧，第一部作品是《三个橘子的爱情》（该剧两百年后拜普罗科菲耶夫的音乐之赐而广为人知），《图兰朵》则是其中的第四部。

在文学史上，这种传统和新兴的文学观念的较量屡见不鲜，结果基本上也没有悬念。当哥尔多尼逐步奠定喜剧大师的地位时，歌齐却逐渐退隐到历史深处，成为欧洲戏剧史上一个不太响亮的名字。然而在歌剧领域，歌齐却因为德国浪漫主义者的青睐一直走红到当代。

这是因为，歌齐戏剧中远离现实的一面，它的神秘、幻想、异国情调和富于隐喻的形式，恰是德国浪漫派求之不得的。歌德、席勒、施莱格尔等都对歌齐赞不绝口，甚至称他为"浪漫主义之父"，《图兰朵》尤其激发了他们的想象力。歌德在威尼斯观看过歌齐剧作的演出，直到晚年，犹对《图兰朵》念念不忘，称赞它"把人类的命运奇妙地交织在一起"。

一七九○年，歌德和席勒计划成立德意志民族剧院，演出本国和外国的优秀剧作，所选剧目就包括了歌齐的作品。一八○四年，《图兰朵》在德意志民族剧院上演，采用的是大诗人席勒的译本。普契尼的唱词就是在席勒本的基础上改写的。一八〇九年，卡尔·马利亚·韦伯根据席勒本创作了《图兰朵序曲》和配乐，其中采用了一段中国曲调，以增强曲中的东方风味，为普契尼开了先河。

从十九世纪初至今，《图兰朵》至少六次被改编为歌剧，普契尼和布索尼版为其中的佼佼者。此外，它还被奥地利作曲家戈特弗雷德·冯·埃内姆（Gottfried von Einem）改编为芭蕾舞剧，包括韦伯在内的五位作曲家为它写了戏剧配乐。

看来，失败者并非完全没有荣耀可言。不以历史的观点看问题，固然浅薄，全以历史的观点看问题，则未免势利。

## 并非中国故事

按照莫思柯·卡纳的说法，歌齐的图兰朵故事，灵感很可能来自法国十七世纪末风行的一本波斯故事集，和十八世纪初译为法文的《一千零一夜》。但即使是《一千零一夜》，故事的最初来源仍然是波斯。图兰朵（Turandotte）的名字显然出自 Turan 一词，波斯语对 Turkestan（突厥斯坦）的称呼。

《图兰朵》的主题是人类两性之间的争斗，在此具体表现为男性对女性坚韧不拔的追求，和女性对自己的被征服既渴望又反抗的矛盾心理。这个主题，在中国古典文学中似乎没有过，但在中亚和欧洲却屡见不鲜。卡纳指出，莫里哀的《埃利德公主》可以说是图兰朵故事的翻版，莎士比亚的《威尼斯商人》（又是威尼斯！）中，鲍提娅的三个盒子，作用和图兰朵的三个谜语相似。格林童话中有一篇《谜语》，故事正好反过来：求婚者必须出谜语让公主猜，三天之内如被猜中，则难逃一死。在故事主角到来之前，已有九个男人为这个乖僻的公主送了命。

对异性深怀恐惧或仇恨的女性，以生死为赌注作较量，从而为求婚者设置了一道巨大的障碍。在上述各个故事里，通过谜语考较的是智慧和勇气，在另外一些传说里，比试的是武力。无论是考较智慧还是武力，都是要在两性之间分出高下。这一点，对于女性尤为迫切，也灌注了更强烈的感情，因为在漫长的历史时期里，女性总是被不公正地认为在智慧和体力上低男性一等。在较量武力的故事里——亚马逊女王只能嫁给在一对一搏斗中战胜她的人——从表面上看，与图兰朵故事很少相似之处，但其精神是一致的。

亚马逊女王对男性的憎恨，源于祖先遭受的野蛮人入侵的伤害。这是歌齐原作中没有的内容，但被普契尼借鉴。在他的歌剧中，图兰朵的祖先罗玉玲，一个贤明的统治者，一个贞洁的公主，被入侵的蛮族国王强暴并杀害。我们必须注意，罗玉玲遭受的伤害是双重的：入侵者不仅夺去了她的王国，也夺去了她的贞操。正是这种仇恨和复仇心态，使图兰朵提出了看起来极为野蛮和残酷的求婚条件，并借此把二十三位无辜的王子送上断头台。

## 苏小妹又如何

中国的民间传说中，常见拙朴天真的一类人物，对一切世事，从政权的更替到个人仇恨的化解，从生死的过渡到异想天开的爱情，无不抱以儿童般单纯和乐观的态度。这类故事经不起推敲，更没有古希腊神话的悲壮和深刻，但其中自有一种趣味，一种难得的出于天真的幽默。刘知远的故事，薛平贵的故事，都涉及政权的夺取和宫廷斗争等等莎士比亚最喜欢的主题，然而这样的主题在故事中退到了二线，成为点缀故事的朦胧背景，而由夫妻重逢和父子团圆，这些最生活化最平民化的情节，占据了主位。

关于婚姻和性，中国传说中可以拿来作对比的，是苏小妹故事。这是一曲轻快的喜剧，经过文人加工后，成为话本名作《苏小妹三难新郎》。

所谓三难，指的是新郎秦观花烛之夜遭遇的挑战，亦即新娘的三个难题。与图兰朵故事阴森森的血腥气氛不同，苏小妹的难题只是一个无伤大雅的玩笑，而且目的不是为了阻止成婚或男性的占有，反而为即将到来的性仪式增添了浪漫情调。我们甚至可以说，苏小妹的刁难实际上是一种挑逗，为了激起男性的斗志和热情。在这里，两性之间的关系不是征服和被征服，而是相互征服，相互接受，因此不存在抗拒和仇恨，更不需要以性命相搏。征服和被征服无关胜与败，无关牺牲和侵占，而是彼此寻求圆满的一种方式。

一个细节上的区别是，苏小妹的难题包括猜诗谜、作诗和对对子，都是文人喜爱的游戏，固然也是智慧的较量，但它不是赌博性质的，也就是说，不是以一方的获利或一方的牺牲为目的的，这就表明了一种友善的态度，一种文雅的谐谑。事情很明显：在这类中国故事中，男女主角之间不存在需要化解的两性间的仇恨。

事实上，按照故事的设定，苏小妹的才华丝毫不亚于最为苏东坡欣赏的才子秦观，三难的结果，既肯定了苏小妹的不凡，也证明了秦观的名下无虚。出题和答题都以同样的分量展示了主人的学识，因此，这种高难但最终得以解决的题目，让双方都成为胜利者。苏小妹并没有因为题目的被破解而丧失女性的尊严。

猜谜故事在西方起源很早，一开始就充满暴戾和恐怖气息。狮身人面的斯芬克斯长了一副漂亮女人的面孔，被她阻拦的行人必须猜出她的三个谜语，猜不中者将被她无情格杀。一旦被俄狄蒲斯猜出谜底，斯芬克斯自己只能自己从悬崖上跌下摔死。

这种赌博是一场不可能妥协、不可能双赢的对决，只能你死我活。斯芬克斯故事在欧洲和中亚繁衍出无数版本，图兰朵的原型也可以追溯到这里。

## 《一千零一夜》的两个故事

在纳训版《一千零一夜》里，至少有两个故事包含了《图兰朵》传奇的一些因素，甚至要素。

首先是《国王太子和将相妃偯的故事》中的一篇，《公主和太子的故事》。故事里，公主黛图玛羽面对无数前来求婚的公子王孙，宣称只和战胜她的"英雄好汉结婚"，败在她手下的人，不仅被没收战马，解除武装，还要在额头烙上"黛图玛羽的俘虏"的字样，以示羞辱。

黛图玛羽并不仇恨男人，她的行为出于对自身美貌的骄傲，所以很快屈服于一个虽然也是比武场上的失败者，但却懂得从另一条路讨女人欢心的王子。

更好的例子是《苏里曼沙的故事》，其中的公主名叫朵丽亚。和图兰朵一样，朵丽亚也是因为对男子抱着刻骨的仇恨而发誓不结婚的。朵丽亚曾在梦中见到猎人布网捕鸟。当雄鸽落网时，雌鸽奋力啄破网眼，将雄鸽救出，而第二次当雌鸽失陷，雄鸽却不顾其死活，自己逃走，结果雌鸟不幸丧命。朵丽亚由此得出结论：雄性自私自利，对雌性而言一无可取；男人同样无情无义，对女人从来不怀好心。

王子塔智·木鲁可治病治本，编造了雄鸟在前来救援雌鸟的途中遭猛禽杀害的情节，画成壁画，让公主在游园时看见，再反复解释，使她相信梦中所见并非事情的全部，因而扭转了她对男人的偏见。

朵丽亚故事已经具备了图兰朵故事的大部分要素，尤其是王子苦心孤诣感化公主的情节。在《图兰朵》中，卡拉夫在已经猜出全部谜语的情况下，慨然再度押上自己的性命，允诺图兰朵：只要在天亮前能打探出他的名字，他仍算失败。

由于王子的侍女刘的自我牺牲，夜晚即将过去，图兰朵面临着第二次失败。卡拉夫在诉说了心中的爱慕之后，主动将名字告诉图兰朵，第三次把命运交到对方手上。

这里和格林童话中的《谜语》比一比是很有意思的。《谜语》里，王子也是主动把谜底告诉了亲自前来窥探的公主，但是，公主并未因此被感化，次日仍然宣布她获胜，王子将被砍头。公主毫无气度，同样，王子也不像卡拉夫那样慷慨，他是小人做到底，早存防人之心，哪怕是自己心仪的女人，夜间先留下了公主的斗篷，以作证据。结果在法庭上，王子胜诉，法官判决公主嫁给王子。

格林童话近代的意味很浓，人物不再具备古典时代的高尚，在他们身上，连中世纪的骑士风度也荡然无存。公主的认输和下嫁并非情愿，要靠法官判决，这是极具讽刺性的。区别古代和近现代，标准之一，是看人物的行为，约束它的，是道德还是法律。前者主动，后者被动。这也正是高贵和猥琐的区别。至少在文学的意义上如此。

刘的感人精神和卡拉夫的一片至诚,"融化了图兰朵心中仇恨的坚冰",恢复了她的人性,并因此"拯救了一个古老的帝国",然而这一切乃是鲜血换来的,代价太大,这就使《图兰朵》即使有一个大团圆的结局,仍然是一曲悲剧,完全没有《一千零一夜》故事的轻快和幽默。

## 普契尼的那点中国味

歌齐的那点中国调料显然来自他的前辈老乡马可·波罗。马可见识的中国是元朝,一个混合了中国和中亚风格的大帝国。《图兰朵》中的国王名叫阿图姆,很像西域的姓名。王子卡拉夫是被黜的国王帖木尔的儿子。帖木尔,实实在在,是一个蒙古人的名字。

歌齐也许自己都没意识到,他笔下以北京为都城的中国,实在太多蒙元的影子。只有在大元帝国,西域王子云集求婚的情景,才显得有那么一点可能性。

到普契尼的时代,中国已不再神秘和遥远,他增添的二号女主角,就有了一个地道的中国姓——刘。

据朱利安·巴登的《普契尼传》,普契尼经常到伦敦看戏,一九一九年夏天,他连看了两场中国题材的剧目:弗雷德里克·诺顿的音乐喜剧《朱清周》(*Chu—Chin—Chow*)和福隆与欧文合作的情节剧《吴先生》(*Mr.Wu*),

心中对创作一部同样背景和情调的作品隐隐有了一个念头，但直到次年三月，一位名叫雷纳托·西莫尼的编辑把古齐的剧本推荐给普契尼，图兰朵这个名字才第一次纳入其视野。

刘这个角色，在很多人眼里，差不多要算真正的女主角。她的戏份不亚于图兰朵，更重要的是，她是主要人物中，唯一一个没有道德缺陷的人——图兰朵肆无忌惮地杀人，包括害死刘；卡拉夫追求图兰朵，爱情之外（贪恋图兰朵的美貌），其中有很大的自私因素，即借助娶中国皇帝唯一的女儿，将来继承皇位，实现复国的野心。在古齐的原作中，刘的原型名叫阿德尔玛，但这位女仆并不像刘一样忠心耿耿。在那个紧张的不眠之夜，她居然充当间谍的角色，企图打探出卡拉夫的真实姓名。这一情节和格林的童话完全一致。童话里的使女没有姓名，公主猜不出王子的谜底，夜晚派她潜入王子的卧室，偷听他的梦话，结果被识破。

歌齐的剧作被认为太血腥，公主凶残嗜杀，王子则是一个野心家——有点像《天龙八部》中的慕容复——他们都不是理想的正面人物。普契尼显然意识到了这一点，他一方面尽量淡化两位主角身上的缺陷，同时提升刘的地位，使她成为剧中的道德典范，成为爱、奉献和宽容的化身。从阿德尔玛到刘，不仅是角色的中国化，不仅是身份的转变，普契尼通过刘，把他理解的东方精神灌注到他最后的杰作中。

图兰朵提到的那位祖先，名叫罗玉玲（Lo—u—Ling），看来是随手拈来的名字，正像微不足道的小角色刽子手名叫屠廷宝（Tu—Ting—Pao）一样。

普契尼在《图兰朵》里采用了七段中国曲调。其中三段来自前一位驻华外交官卡莫西男爵送给他的能播放中国曲子的音乐盒，包括气势磅礴的合唱"吾皇万岁"，另外四段采自冯·阿尔斯特编著的《中国音乐》（*Chinese Music*, 一八八四）一书。

因为这些中国曲调，欣赏《图兰朵》，从头至尾便有亲切和似曾相识的感觉。一句朴实的乐句，经过普契尼的妙手，通过建制庞大的管弦乐队奏出，便如同梳妆打扮一新的少女，予人惊喜莫名之感。第一幕结束时强大无比、仿佛不可抗拒的图兰朵主题，经常挂在嘴边哼哼，很久以后才恍然大悟：这不就是《茉莉花》的头一句吗！

欢快的《茉莉花》完整出现在剧中，变成了低沉的合唱，代表女性夜一样的神秘、美和与之相联系的夜一样的死亡。平庞彭在第二幕第一场的几段唱腔，机智风趣，显然都是根据中国民歌改编的。庞和彭边跳边唱的一段，和我小时候听过的河南或中原一带的民间小调一模一样。

从另外的角度看，在《图兰朵》中，最纯正的中国味不是中国公主这一头衔，也不是布景越来越逼真的北京城，《图兰朵》中最纯正的中国味来自平庞彭。

平庞彭在普契尼笔下成了不折不扣的"箭垛"人物，成了"汉学家"普契尼展览其中国文化知识的"多宝格"。他们的身份杂乱得一塌糊涂：朝廷重臣，负责葬礼和婚礼的内侍，劝阻求婚者的好心人，执法的悍吏，娱乐君王的面具小丑。面具的出现，为歌齐延续了一点血脉。

第二幕开场，平庞彭为即将来临的婚礼或葬礼做准备。他们都对公主无休止地滥杀求婚者感到厌烦，也对国家的前途表示担忧。这三个人形影不离，官场上是亲密无间的同僚，私下里是同样亲密无间的朋友，均已在朝中为官多年，故乡的恬静生活已成遥远的梦幻。平感叹说，真想回到他在河南（Honan）的老家，绿竹漪漪的湖畔庄园。平的话使庞和彭顿起乡愁。庞的家乡在"湘"（Tsiang），彭的家乡在"楚"（Kiu）。如果这样理解不错，说起来，他们算是近邻省份的小老乡呢。

听西方人在舞台上大唱采薇之歌，感觉上不免异样。归隐是中国文人/官僚挂在嘴边的套话，亦真亦假，只看在官场上混得如何。平还感慨地提到他苦读古代典籍，颇有点"皓首穷经"的意思。这三位滑稽角色半真半假的"咏怀"，不是普契尼凭空编造得出来的，像是一组唐诗的松散翻译。

看意大利维洛那竞技场演出的剧照，最后一场的皇宫戏，气势无比雄伟。背景是祥云缭绕的故宫式的宏大建筑，中景耸立着五座高塔，高塔前铺设着皇帝的御座，左右两侧远处各立一座既像华表又似牌坊的摆设。御座两侧一路台级直达舞台最前方，台级上，自上而下，肃立着侍臣和甲士。前台两边是庞大的合唱队，往里的带栏杆的平台上，鹄立着各色冠服的臣僚。

欧洲的演出很喜欢这种布局：皇帝高高在上，公主肃立在右下侧，卡拉夫从左侧上场，登上台级，走到公主所在的那一层，等待命运的判决。相比之下，纽约大都会歌剧院的设计要小家子气得多。皇帝的朝廷像是乡村的小庙，然而前台居然曲池流水，回廊错综。撑着油纸伞和摇着纨扇的宫女不停地穿梭往来，蟒袍假面的小丑做出各种夸张的姿势。皇帝一袭黑衣，左右的太监反而黄袍冕旒。

一九八八年的大都会版中，平庞彭不仅穿的是标准的京剧官服，而且有意把一些京剧动作融入表演中。平的家居装扮俨然道士，上衣宽松，胖肚皮裸露着，十足中国传统年画中的铁拐李。

说到底，《图兰朵》中的中国，不过一味调料罢了，我们不必太较真，更不要指望从中寻找东西文化的微言大义。

二〇〇七年三月六日

# 周氏兄弟和龟鹤齐寿钱

周氏兄弟都喜欢集古物,鲁迅仅收藏的古物拓片,就有六千多张。周作人在《骨董小记》里说,"古器物中显然可以分两部分,一是古物,二仍是古物,但较小而可玩者,因此就常被称为古玩者是也。镜与明器大抵可以列入古玩之部罢,其余那些玩物,可玩而不古,那么当然难以冒扳华宗了。"小而可玩者之外,还有一类,如书画,明清官窑瓷器,殷商的青铜器,善本书等,价值连城,不是一般人"玩"得起的,很难还称之为古玩。像潘祖荫收藏的大盂鼎,陈介祺收藏的毛公鼎,张伯驹收藏的平复帖,都是国之重宝,鲁迅和周作人的收藏,自然不在此列。

古玩的趣味,周作人说,其一是古,其二是稀。物以稀为贵,那么很自然的,其三就是贵。古玩虽是小道,成系统地集藏,还是需要相当的财力。鲁迅在教育部任职的时候,工资优厚,"月掷二十余金",购买金石书画,虽然不能和贵介公子及富商们比,在今天看来,也算很"豪阔"

了。《骨董小记》里又说，"总而言之，我所有的虽也难说贱却也决不贵。明器在国初几乎满街皆是，一个一只洋耳，镜则都在绍兴从大坊口至三块街一带地方得来，在铜店柜头杂置旧锁钥匙小件铜器的匣中检出，价约四角至六角之谱，其为我买来而不至被烊改作铜火炉者，盖偶然也。然亦有较贵者，小偷阿桂携来一镜，背作月宫图，以一元买得，此镜《藤花亭谱》亦著录，定为唐制，但今已失去。"一元就算较贵，二十余金，很可买一些不错的东西。

周作人收藏的小古董里，有一枚"龟鹤齐寿"钱，看他屡屡提到，显系心爱之物。他在作于一九二六年的《发须爪序》中说："我是一个嗜好颇多的人。假如有这力量，不但是书籍，就是古董也很想买，无论金石瓷瓦，我都是很喜欢的。现在，除了从旧货摊收来的一块'凤皇砖'，一面'石十五郎镜'和一个'龟鹤齐寿'的钱以外，没有别的东西，只好翻弄几本新旧书籍，聊以消遣，而这书籍又是如此的杂乱的。"

十年后作的《买墨小记》再次说到这枚宋代大花钱："从前有人说买不起古董，得货布及龟鹤齐寿钱，制作精好，可以当作小铜器看。"货布是王莽的钱币，仿先秦布币而作，虽然存世多见，却以造型奇特和精美著称，古人多有以货布系于杖头为饰物的。

鲁迅"戊午日记"中也提到"龟鹤齐寿"钱：五月十四日，"晨得二弟信并专拓一枚，十日发。上午寄二弟信，附胡适之笺及汇券,计旅费及买书泉共百。寄徐以孙先生信并专拓片一束,'龟鹤齐寿'泉、吕超墓竟拓各一枚。"

拓片不知是鲁迅自拓藏品,还是周作人寄来的,总之看得出来,鲁迅也很喜欢这枚钱。花钱不是正用品,是一种小玩物,品类纷杂,用途各异。以祈愿文字为钱文的,也叫吉语钱。龟鹤齐寿四字,书法精妙,前人以为似宋徽宗的瘦金体,加上意思好,形体又大(直径六十毫米),历来为人喜爱。

周作人经常把买到的古玩拓片寄送鲁迅,而对于这枚大钱,不仅精心拓摹,还制成锌板,印到信纸上:"我在绍兴的时候,因为帮同鲁迅搜集金石拓本的关系,也曾收到一点金石实物。""这种金石小品,制作精工的也很可爱玩,金属的有古钱和古镜,石类则有古砖,尽有很好的文字图样,我所有的便多是这些东西,但是什九多已散失,如今只把现在尚传的记录于下。乙卯八月日记里说:'十七日,下午往大街,于大路口地摊上得吉语大泉一枚,价三角,文曰龟鹤齐寿。罗泌谓字壮劲如大观泉,信然。'其钱直径市尺一寸八分,字作六朝楷体,甚有雅趣,尝手拓制锌板,印成信封,但因龟字适居中央,如写信时适当姓名之首,虑或犯忌讳,故终未使用。"

但事实上,据网上看到的资料,龟鹤齐寿图案的信笺,他还是用过。肖毛在"天涯"网站发表他校对整理的《周(作人)曹(聚仁)通信集》,其中编号为"一一五"的一封，写于一九六一年七月三十一日，肖毛的校记这样说："信纸中央有一枚铜钱形圆印，内有方孔，孔外有四个魏碑体大字，分列四角，文字为：'龟鹤齐寿'。下有'民国[二]十年五月苦雨斋制'的字样，似为知堂本人所写。"

肖毛不知道这是一枚古钱的拓片，当成钱形印了，他说四字是魏碑体也不对，周作人自己早已说明那是"六朝楷体"。

龟鹤齐寿钱根据文字和制作，被认定为宋钱，而且极有可能是北宋末的宫廷用品。罗泌是南宋人，他的主要著作《路史》撰成于宋孝宗乾道年间，这是证明龟鹤齐寿钱不晚于宋，而且很可能是北宋之物的证据之一。清朝古钱家刘燕庭也认为，"字颇遒劲，宋厌胜品也。"罗泌说此钱文字和宋徽宗的大观通宝相似，大观钱正是徽宗亲手所书的瘦金体。所以，有人断言龟鹤齐寿钱为徽宗御书宫廷吉语钱，虽无确证，却也不是完全没道理。

知堂的收藏，据说晚年迫于生计，卖掉不少，不像鲁迅的文物，得到国家的完善保护。据鲁迅日记等记载，鲁迅购买的古钱约有一百七十余枚，提到具体名称的约五十种，比较著名的例子，是安史之乱时史思明的铸币"得壹元宝"和"顺天元宝"。清末民初之时，得壹钱出土不多，古玩界有"顺天易得，得壹难求"的说法。鲁迅买"得壹"钱，记得也花了大洋一元。

鲁迅和周作人一样，玩物怡情，同时也是为了贴近古人的生活。他收集的古钱多为普通品，较珍稀的就是那枚得壹元宝。他还藏有齐国的三字刀。三字刀今天价值不菲，但早年并不贵。

龟鹤齐寿钱文字和铸造均极精美，所以历代都有仿制，真正的宋铸反而少见。后仿者以真钱作模，一代代翻砂浇铸，文字笔画越来越粗，越来越浅，日益失去原有的风韵，钱形也越来越小。但即便是那些明清之物，如今也非唾手可得。说来我和此钱很有些缘分。十多年前在网站上，看到美国人出售一枚龟鹤钱，虽然对其一无所知，却一眼看中其书法，注册投标，不料无人竞争，以区区十元到手。这一枚直径六十一毫米，熟坑，铜色发暗，估计是元朝或明早期仿铸的。几年后，又遇到一枚，直径超过六十五毫米，文字犀利高挺，通体绿锈，是真正的宋朝官铸。论精美程度和大小，超过一般的宋铸，也许是初铸品或样钱。

龟鹤钱大名鼎鼎，历代钱谱多有著录。台湾张寿平教授集古钱，曾将自藏品精拓，取张文成"青钱万选"之意，编为《万选集》，拓品之后，附以小诗，其中压卷一品，正是一枚古色斑驳的龟鹤齐寿，题诗曰：江湖龟曳尾，廊庙鹤冲天。清人翁树培《古钱汇考》在此钱条目下引米芾的《拟古诗》，来说明古人的龟鹤情怀："龟鹤年寿齐，羽介所托殊。种种是灵物，相得忘形躯。鹤有冲霄心，龟厌曳尾居。以竹两附口，相将上云衢。报汝慎勿语，一语堕泥涂。"张寿平的题诗，便是由此而来的。冲霄和曳尾，人生无非是在这两者之间徘徊。龟鹤云云，意思岂止在长寿呢。

周氏兄弟名字里都有一个寿字，鲁迅是樟寿，周作人是櫆寿，三弟建人是松寿，六岁早夭的四弟，名叫椿寿。龟鹤齐寿，古人也说"龟鹤遐寿"。周作人的名字来自诗经中的"周王寿考，遐不作人"。周遐寿正是知堂解放后著书署用的名字。对于他们，这也是一种缘分吧。

二〇一一年六月十七日

# 周作人为周佛海改诗

在图书馆地下书库的旧书架上,见到薄薄一册公安部档案馆编辑的《周佛海狱中日记:一九四七年一月—九月》,携归翻阅,本意在打发时间,不料一气读完,发现饶有趣味。蔡德金先生在序里说:"周佛海作为巨奸受到审判,并被判处死刑,是罪有应得。但他不仅拒不认罪,还在日记中以大量笔墨表白自己,竭力开脱卖国罪责,借以求得国民党当局的赦免。"

周佛海在"汪伪"高官中,最称干才,办事机敏,为人圆滑,尤善于审时度势,看风使舵。落水前,担任过蒋介石侍从室副主任、国民党"中央宣传部"部长等职,娴熟于文字,却绝非书呆子。蔡德金说,周佛海的狱中日记,因知"可以随时被狱方检查","所记内容则有明显的、故意让当局知悉的政治图谋。如对其罪行的表白,对国民党当政者的献媚,以及为国民党处理国内外局势所作的种种谋划与献策等等"。所谓趣味,正在此处。做文章,上下几千年，大宗师，小名家，流观泛揽一过，就算不能一一心追手摹，大致的名堂，总是清楚的。但那些无意为文的文字，其中权谋心计，幽微曲折，缜密诡奇，在我读来，如读侦探间谍乃至探险小说，处处细节，只觉得匪夷所思，而又不得不佩服其机巧。

周佛海狱中经常作诗，日记所录，就有六十首，加上未录入的，共有九十首。六月四日的日记，记周作人为其改诗：

> 赠卢楚僧一绝云：风雨同舟忆昔年，群鱼濡沫亦堪怜。羁居今日欣重聚，明月满窗抵足眠。"群鱼濡沫亦堪怜"句系作人宗兄所改，余原句为"艰危共济沪江边"。以诗而论，改句自较佳，但原句系纪实也。

诗的第一句既言"忆昔年"，下接"艰危共济沪江边"，顺理成章。"濡沫堪怜"云云，是此时狱中情形，并非昔年。从逻辑上讲，周作人所改，是没有道理的。周佛海的原作，如找毛病，就是"艰危共济"四字，与"风雨同舟"意思重复。七绝二十八个字，古人说字字等闲不得，一下子浪费四个字，实属做诗的大忌。此外，"羁居今日欣重聚"，所谓"羁居"，不是古人常说的贫居、困居、被迫滞留，而是坐牢。那么，同落法网，狱中聚首，"欣"从何来？这话自然也可解作豁达之言，但终嫌轻佻。周作人要改,这里改一个字,岂不更好。

如上分析,不免村学究的迂腐。二周是何等样人,会这样咬文嚼字?周作人的利害,功夫在诗外。沪江边上的往事,此处重提,还说什么"艰危共济",这是待罪之人该说的话吗?周作人一改,避开从前的作为,只说现状可怜,自居弱者,不仅不触禁忌,或者还能逗引当局的慈悲,网开一面也说不定。

周佛海的狱中诗,没收入日记的,书中编为附录。附录有两处,也涉及周作人改诗。其一,六月十六日,刘亚文画梅为周佛海祝寿,赠诗曰:

知公具有调羹手,故写梅花第一枝。
珍重苍生霖雨意,中原久旱望云时。

周佛海步韵唱和:

佳篇读罢几寻思,惭愧曾栖百尺枝。
多谢刘郎珍重意,乘风正待挂帆时。

读这些诗,我常感奇怪:周佛海为人谨慎,狱中操笔,字斟句酌,为何到写诗的时候,完全不看形势,不顾身份,发语之放纵,几乎可用"狂悖"来形容。倘若赶上清朝的文字狱时代,有几颗脑袋也搬家了。什么叫"乘风正待挂帆时"？说好听点，是不甘寂寞，企图东山再起。说不好听点，不就是赤裸裸的"妄图变天"，"梦想复辟"吗？难道他觉得诗比日记更隐晦、更自由，蒋政府的大员们，没有一位会像康雍乾三朝的君臣，惯于或能够从字缝里抠东西？或者，这是他性格里名士气的一面，忍不住要言为心声？更或者，他觉得脱身囹圄，再得重用，并非不可能的事？

不仅此处，周佛海日记中的其他诗作，类似的话头一再出现，而在监狱里同声相应的那些前下属、前同僚们，吹捧起这位"汪伪政府"的台柱子，更是肆无忌惮的肉麻。周佛海死刑获减免，同囚的大小汉奸纷纷赋诗填词相赠。伍澄宇（曾任"汪伪法制专门委员会委员及立法院委员"）词云："今往矣，休回首，天心意做人间美。佳音传喜。待他日东山，凤凰高举，上击千里。"彭戎轩的诗说得更狂妄："百岁功名才及半，中原风雨要人收。"彭羲明用词略为委婉，意思却完全一样："四方多难苍生泪，好挺仔肩一担收。"金鉴的《瑞鹤仙》词比周佛海为"东南板壁，擎天一柱"，说他"支撑危局，六载艰辛，无人知晓"，将政府惩治汉奸的行动骂作"青蝇扰"、"三字狱"，结尾，仍是"唤起东山"那一套。

周佛海读罢伍和二彭的诗词之后，不禁意气风发地写道："苟能恢复自由，誓必于余生中竭尽心力对国家人民为刍荛之贡献，以为朋侪争一口气，扬一扬眉也。"显然，从共产党早期领导人到国民政府要员，到附逆为汉奸，又与戴笠保持联系,为自己留后路,"两头利益好均沾",周佛海对于自己再一次的急流转舵,化险为夷,信心满满。可惜天不假年。一九四七年四月十五日,周佛海记下自己的豪言,十个月后的一九四八年二月二十八日,他便病情急剧恶化,瘐死狱中。重作"万家佛老"的"壮志",到底黄粱一梦。

答谢刘亚文画梅的七绝,经周作人修改,变成现在的样子:

> 佳篇读罢几寻思,惭愧江头空折枝。
> 多谢刘郎珍重意,梅花欲种待明时。

曾栖百尺高枝的夸耀,一变而为空折枝的谦和;不甘人下的桀骜,一变而为安时处顺的隐忍。不再锋芒尽出地准备扬帆远航,而是安于做个与世无争的闲人。种梅花倒也罢了,"待明时"云云,不显山不露水地拍了"今上"一个大马屁,实是高明之极。人多说鲁迅的犀利有绍兴师爷之风,那是皮相之见。要说犀利,说他受了些《朱子语类》的影响,岂不更妥切。倒是知堂的在枯淡和温文尔雅的外衣之下,趋利避害,举重若轻,精明之处,最得师爷刀笔的精髓。

第三首经"作人宗兄"斧削易句的诗,是作于六月十九日的《狱中初夏》:

韶光容易又槐风,闲里生涯亦太匆。
因惜寸阴思运甓,偶纾积闷但书空。
雨晴不定天难测,冷暖无常世亦同。
莺老燕忙长日永,重门严锁似深宫。

周佛海的诗走的基本是唐诗的路子,正而不奇。他略有才气,功底差些。像"长日永"这样的句子,就犯了最幼稚的毛病:语义重复。但通首诗格调闲雅,出语有度,相当精圆。"运甓"用陶侃的典故,"书空"用殷浩的典故。陶侃的壮志,在"致力中原";殷浩的牢骚,是因为"被废在信安"。如果不知背景,说是一个闲居在家、壮心不已的古代官僚所作,也没有破绽。这首诗不涉敏感,周作人用不着像对待前两首那样,赶紧替周佛海消"毒"灭"火"。我们且看他的修改,究竟改了什么:

转瞬槐风又楝风,韶光来去太匆匆。
无常晴雨农时失,隔夜炎凉常味同。
运甓何心期致用,问天有意但书空。
燕忙莺老浑闲事,深巷沉沉似禁中。

这首七律基本上是全部改写了,然而改字不改意,显示了周作人在诗词上的造诣。周作人的旧诗通俗平淡,一如其文，在简单的、不动声色的叙述中蕴涵深意。号称打油体，显是他有意为之，不表示他不能写正宗的律绝。他自言写诗效法寒山和志明和尚的牛山体。志明的牛山四十屁，我此生大概没兴趣去赏玩。寒山的诗，倒是在全唐诗里读过的。他的时代和人生与周作人了无关涉，他的思想更和周作人相去十万八千里。若论文字功底，周作人在寒山之上。寒山的诗，绝大多数平铺直叙，没有什么理致和情趣。说教的篇什，一览无余，正是钱钟书所说的"押韵的文件"。周作人的打油诗从不直说，看似平白的意思，寻常的字句，都是在肚子里千锤百炼过的。像《五十自寿诗》中的"中年意趣窗前草，外道生涯洞里蛇"，"徒羡低头咬大蒜，未妨拍桌拾芝麻"，"街头终日听谈鬼，窗下通年学画蛇"，反复咀嚼，颇有深致。在诗道上，知堂体的要诀在"藏"。

周作人改周佛海原作，改的都是过于直露的地方。首联说时光匆匆，把"闲里"拿掉；颈颔联颠倒秩序，用"问天"代替"积闷"，含蓄而深；不说"惜阴"，说"何心期致用"，意思更积极；"燕忙莺老"一句，不感叹日长难熬，只说"浑闲事"，态度——不管是假装的，还是发自内心的——便从容清高多了。周作人自己的诗，便有"难消永日闲"的句子，他自然不会放过"长日永"这样的病句。最后一句，原作的"重门严锁似深宫"，和改后的"深巷沉沉似禁中"，意思基本一样，但换掉了一个"严"字和

"锁"字。身在狱中的人,这个"严锁"不幸落到实处,看起来总是有点触目,假如我们以阿Q的心态来大胆忖度他人的话。周作人自己的《老虎桥杂诗》,对囚禁之类的词语,倒是不避讳。但他添上"楚囚"的典故,就不伦不类了。有意味的"误用",何尝不胜过千言万语。

看过一些周作人押解和受审的照片,着长袍,戴眼镜,面无表情。有人说是平静如常,有人叹为不失风度。我的感觉不同,我觉得他的无表情后面透着紧张,带着大感羞辱后的无奈隐忍。那种淡定是一层沾湿的纸,指头一碰就天崩地裂的。几十年后他在《知堂回想录》中回忆当时经过,简短的文字中,读者如细细体味,还能看出他的不平——以及不平静来。

周佛海的盛气张扬,周作人的委婉深曲,其中分别,在诗风上表露无遗。看他们在其他文字中为自己辩护,也是如此。当然,周佛海说辩就辩,不失昔日大吏的本色;另一位,不厌其烦地宣称不辩,俨然他爱讲的倪云林面对张士诚,所谓"一说便俗",然而该俗的时候,他还是要俗,不俗不行。拐了弯的辩解,那也是辩解呀。那么,真是不如不说。

一月一日的日记,周佛海开宗明义,声明自己不仅无罪,甚且有功:"太平洋战争正入决定阶段,余奉中央密令作内应,布置以接济盟军登陆、中央反攻。逆料必死于混战之中也。"又说:"日本无条件投降,余奉中央令派为上海行动总指挥，维持京沪治安。"

四月二十八日的日记说："对于吾辈全案，所谓舆论实亦过火，破口乱骂，几如流氓斗口，村妇骂人，如疯似狂，丧失理智。对于真正出卖祖国，甘做敌人爪牙者，自应口诛而笔伐之，但对于不仅无助敌为虐之心，且无为虎作伥之行，甚且以身为毒饵，而图杀虎者应有区别。对于为生活所迫，在宁府任末职微官而无助敌行为者，亦应予以谅解。对于为维持社会元气、人民福利，出而在社会上任经济文化工作，而无协助敌人之行为者，亦应予以同情。"

"以身为毒饵而图杀虎"是非常尖新而巧妙的比喻，后面所说应予"谅解和同情"的两类人，简直像是专门针对周作人说的。然而周佛海只强调了这两类人的无奈，和比较模糊的"维持社会元气、人民福利"，周作人自己，却说得直接和有力得多："在沦陷中有什么事值得改变态度，积极去干的呢？因为这是在敌人中间，发表文章也是宣传的一种，或者比在敌人外边的会有效力也未可知。"文章起没起作用呢？当然起了。证据便是："我因此从日本军部的御用文人方面得到了'反动老作家'的名号，这是很有光荣的事。"

他进一步说，作《中国的思想问题》一文，便是想"阻止伪新民会的树立中心思想，配合大东亚新秩序的叫嚷。本来这种驴鸣犬吠的运动，时至自会消灭，不值得去注意它，但在当时听了极为讨厌，所以决意加以打击。"

比在敌人外边还更有效力——这不仅不是附逆，那就是潜伏在敌人心脏里。周作人在后文里，用的字眼就是"潜伏"，称自己为"潜伏和平地区（即沦陷区）"，"在那里蠢动的"日本人的"残余敌人"。

《知堂回想录》专辟两小节，题为"反动老作家"，原原本本，详详细细，大讲此事的经过，于是乎，片冈铁兵不知触动了哪根筋的文字攻击，便成了知堂老人敌后用笔"抗日"的佳证。

该大书特书的，当然大书特书，不该讲、不好讲的，轻轻带过，正符合为文繁简有致的精义。关于战后被捕受审，《知堂回想录》这样交代："抗日战争得到胜利，凡是在敌伪时期做过事的人当然要受到处分，不过虽有这个觉悟，而难望能够得到公平的处理，因为国民党政府的一个目的是在于'劫收'，并不是为别的事情。"这段话里，用词极为讲究。两句话后，巧妙地来一记"风摆柳"，转到国民党的劣行上去，主题也不知不觉地具体而微到"并为特务所偷去"的"一块田黄石章"和"一只摩伐陀钢表"上去。

但辩解的功夫再足，事实终究是摆在那里的。

文字功夫，不得不让周作人一头，对此，周佛海是心悦诚服的，故凡周作人之所改，他都如实保留而且承认比原诗"较佳"。

《周佛海狱中日记》是中国文史出版社一九九一年出版的。后来,蔡德金又编定出版了两大册《周佛海日记全编》。朱正先生的《周佛海日记中的鲁迅兄弟》一文说,日本投降之前,日记中没有出现周作人的名字。因此,我也就不想借回从头到尾读一遍了。朱先生文中也提到改诗之事,但只一次。后两次不在日记中,就没提起,倒是抄录了一些周佛海与周作人狱中来往的记载,诸如"每日散步聚谈,作鸡尾酒会看可也",端阳聚会,"与孟群(王荫泰),启明(周作人),翊唐(王揖唐)等院外闲谈",等等。

朱正先生说,抗战时期,这两个人,一个在南京,一个在北平,大概没有私交。日本投降,"都以汉奸罪被捕,还曾经关押在一起",才有直接的接触。据日记看,他们朝夕相处,彼此相当投缘。周佛海为妻子作诗祝寿,诗给周作人看,周作人回了一首,其中有"尘海容锥立,风波有路通。大家诚智勇,夫婿亦英雄"的句子,极赞周佛海夫人杨淑慧为丈夫的减刑四处奔走,终于把周佛海从断头台的边缘救了出来,智勇可嘉,又称周佛海为"英雄"。

朱正先生的文章,题目说到鲁迅兄弟,周佛海的日记中,涉及鲁迅的只有一条(一九三八年十月十九日):"胡愈之电话,谓鲁迅二周年纪念,请余参加。念与鲁迅思想不合,且无友谊,婉谢之。"

朱文说:"这时正是武汉陷落的前夕。中华全国文艺界抗敌协会等团体,在危城中举行鲁迅逝世二周年纪念会。军委会政治部副部长周恩来,政治部第三厅厅长郭沫若等三十多人出席。据《周恩来年谱》的记载,周'在会上讲话,强调学习鲁迅的战斗精神,不退让,不妥协,困难愈大,更愈加努力,以克服困难,坚持抗战。'当时胡愈之是第三厅第五处处长,大概是他在负责会务,就由他打电话邀周佛海赴会了。邀请他,根本就没有考虑他的思想跟鲁迅是否合拍,他同鲁迅有没有过交往和友谊,仅仅因为他是国民党中央宣传部的代理部长,是请他去履行一项公务,而他却把这事理解为对他个人的邀请,'婉谢'了。"

朱先生感叹:周佛海自陈与鲁迅思想不合,不参加纪念会,"倒是一件可以为鲁迅庆幸的事情,假如他到会了,讲话了,引鲁迅为同调,岂不糟了吗。"相反,他与称为"宗兄"的周作人,"却是思想很合拍,且很有友谊的"。

二〇一〇年十二月二日

# 蒋介石与唐诗

读台湾三民书局印行的邱燮友《新译唐诗三百首》，其中提到，蒋介石酷爱唐诗，去世之后，家人将《唐诗三百首》一册作为殉葬物之一（另外三本书是《三民主义》、《圣经》和《荒漠甘泉》，有文章说是宋美龄亲手挑选的）。邱燮友说，唐诗之中，蒋介石尤其喜欢边塞诗。但边塞诗中有两首，他有不同意见。一首是陈陶的《陇西行》，另一首是王翰的《凉州词》。前一首，"誓扫匈奴不顾身，五千貂锦丧胡尘。"蒋介石说：全军覆没，毕竟太壮烈了。"可怜无定河边骨，犹是春闺梦里人。"蒋说过于悲惨，不忍卒读。后一首，"葡萄美酒夜光杯，欲饮琵琶马上催。醉卧沙场君莫笑，古来征战几人回？"蒋介石说：如果军人都喝酒上战场，岂不是要打一场烂仗？

据说蒋介石很迷信，如果不是故意调侃，就此而言，他比老对手毛泽东老派。毛泽东看神看鬼，一概当人，而和人打交道，他是毫不畏惧的。地摊上的小册子里，有毛泽东算命看相的传说，一看就是瞎编的。如果他在寺观遇到和尚道士，谈谈命理，那就是谈谈。如果蒋介石遇到同样的情形，也许会当真。蒋身上还颇有清教徒的作风。王翰说醉卧，文人浪漫之词而已，他居然联想到军纪。蒋介石没有文人气，生活大概比较古板。毛泽东一辈子爱诗词，《沁园春》一词在重庆闹出那么大的风波，蒋介石不仅想不到，事后恐怕还觉得难以理解。

蒋介石和唐诗的另一段缘分，是熊丸在《我做蒋介石"御医"四十年》中讲的：

> 蒋先生过世的前几天，兴致还很高的时候，常找一位四川护士罗小姐替他读唐诗。他一直很喜欢唐诗，但就在那几天，先生突然要罗小姐为他读《清明》诗，罗小姐翻了翻书，发现题为《清明》的唐诗有两首，一首是"清明时节雨纷纷"，另外一首则是古诗。先生就是要罗小姐替他读这首《清明》古诗，而且还连读了好几遍。我当时记得很清楚，现在虽不大记得，不过我记得它最后几句的意思是："任何事都不必看得那么多，最后还不都是一堆荒土。"

> 事后想想，之前他一直要罗小姐读那首《清明》诗，后来也果真在清明节去世，冥冥中似乎自有巧合。此外，士林官邸屋后原有一座修得很牢的亭子，却在蒋先生过世当时歪了下来。

这首古诗不知原作为何,但白居易有一首《清明日登老君阁望洛城赠韩道士》,情调仿佛:

> 风光烟火清明日,歌哭悲欢城市间。
> 何事不随东洛水,谁家又葬北邙山。
> 中桥车马长无已,下渡舟航亦不闲。
> 冢墓累累人扰扰,辽东怅望鹤飞还。

爱边塞诗,不脱军人本色;临到最后,大千世界,纷纭万物,只剩一个死。忘了哪朝的雄主,戎马一生,晚年在寝宫,需要一群女人陪伴,不离须臾,因为他害怕,无法忍受一个人独处的孤独。只要独处,他就感觉到死亡的紧密包围。清明,对于少男少女,是踏青的好日子,也是美好邂逅的日子,满原野上的美人,"忽独与余兮目成"。对于老人,那却是死后他留在人间的唯一记忆。

与此类似,毛泽东读古典诗文,早年一直喜欢豪放大气的作品,去世前那几年,忽然一变,爱读伤感的文字,而且读得潸然泪下。人之将死,情感中最脆弱的那一面终于浮出水面,即使是钢铁般的人,眼泪也是水做的。

王守稼等校点注释的《毛泽东晚年过眼诗文录》,收了庾信的《枯树赋》。据刘修明先生在该书的前言里介绍,毛泽东晚年,视力衰退,阅读古籍,根据他挑选的具体篇目,指定专家加以注释校点,特印一种大字本。随着眼疾加剧,字号越来越大,从最早的四号老宋,直到特制的三十六磅特大号长宋。

大字本的校释和印制,从一九七二年秋至一九七五年九月,前后四年,共有诗文八十六篇。四年里内容选择的变化,即涉及毛泽东的思想,更和他的感情生活相关,仔细品味,是很有意思的。

最初一年,主要是《晋书》、《三国志》和《旧唐书》中的传记;七三年八月开始,才史传类转为"史论,政论和哲学文章";次年三月到七月,所谓法家著作;一九七四年五月中旬以后,重点转为辞赋和诗词。注释《枯树赋》的指示,是当年的五月十日。

《枯树赋》的主题,是以枯树自比,寄托身世之感。刘修明先生说,历来的注解,解释枯树之所以枯萎凋零,是因为树木在移植过程中伤了根本所致,这和庾信自己入周被留,身仕数朝,飘零异地的经历相似。千余年来,"移植说"已成定论。但毛泽东不满意这样的说法。《枯树赋》呈上,毛泽东就其注文提了四条意见,其中两条如下:

一、"桐何为而半死"——是由于受到了急流逆波的冲荡和被人砍伐等等的摧残所造成的,不是移植问题;

二、"临风亭而唳鹤,对月峡而吟猿"——是说受到了种种摧残的树木,发出的声音凄伤悲哀。

庾信在赋中写了"苔埋菌压,鸟剥虫穿"以及工匠斧斤相加等等自然和人为的摧残,更写了"拔本垂泪,伤根沥血"的毁灭性打击，可见移植本身就是最大的摧残。毛泽东如此强调摧残，和庾信一样，也和他的身世密切相关。毛泽东的理解看似较真，实际上是一个老人回首一生的自哀，是人在时间面前的无奈，一种完全代入的阅读。

逝世之前，毛泽东对宋元豪放词人的作品情有独钟，辛弃疾不用说，一直是他的枕边物，其他如张孝祥、陈亮、张元幹、萨都刺，其共同特点，如逄先知所言，是"爱国主义的内容和豪放的艺术风格"。刘修明说，"毛泽东直到晚年在视力严重衰退的情况下，对这些悲壮豪放的诗词仍爱不释手，从中可以体察他逝世前一年多的心境和思想感情。"

一九七五年五月，布置注释《琵琶行》，六月上交，毛泽东读后，写了这样的批语："江州司马，同在天涯。作者与琵琶演奏者有平等心情。白诗高处在此，不在他处。其然，岂其然乎？"

《田家英与小莽苍苍斋》中讲过毛泽东与严遂成的《三垂冈》诗的故事。因为其中的一句"风云帐下奇儿在"，重新勾起毛泽东的丧子之痛，一读之下，老泪纵横。

英迈的李克用听《百年歌》而垂泪，一千年后，毛泽东读《三垂冈》诗，感动于李克用的故事而不能自持。严遂成的两句诗："风云帐下奇儿在，鼓角灯前老泪多。"两头牵系着两位历史人物的哀容，值了。

大字本中，最后布置的是吴潜的《满江红》（豫章滕王阁）和吴锡麒的散曲《梧桐树》（一阕）。原来还有孙光宪的《上行杯》和李清照的《声声慢》，后被删去。

《上行杯》的下半阕：

> 离棹逡巡欲动，临极浦、故人相送。去住心情知不共，金船满捧。绮罗愁，丝管咽，回别，帆影灭，江浪如雪。

吴锡麒的《梧桐树》是《毛泽东晚年过眼诗文录》的最后一篇：

> 西风吹白纻，歌罢人何处？莫道功成，肯逐鸱夷去。算回头只有烟波路。吴苑千秋，花叶愁无主；越客千丝，网也难兜住。剩相思石上苔无数。

又记：说到奇儿，陶渊明有责子诗，如果照字面理解，他是相当灰心的。杜甫对两个儿子宗文宗武寄望殷切，但文武二子后来都不文不武。对死亡的恐惧，可以因有子承业而得到一些安慰，起码古人是这么想的。李克用的儿子灭了父亲的世仇，李克用身在泉下，亦当开怀。对照李克用，毛泽东的伤心不在自己的衰老，而在"风云帐下，更无奇儿"。

比起陶杜的揪心，李白和东坡更放得开。李白无后。

东坡的儿子,苏迈和苏过是有出息的,苏过还被称为小东坡。

揪心也好,洒脱也好,后事完全不由人。做将军的,不能把着儿子的手挥刀杀敌;做文人的,不能替儿子把小说写出来。怎么办呢?

二〇一〇年六月三日

# 张蒋之恋

胡兰成写《民国女子》,他大概不会想到,几十年后,这"民国女子"四个字,会成为热门的写作题目。他也许想到了,也许不曾想到,托笔下那位"头低到尘埃里"的民国女子之福,他能继续活在张爱玲专家和张迷的记忆里。俗语早有苍蝇附骥尾之说,这是时新的一例。

但大多数时候,情形并非如此。

徐志摩和陆小曼,林徽音和梁思成,张学良和赵四小姐,以及蒋介石和宋美龄,各自以不同方式进入了民间传奇。说是民间,有阶层之分;说是传奇,有品类之异。知识分子的,社会大众的,政治至上主义者的,其中的寄托不同,传奇的寓意也不同。

有徐悲鸿,我们才知道蒋碧薇。有蒋碧薇,我们才知道张道藩。徐悲鸿光芒不减,张道藩也慢慢为国内熟知。夹在其中的蒋碧薇,纵想身后寂寞又岂可得?

徐蒋的故事是传奇,张蒋的故事,更是传奇。

所谓传奇,总是和爱情有关。或者说,爱情最容易成为传奇。中国第一篇叫《传奇》的小说,就是写爱情的。

张蒋的爱情故事,在浪漫的坚持之外,不乏苦涩。这一丝苦涩,很容易被各种风波和热闹掩饰,将会是他们的故事中最有久远影响的部分。刘文华先生有文论及张蒋之恋:

"四十多年前我们初相见时,大错已经铸成,恨不相逢未嫁时,古今中外,有多少宿命论者在这样的爱情悲剧下饮恨终身。然而临到你头上,你便像追求真理般锲而不舍,你和我用不尽的血泪,无穷的痛苦,罔顾一切,甘冒不韪,来使愿望达成,这证实了真诚的人性,尊贵的爱情是具有无比力量的。"这是蒋碧微回忆录《我与道藩》中蒋写给张的一段话。固然可以说蒋、张是段"孽缘",四十多年的风雨中能相吸相引,共度时艰,虽困于条件,各个难堪,但能无悔,这便是"立人"之后的真爱。"立人"需要修养,爱情何尝不是?当代人幸福感的匮乏,实由于真爱的缺失。悲观一点地说,"上帝死了"之后,失去信仰的人们本应抱团取暖,然物欲之下人情冰冷,谈情说爱已是奢侈了。

"我将独自一人留在这幢屋子里……而把你的影子镌刻在心中,我会在那间小小的阳光室里,沐着落日余晖,看时光流转,花开花谢,然后,我会像一粒尘埃,冉冉飘浮,徐徐隐去。"有遗憾却能宁静相守,这正是那代人的爱。

对于张蒋数十年的婚外情,说法很多。蒋碧薇出自宜兴大家,父母都能赋诗填词,自小饱受旧学的熏陶,但她决不是崔莺莺那样俯首低眉的古典闺秀,而是敢做敢为的新潮女郎。徐悲鸿一句话,她能弃婚抛家,随他私奔到东京。她在法国八年,中国式的豪爽强悍之外,又培养出沙龙女主人一般接人待物的圆融。她习字,学琴,虽不能卓然成家,一个姿势,一张小简,举手投足,一颦一笑,纵是纯粹表象,也有常人难及的气派,透着那个时代特有的魅力。否则,以张道藩的见识和修养,何以对这么一个算不上漂亮的女人痴迷终生?

人是复杂的,环境更是千变万化,人在具体环境中之所为,如何能用既定的观念来衡量?徐悲鸿和蒋碧薇婚姻的破裂,传记作者们非要扬此抑彼,追寻责任,岂不多事。蒋碧薇为自己辩护,说徐和孙多慈师生恋在前。实在不必。为徐悲鸿作传的人,担心大师清誉受损,一说徐孙起初确未逾出师生的情分,二说蒋性情暴躁,常压得徐悲鸿抬不起头。这也不必。蒋碧薇如果一开始就是一只胭脂虎,徐蒋共同生活八年,徐悲鸿第一次与她分别,独赴南洋,如何会日夜悬想,至在宴席上痛哭失声?《梦中忆内》诗中有句:"不解憎还爱,忘形七载来。知卿方入夜,对影低徘徊。"

徐悲鸿离世太早，没有留下对这段情怀的追述。张道藩的五大册日记，据台湾作家王鼎钧先生说，"不知去向"，也许我们某一天还能有缘读到。蒋碧薇自己的回忆录，当年风靡台岛，如今畅销大陆，确是一本值得读的书。记叙之中，有取有舍，取舍精当，见出主人一贯的精明。外界评论，说书中自我掩饰之处很多。这太正常了。一个人不为自己掩饰，岂不是傻瓜？傻瓜的书，我们还能看吗？事实上，世上哪有一本自传是不为自己说好话的呢？有人连当了汉奸都能厚起脸皮曲折辩解，遑论其他？所以我总是对自己说，一切传记和回忆文字，一律作小说看，"取二三策而已矣"。

蒋碧薇的回忆录，除了帮助我们了解两位民国名人，至少还有一个好处，就是她的文字优雅，从文华兄所引的两段不难看出。当今的大师们，洋洋十数卷或数十卷文集中若能留下几段这样的文字供人征引，也不枉了那顶高帽子。

蒋碧薇性格刚强，甚至暴躁，她在台北，张道藩周围的人，多以与她打交道为头疼事。她精明，能花钱，离婚时，钱钞之外，向徐悲鸿索取徐的作品一百幅，徐的藏画五十幅。徐悲鸿的画，她一幅幅地挑，不满意的，要换。如果后来不被她抛散，这一大批精品，会是徐画最了不起的收藏。

很多人对蒋碧薇有微词，这是一个原因。她如果真正懂得徐悲鸿作品的价值，因而珍惜尊重，那么，这些画就远不止是能换钱的物件。几十年里，张道藩为蒋碧薇留下相当数量的诗词和书画，各种回忆性的书中，时时得窥一鳞半爪，蒋似乎也并不当回事。至少在张道藩人归道山之后，不见她整理成册，俾以传之后世。说到底，蒋碧薇的文化素质，作为仕女的化妆品，给她增添了光彩。超乎此外，则什么都谈不上。

看蒋碧薇的照片，眉目分明，身材壮硕，时髦、自信、有气质，但缺少一点典雅和含蓄。看得见热情和决断，看不见柔婉和随和。假如以貌取人，我不欣赏这样的女人。

据傅宁军著《徐悲鸿寻踪》，徐的侄女徐咏雪说："蒋碧薇那么骄横，你说她也蛮可怜的。她这一辈子，实际上从来也没结过婚。她跟徐悲鸿，两个人是私奔的。蒋碧薇跟张道藩，也是同居关系。同居这么多年，没一个名分。"

傅书上还说，一九五九年，蒋张分手。蒋碧薇的女儿徐静斐回忆，张道藩原来答应等蒋碧薇六十岁时和她结婚。到了六十岁，张请了很多客人，为蒋祝寿。客人走后，蒋质问张，几十年的诺言，今天该兑现了吧？张道藩不表态。蒋碧薇大怒，和张吵了一架，两人从此分手。

另一种说法是，张道藩的法籍妻子苏珊，虽已携子迁居澳大利亚，却坚决不肯离婚，甚至告状到蒋介石那里。张道藩官场中人，自然明白其中利害。要他一旦舍弃，铁了心去铸造风月传奇，也难。关于苏珊，王鼎钧先生在

《张道藩的生前身后是是非非》一文中提了一笔：一九六八年，张道藩去世，丧事完毕，张夫人离开台北，行前"做了一件奇怪的事情，把结婚证书交给文协。是的，这个文件对她没用处了"。

从接触过张道藩的人士的回忆中，张道藩给人的印象，是个谦谦君子。在男女故事中，身为谦谦君子，可敬亦复可哀。可哀处在于，一件事既已开始，他没有做到底的决心和勇气。他不能像蒋碧薇当初那样决绝。可敬处在于，发自内心地爱，不计较世俗的形式和得失，孤寂中互相给予，互相安慰，绵绵几十年，始终不渝，这是何等难得。

蒋碧薇当年致张道藩的信中有如下一段话，也许不是单纯的为文造情吧：

> 念人生得一知己，可以无憾，抑天之遇吾，又何尝云薄哉。长天怅望，愁入云寰，漫书尺素，和泪寄君。惟愿相敬相爱相怜惜，而相矢勿渝也。

不管我读到的张蒋故事是不是真的，有一点，是超乎他们之外的道理：人能互相理解进而互相怜惜，不容易。

二〇〇九年四月

## 爱书当如郑振铎

郑振铎作文,情感外露,了无掩饰。情到激烈处,不避陈词滥调,不在乎意思的重复,反复申说,但求一吐为快。在以书话著称的几位作家中,郑振铎是最不为文而文的一位。与黄裳对比,尤其明显。他的半文言比纯白话更流畅自如。近人的文言,少有让人读得舒服的,郑振铎的却是不多见的一例。

郑振铎是热心人,性情中人,志向高洁,做实事,不计名利。对祖国文化的热爱,发自内心,支配他一生的作为。《失书记》文采不能和《金石录后序》相比,感人程度犹胜一筹,因为郑先生的境界更高。在抗战时期的孤岛上海,他不怕牺牲,忍辱负重,抢救古籍,完全不为个人的收藏,而是为国家为民族保存文化。他的悲喜,几十年后我们再读,依然感同身受。

台湾大块文化版《失书记》,前有止庵的序,题为《劫难太多,解人太少》。从容节制,颇有名家风范。其中说,

"郑振铎抢救文献之举，固与其个人爱好相关，即如《劫中得书续记·清代文集目录跋》所说：'余素志恬淡，于人世间名利，视之蔑如。独于书，则每具患得患失之心。得之，往往大喜数日，如大将至克名城。失之，则每形之梦寐，耿耿不忘者数月数年。'此中眼界心胸，又非寻常爱书人所有。不过《劫中得书记序》说，'夫保存国家征献，民族文化，其辛苦固未足埒攻坚陷阵、舍生卫国之男儿，然以余之孤军与诸贾竞，得此千百种书，诚亦艰苦备尝矣。'"

古董商人，以及一些藏书家和藏书家的后人，固然不乏诚实善良、有修养、重气节的，但也有很多唯利是图之辈。清末民初的历史中，就常见为了多几两银子，宁可把珍贵的民族文化遗物售予日本人，而不肯卖给本国藏家的令人扼腕的故事。这些，我们从张伯驹先生的传记里，从陈重远先生关于琉璃厂的几本书里，知道得很不少了。偏偏那时的中国知识分子，不像当今的企业家或官僚而兼做的藏家，手中托着一座金山银山，他们节衣缩食，甚至荡尽家产，仍然不免在财力上败阵。郑振铎说"孤军与诸贾竞"，其中乃有悲壮的意味。

《儒林外史》里，有人为好古而穷，脱下长衫，做了店铺伙计，但在柜台里，一边照顾买卖，一边摩挲着仅存的古器；《一捧雪》传奇里，莫怀古为了保护家传玉杯，不肯在权贵面前妥协，至于家破人亡；《红楼梦》里，石呆子不肯出卖祖传的扇子,至被设计陷害。郑先生援引上述例子,感慨说:"那些嗜古成癖的人,看来有些呆气,却是那么固执得可爱。举天下的声色货利,概不足以易其好古之心,这才是'肖子'呢。"反之,"偷卖古物古书的人,视民族文化如敝屣,以古人遗宝为'利'薮",他们行为可恶,其心可诛,这些奸商是"民族文化的叛逆者,放任他们将古物古书远远流出的责任者们,也将是中华民族的千古罪人。"

作为书名的《失书记》一文作于一九三七年十月,发表于《烽火》第九期,其中说到他二十年来购藏古书的情况,书箱渐积至一百余只,没存放在箱子里的还有不少,"十年前,得到不少的弹词、宝卷、鼓词和平津到潮汕的小唱本。那些小唱本一本本的购入,或由友人们的赠贻,竟积至二万余册之多。"

"一二八"之役,郑先生在东宝兴路的寓所沦入敌手,所有书籍不曾取出,"全部的弹词、鼓词、宝卷及小唱本均丧失无遗。"余下的古书以及后来搜罗的,寄存到开明书店图书馆。"八一三战事起后,虹口又沦为战区。开明书店图书馆全部被毁于火。"郑振铎的藏书,幸免于一二八之难的,尽毁于此。"所失者凡八十余箱,近二千种,一万数千册的书。其中有元版的书数部,明版的书二三百部;应用的书,像许多近代的丛书所失尤多。最可惜的是,积二十年之力所收集的关于《诗经》及《文选》的书十余箱竟全部烬于一旦。在欧洲收集到的许多书（多半是关于艺术的及考古学的），也全部失去了。尚有清人的手稿数部，未曾刊行者也同归于尽。"

郑公写到，当日机狂轰滥炸闸北之时，纸灰不断飞到小园，纸灰上的字迹隐约可辨，这是不知何处的珍藏也遭了浩劫。在民族危亡之际，比起无数人民生命财产的丧失，比起前线将士的浴血杀敌，古书的被毁，算不了什么。国家不强大，文化是一定要被野蛮人摧毁或掠夺殆尽的。

郑先生的业绩，非一言可尽。《失书记》的封底有两段话，对他的介绍，言简意赅，适足感人：

> 郑振铎先生是中国现代著名的藏书家。抗战期间，他留在上海孤岛数年，为国家抢救古籍，使之不致遭受战火或流落国外。他抢救下来的图书中，尤其以《脉望馆钞校本古今杂剧》最为重要。他认为这两百余种元明杂剧的重见天日，重要性仅次于敦煌石室与西北汉简的出世。

> 郑振铎对书的珍视甚至超过自己的性命。五十年代初，郑振铎担任文化部文物局长时，有人捐赠百余册宋版书，郑振铎亲往上海验书，为了担心万一飞机失事，殃及珍本，他否决了将书空运的提议，而是派专车由自己亲自护送。不过，如果没有书同行，他是不怕坐飞机的，一九五八年，他奉派访问阿富汗，不

幸在苏联上空失事罹难。

藏书家中颇有一类，视所藏珍本秘籍为个人禁脔，不肯示人，或不重其历史和文献价值，而看作财物。当年读刘鹗《老残游记》，对他访海源阁被拒，有感而作的那首绝句印象至深："沧苇遵王士礼居，艺芸精舍四家书；一齐归入东昌府，深锁嫏嬛饱蠹鱼。"还有一些，因为自己是藏书家，写文章时辄以自炫，任何一本书，倘若你读的不是宋版元椠，他就要指点一下，那意思是，读宋版，肯定比读当代新版更儒雅，学问更深。所以，藏书虽是很文化的行为，我对那些藏而无知的藏书家，甚至是很了不起的藏书家，却也有不好的印象。

然而在郑振铎先生这里，我们看到了藏书的伟大境界，感受到了爱书人的博大胸怀。

《烧书记》、《售书记》、《求书日录》、《劫中得书记序》、《清代文集目录序跋》、《中国版画史序》、《跋唐宋以来名画集》，在太平岁月的今天读这些饱含深情的文字，真使人有恍然不知何世之感。

二〇一〇年九月二十三日

# 音乐与诗

## 一

高中毕业那年,第一次读到李白的诗集,惊异莫名,如受电击,朝夕吟诵,爱不释手。这样的阅读经验,人一辈子里,大概不过数次。说起来,十几岁的少年,未经世事,不通人情,对李白能有什么理解?视万物如无物的豪迈,不需要任何客观基础的自信,不受权力和情感之羁縻的洒脱,狂歌痛饮的享乐主义,所有这些,合在一起,单纯明了,就是一种快意。李白的快意很容易和不顾一切的反叛联系起来,反叛并不意味着敌对,不是与某个势力的斗争,它实在只是一种态度,面向虚无,表明个人"精神的绝对自由"。庄子洋洋洒洒一部大书,说的无非这七个字。抓住精神自由,其他的都是表象。求仙,炼丹,游侠,流连风月,甚至俯首低眉的干谒和一时的得意,都是为了给那七个字披上斑斓的外衣。我想，李白读庄，一如我读李白，是童年留下的烙印。在不完全理解的情况下，庄子的精神浸入到血液里，规定了他的整个一生。

后来我们发现，李白的快意其实再脆弱不过，因为它离现实太远，像一枚圆月，我们抬头看见，却永远够不着。十几岁时读李白，那月亮不是月亮，是我们亲手用纸剪出来的，贴在墙上，顿时满室生辉。如果愿意，我们随时可以剪，可以贴，要多少有多少，想贴在哪里贴在哪里，贴在自己心上，贴在别人的眉眼上，都行。现在呢，月亮当然还在，但不是我们想有就有，它会不圆，它会发暗，浑身锈斑，乌云满天，它会一个月不让人看见。像月亮一样，有一天，李白逐渐远离，变得无足轻重，我们有时会想到它，大多数时候，想不到，也不去想。

中年使我亲近杜甫，亲近韩愈，亲近李商隐，当然，还有苏东坡和王安石。简装本的《李白全集》一直在我最方便拿到的地方，翻找别的书的时候，总是看到它在那里，李太白三个字，像一张脸，熟悉到仿佛不存在。而世界就是这样构成的，它在那里，不多什么，也不少什么，它是最令人意识不到的自然和必然。

身体弱下去的时候，心灵同时也在弱下去。同龄的朋友，他们游泳，练气功，吃六味地黄丸，睡前饮红葡萄酒。当我发现自己的文字里难以藏匿的衰朽之气时，忽然想到，和李白，是不是睽违得太久了？

于是在几天时间，把李白的诗全部读了一遍。人生像一卷录像带，快速倒回，停止的地方，正是青春年少。虽然明知虚妄，心中仍然充满豪气。我没有奢望因此成就什么，只是那久违的快意重又浮现。月亮冉冉飘下来，还是我当初亲手剪成的那一轮。我说，你挂在那里吧，永远不要走，永远那么明亮。它果然如此，晶莹无瑕，尽管外面大雨弥天，飞雪满地。

二

诗人中有李白，音乐家中有贝多芬。和李白一样，贝多芬也是一个可信赖的朋友。世上有许多事使人厌恶，让人绝望，幸好同样的，世上处处都有美好的事物，予人关怀，使人快意，或自上而下降临，仿佛神性的怜悯。信赖贝多芬，不仅因为他的力量，也因为他的慈悲。有力量的人未必慈悲，慈悲的人未必有力量，而贝多芬，他的力量和慈悲同样伟大。

任何时候，当人沮丧郁闷，感到无能为力和无可奈何，我伸出手，信心和温暖立刻回到我身上：贝多芬的音乐在那里等着，他的手在那里等着，我握着它，从冰冷的河中湿淋淋地走上岸来。不是任何人都能够这样做，也不是任何人都愿意这样做，而且，任何时候都等在那里。

好事总是简单的。取出一张碟，推进播放机。熟悉的曲子从任何地方开始，没有始终，永远是一个过程。在这过程里，时间和空间转换了，主体消失，只有音乐。古人所说的"无我"，庶几如此。

贝多芬是个性最强烈的音乐家，可是，当每一个聆听者都不自觉地化身为那个在琴键上呼啸徘徊的精灵时，谁还能说贝多芬只是他自己，一个固执地处处散发着脾气的怪人？他成为千千万万，是郭沫若诗里那个"一切的一"。

每个喜欢贝多芬的人都是贝多芬，正如每个喜欢李白的人都是李白。这样无限的可能正是生存的诱惑。

生存总得有一个理由。在美好和意义之外，还要更充足的理由，否则，我不踏实。我反感像王梵志那样一味怨天尤人，决绝到要求上苍还他未生之态（"天公强生我，生我复何为？还你天公我，还我未生时"）。一缕庄生之意，被他糟蹋成满腹怨毒。

在尚未证实我的理由之前，很多我喜欢的人就成了暂时的理由。比如李白，比如苏轼，比如庄子和阮籍。诸多小说和神话中的人物，柳归舜、裴航和孙猴子，都是我的理由。这能说明什么呢？他们代表的是一种理想的生活吗？包括他们非现实性的奇遇和实现？在唐朝两位最伟大的短篇小说家牛僧孺和裴铏笔下，一位下第秀才求浆遇仙和吴兴士人与一群鹦鹉言谈歌咏的故事，究竟指归何在？是其中的明快、洒脱和完全超越了忧患？孙猴子身上体现了智慧的奇幻和精神的自由，那一点约束其实也是自我约束，是无限中的点缀。

同样，在贝多芬的音乐里，我为自己喜爱的事物找到了对应。第九交响曲听了不知几百遍，听了众多版本。说实话，对版本我不是太在乎，因为好版本太多，卡拉扬、富特文格勒、托斯卡尼尼、伯姆、马舒尔、索尔蒂，我都能接受，都喜欢。只有加迪纳那一版，听过一次就发誓再也不听：加迪纳把贝多芬弄得轻飘飘的，这不是我心目中的样子。

贝多芬喜欢大的事物，他的九部交响曲，酷似李白的古风五十九首，有包揽宇宙的气概。李白的豪迈、清新和缠绵，贝多芬都有。贝多芬没有的，是李白的仙风道骨，是那种对于生死有超脱之自信的旷达，是建立在旷达上的飘逸。李白心中大写的人是与天地同科的仙灵，贝多芬的心中所存则是英雄，勉强比拟，近乎儒家的圣哲。在济世情怀上，李白过于缥缈。他是有理念而无途径的人，他在遁入酒乡作为逃避的时候，希望别人和他一样，能彼此携手共醉。李白近于道，贝多芬近于儒。儒道一家，老子是孔子的老师，庄子是孔子的后学，在更高的层次上，他们是相通的。

在不同的心境下听贝九，感受不同。比如说，心情愉快的时候，我从第三乐章中听到的是优美和甜蜜；不安的时候听，那里充溢着深厚的哀怨；而寂寞的时候，那就是自我安慰。贝多芬的自言自语既是说给他自己听的，也是说给你听的。

三

在马勒的《大地之歌》里,我们听到了李白的声音。黄钟大吕,高亢激越。可是这还不够。李白的诗,应该在贝多芬的音乐里,在第九交响曲里。"五月天山雪,无花只有寒",像不像《迪亚贝利变奏曲》?

贝九的第一乐章,我可以配上李白《古风五十九首》的第一首:

> 大雅久不作,吾衰竟谁陈?
> 王风委蔓草,战国多荆榛。
> 正声何微茫,哀怨起骚人。
> 我志在删述,垂辉映千春。
> 希圣如有立,绝笔于获麟。

第二乐章,试试《古风》的第二十七首:

> 容颜若飞电,时景如飘风。
> 草绿霜已白,日西月复东。
> 华鬓不耐秋,飒然成衰蓬。
> 古来圣贤人,一一谁成功?

君子变猿鹤,小人为沙虫。

配第三乐章,几近二十分钟的决绝和沉思,可以选出多首,《古风》第三十一首也许是最好的:

> 蓐收肃金气,西陆弦海月。
> 秋蝉号阶轩,感物忧不歇。
> 良辰竟何许,大运有沦忽。
> 天寒悲风生,夜久众星没。
> 恻恻不忍言,哀歌达明发。

如果这还不够细腻,我可以补一段今人之作,情感上或更近之:

> 俯观众生营,汲汲为一饭。
> 庭花堕茵席,何如在荒殿。
> 贵贱固殊途,因果空瞻瞰。
> 吐凤矜短檠,执戟复长叹。
> 矫矫临邛客,进退仰狗监。
> 济水无桥从,凭河身必湛。
> 因哂马周迷,颇解方朔怨。
> 安石纸帐中,杜子禅榻畔。
> 去来凛一途,此意终萧散。

那么第四乐章呢？忘掉席勒的原诗，且听这一首（《古风》之四十四）：

> 八荒驰惊飙，万物尽凋落。
> 浮云弊颓阳，洪波振大壑。
> 龙凤脱网罟，飘摇将安托？
> 去去承白驹，空山咏场藿！

然后加上第三十四首的末四句：

> 大雅思文王，颂声久崩沦。
> 安得郢中质，一挥成斧斤！

韩愈在《醉留东野》一诗中感叹：昔年因读李白杜甫诗，长恨二人不相从！贝多芬没有马勒的机缘，未读过李白的诗，何等遗憾！易经有言："同声相应，同气相求。水流湿，火就燥。云从龙，风从虎。"上下四方相追逐，虽有离别无由逢！世上天造地设之事，为何总是有那么一点欠缺？

## 四

中国诗中,李白的豪迈飘逸,杜甫的沉郁雄劲,韩愈的峻刻险怪,李商隐的绮靡婉转,杜牧的风流华丽,韦应物的静谧沉稳,我都能喜欢,并深入其中。但音乐的情形不同。我从开始就喜欢贝多芬,现在仍是。我向来喜欢情感激越、作风凌厉、大开大合的作曲家。其次,也爱那些情愁缠绵,华美但不轻佻的。第一类,很像李白、韩愈、苏东坡和王安石,第二类,不用说,近似杜牧和李商隐。古典音乐中的韦应物呢,单纯,数学一样明晰,形而上的,为什么至今感到漠然?

这里有两个解释:第一,比起中国诗来,我在古典音乐上道行还浅,也可以说是毫无道行。第二,我是个情绪型的人。激烈的情绪本就是个人生命的一部分。那些被现实压抑的部分,在音乐中得到了共鸣。音乐比诗更直接,效果也就更强烈。

我不能说不喜欢巴赫,但巴赫从来未像贝多芬那样激动我。听巴赫,我是在听音乐,一种宁静的快感。听贝多芬,仿佛饮酒,在不同的情绪中,在不同烈度的酒和酒意中,贝多芬的音乐是不一样的。尽管一开始就选择不同的曲子,但这些曲子丝毫没有被固定在一个意义上。

喜欢莫扎特是因为他的天真和顽皮,活泼和机智。他的深刻和悲伤是赤子式的,深刻和悲伤的同时,不失其透明。

舒伯特则是地道的吾辈中人,在他面前我们没有敬畏,我们可以把刀叉敲得叮当响,把脚搁在茶几上,拍他的肩膀,捶他的后背,终日言笑宴宴。你瞧,他敏感,他伤心,他不关心全人类,他不考虑世界末日。他想的是,明天的日子会不会更温暖。

马勒这个怪物啊,他加给自己的责任太大了,他承受不了。他和贝多芬时代不同,不同时代的人应该走不同的路。我听他,既是欢喜又是疲惫。当然那疲惫是充实的,可是毕竟是疲惫啊。

在文学艺术里,我一向不很喜欢太精致的东西,尤其是精致而小的东西。可是德彪西的精致真好!法国人但凡精致的,大部分都还不错。连一些小作曲家的精致都各具风味。不过这里潜伏着一个危险:稍微越出边界一点,就不再是精致,而是玉器中巧雕一样的匠气了。

福雷八十多岁时,写了他唯一的一首弦乐四重奏。真是太干净,太清澈,太圆润,太秀丽了。其中有多少意思呢?似乎并不多。可是它真干净,没有多余的东西。听着福雷的时候,常常想,我自己的文字中,多余的枝叶是不是太多了呢?只要是多余,再漂亮,再风趣,也不应该留在那里碍眼。问题是,有时尽管明白,还是舍不得。

我只能安慰自己:福雷如此年纪的时候,他也未必纯净。等你活到八十岁，自然也就纯净了。

## 五

中国人听音乐，一开始总是老柴老柴的。谁都不能否认老柴好听，可是老柴太爱哭。第六交响曲中有一段，就是直接模仿抽泣的声音，一顿一顿的。我觉得这样不好，可忍不住一次一次去听。老柴独自伤心的时候很多，你能想象一个满脸大胡子的家伙，伤心起来"梨花一枝春带雨"？老柴经常是这个样子。慢慢的，我不太愿意听他自怨自怜了，宁愿听他发怒，在钢琴和小提琴上暴跳如雷。

老柴像谁？他最像孟郊了。这倒不是说他专爱喊穷叫苦，老柴和穷困沾不上边，尽管受一个不肯见面的女人的供奉肯定不是很爽心的事。他像孟郊，像在对某种负面情绪的无节制的抒发和夸饰。孟郊的穷和老柴的怨都是真的，但人在世上，不管受制于什么环境，总该有一点超拔，好比暗夜的天空，亿万里方圆都是暗，却至少要亮出一颗星星。有了这一颗星星，世界的意义大不相同。

不可沉溺，这是一个原则。对光明和黑暗都不可沉溺。李白爱吹牛，以为自己是谢安，是鲁仲连，可以"为君谈笑静胡沙"。他可以这么想，但要每时每刻都这么想，那就一点儿也不可爱了。他喝酒，学仙，时时念叨归隐，又要胡混日子，寻欢作乐了却一生。你看到他这么说，知道他唱唱"梁甫吟"不过唱唱而已，没打算吓谁。这样，两头你都不会当真。李白襟怀坦荡，想到什么说什么，可笑的话也说，可敬的话也说。可笑可敬都是他。他不沉溺于某一个极端。

韩愈异乎寻常地推崇孟郊是非常奇怪的事。我们知道韩愈的诗不知比孟郊高多少倍，他如果只是礼貌性地赞一赞，那好理解，可是韩愈把孟郊捧得太高了，快捧到李杜之后的第三人了。有人解释说，这显示了韩愈为人的胸襟。还有人说，孟郊对险怪的追求，确有让韩愈佩服的地方。这些说法都不透彻。韩愈是同情孟郊，同情之中，不自觉地把孟郊的诗抬高了。韩愈性情刚直，似乎不近人情，这里可以看出他重感情的一面。

苏轼写了两首《读孟郊诗》，第一首：

> 夜读孟郊诗，细字如牛毛。
> 寒灯照昏花，佳处时一遭。
> 孤芳擢荒秽，苦语余诗骚。
> 初如食小鱼，所得不偿劳，
> 又似煮彭越，竟日嚼空螯。
> 要当斗僧清，未足当韩豪。
> 人生如朝露，日夜火消膏。
> 何苦将两耳，听此寒虫号。
> 不如且置之，饮我玉色醪。

读孟郊的感觉并不愉快。喜欢罐焖五花肉的东坡先生，吃小鱼显然不够痛快。这个小鱼的比喻我感同身受——辣椒花生米小鱼干，我有时也不耐烦的。

在第二首诗里，苏轼说了一些好话："歌君江湖曲，感我长羁旅。"孟郊重情，他是个好人。胸襟小点，心眼不坏。"暖得曲身成直身"，没挨过冻的人，写不出这样真切的句子。孟郊不需要你佩服，也不需要你喜欢，但你肯定会有所感动。听老柴的音乐，正是这样一种复杂的感觉。

## 六

我喜欢性情中人，因此，对过于克制的作家和作曲家，不免有所保留。艺术任何时候都不是限制，不是皈依某种美丽的形式。艺术是自由的抒发和表达，是个性中最难在现实中实现或解放的那一部分的彻底实现和解放。严格的形式是为了更好地体现自由和狂放。当智力受到激发而得到最大限度的发挥，并从这种发挥中获得快乐时，思想也就摆脱了束缚。一次征服是为了更多的征服，一次战胜是为了更多的战胜。向内，我们在一切形式之上；向外，我们独立于历史，同时独立于现实。

假如历史是供借鉴的，现实同样如此，因为现实必然成为历史。假如沉溺于历史是错误的，沉溺于现实亦然。

因此，不要迷惑于任何理论，不要相信任何人的指引，只有自己才能做自己心灵的导师，因为凡事的快乐与否，只有自己感受。快乐之外，什么是成功，什么又是失败？

像孙猴子那样，以神为马，以心为师。以神为马，则无远弗届；以心为师，则自在解脱。所谓性情中人，不过如此而已。

我初次听到贝多芬的第一号大提琴奏鸣曲，很觉惊讶，没想到年轻时的贝多芬如此华丽，如此柔媚和缠绵。像舒伯特，像萧邦？那里面也有摆不脱的东西吗？不是的。舒伯特没那么潇洒，萧邦没那么轻快。闲愁是有的，但仅是有而已。"花落水流红，闲愁万种，无语怨东风。"确实很美，但不是贝多芬。贝多芬不需要"无语怨东风"式的含蓄，闲愁唱罢，他看到的是"一鸟花间鸣"，听到的是"春风语流莺"，这是"桃花乱落如红雨"的春天的另一种表达。

其实华丽只是一扇门，哀怨和情愁也都只是一扇门，各各通往不同的世界。庄严可以是猥琐的，绮靡不妨伟大而崇高，甚至本身就是庄严。

在当世的很多作品中，我们不是看够了在庞大的题材下塞满创作者的小肚鸡肠的情境吗？为什么还要迷惑于题材的假象呢？

何其芳早年喜爱温庭筠，对他的"楚水悠悠流如马，恨紫愁红满平野。野土千年怨不平，至今烧作鸳鸯瓦"，赞不绝口。温庭筠的风流若只止于此，不过一个早生了几百年的王次回。我读到他的"自欲放怀犹未得，不知经世竟如何？"忽然很感动，坐在办公室里，常常心里念出来。这个特别寒冷又特别长的冬天，他后面的两句诗，"夜闻猛雨判花尽，寒恋重衾觉梦多"，也格外写实。此外，看他吊陈琳，咏苏武，哪里像是没心没肺的公子哥儿？

唐朝的诗人都好像特别没城府，写得好，写得不好，都叫人觉得爽快，觉得放心。严武是杜甫的好朋友，官做得那么大，封到公爵，杜甫一首首诗写给他，他知道自己写诗算不得高手，还是频频应和，认真当回事儿，这是很可爱的。

七

着迷于"变形"这个概念，可能是受了里尔克的影响。奥维德和卡夫卡，与此关系不大。形体上的变，过于沉重和残酷。卡夫卡固然寄意于人本质上的异化，但他借助的形象未免粗野，因此很难让人消除感官上的厌恶。

文言小说里的变形是我特别欣赏的，无论悲喜，都有"蓝田日暖玉生烟"式的举重若轻。庄子说过，物化既是不自觉的，也是难以证明的。物化有两端，人永远不能知道，刚结束的过程是朝向哪个方向的。因此，你也不可能知道，你原始的位置是在哪头。不知道原始的位置，如何理解现在的位置？是本来如此，还是已经变了？

里尔克的变形，是纯粹精神的。我爱轻盈的东西。精神上的变形就是轻盈的。按照这个理念，我写了一首题为《变形》的短诗。多年前那么爱听理查·施特劳斯的交响诗，一时兴起，从他的交响诗中借了一组题目，写了一组短诗。《变形》是其中的一首，缘于一个梦。在梦里，我坐在电影院，中场离座外出，返回时走在过道，忽然发现自己处于一个尴尬的境地，回到位子坐定，焦虑万分，不知道如何解脱。奇怪的是，焦虑中隐约藏着一丝兴奋，似乎我一直期待着这个时刻：

> 从中断处重复，始终不能
> 再前进一步。十字路口的平面
> 向上向下都不是立体
> 而我在惊惶中是实在的

我记下的很多梦自己都不能理解，或者说，不能确信其中的意思。难道真像弗洛伊德说的，每个人都有一些连自己都不肯告诉的秘密？我非常钦佩和喜欢的一位科学家朋友说，弗洛伊德基本上是伪科学，和江湖算命的差不多。我相信他的话。但江湖算命的，或许在通达人情世故上还有点可取之处吧。我有什么是要对自己隐藏的，同时又急欲让自己知道？

有些因是多年前种下的,早已被忘记,造成了"无因"之果。无因之果总是神秘的。

找出施特劳斯那首为二十三件弦乐器而作的《变形》,细细听了两遍,发现完全风马牛不相及。

《变形》是不能常听的曲子,像忧郁症患者无休无止的哀叹,从织体绵密的白雾中幻化出一只大手,生生要把人拖进去。我在焦虑中听《变形》,颇能无动于衷,只觉得其中刚烈如男子却缠绵如女性的美。很多时候,变形是死的委婉词,也意味着永远丧失。当人无法得到他期望的事物时,他用变形表达无奈,表达被迫的告别。变形的意思是,你们不再属于同一个世界。

有朝一日,我想把《变形》推荐给一个没听过这首曲子的朋友,我宁愿大家一起对坐共饮,而且一定是酒过三巡之后才开始听。这样,我们就不至于陷于孤独无助之中。由于曲子的作用,我们将会倍觉在一起的温暖:

> 鸣锣收兵的时候,不要唤醒我
> 手挽手再一次谢幕的时候
> 不要唤醒我。我捧着花束在黑暗中
> 等待被光明招安

## 八

文字打动我的，我能理解，我可以像鱼在水中那样自由奔逐。在文字中，我不仅看到写出来的，也看到没有写出来的。作者给我留下想象的空间时，我想象；不留下想象的空间，照样想象，而且想象得更加肆无忌惮。文字在欲说还休的当口最精彩，箭未发，势已足。没说出来的部分，没人知道好坏，但善意的读者总是朝最好的方面想，好得超出作者的预期。人想在语言中隐藏自己是做不到的，但很多人以为自己做得到。实际上，他确实能做到：在比他更蠢的读者面前。

老庄和佛陀都深知语言的局限，庄子甚至不惜冒自我否定的危险，宣称通过文字留下的都是糟粕。但他们都没有强调文字的另一方面：文字的伪饰。孔颖达在注诗经时谈到诗和乐的差别，说文字写成的诗可以虚假，声音构成的音乐难以虚假："有言非志，谓之矫情；情见于声，矫亦可识"。

钱钟书对孔颖达的说法极为赞赏，引申说："言词可以饰伪违心，而音声不容造作矫情，故言之诚伪，闻音可辨，知音乃所以知言。"又引各家之言：

《乐记》：唯乐不可以为伪，乐者心之动也，声者乐之象也。《吕氏春秋》：君子小人，皆形于乐，不可隐匿。

《化书》：衣冠可诈，而形器不可诈；言语可文，而声音不可文。

这都说得极其精辟。钱氏总结说：以上的说法，"皆以声音为出于人心之至真，入于人心之至深，直捷而不迂，亲切而无介，是以言虽被'心声'之目，而音不落言诠，更为由乎衷，发乎内，昭示本心之声，《乐纬动声仪》所谓'从胸臆之中而彻太极'。"也是由于这个原因，音乐打动我的，我不能解释。音乐从诞生到感动人心，不经语言。试图用语言思考和表达对音乐的理解和感受，太难了。

音乐，即使是标题音乐，也无法具体落实。说某段曲子是描写森林，某段曲子是歌颂某位英雄，在听者，是胶柱鼓瑟，在作者，是画蛇添足。但音乐的至真，音乐的明确，是情感的，是灵魂的，一种决不会被误解的指归。

说不懂音乐，那是因为我连五线谱都不识。说懂，那是因为我确实知道贝多芬和莫扎特们在说什么。

二〇〇九年五月十七日

# 杂读

一

明清人都有喜欢自我和互相标榜的。诗话里常看到说某人的诗为本朝第一,某人的七律为明朝之冠,某人的咏物诗无与伦比,找来一看,不过如此。上当多了,就不太相信,也不当回事了。

标榜,当然是为了宣传。文人多自信,自信到狂妄的,多不胜举。自信到一塌糊涂的,应该不多。如果有,说不定是装出来的。自吹之外,还有门户之见,拉一派打一派。

现在捧民国人物的特别多,别的行当不懂,不敢妄议。论到诗词,好歹知道一些。虽然处处大师,但我读到的,写得真正好的,少得可怜。一些所谓的著名诗人词人,别说格律不精,内容也乏善可陈,比打油诗强不了多少。教授学者们读这样的诗词,还要高山仰止,以得其片纸为荣,却是什么道理？

受过基本的传统文化教育的，作古文，写诗词，好比今天的学生写作文，若说写，哪个不会？区别在好与不好而已。有人对古代的文体太隔膜，只要见到古诗古文，心里先肃然起敬，自己吓自己一通。如果典故用得多而僻，词句又常往高古方向靠，那就更了不得。至于写什么，写得好不好，根本不是问题。问题只一个，他写得古，他"会"写。

其实，唐人也不是个个都写得一手好诗的。有人读的书少，见识不高，语言功底差，作品虽因种种缘由传下来了，是唐诗没错，然而不妨其为劣诗。

懂，才知道好坏。否则，便是痴人说梦。有人论说陈独秀的诗，说他受《诗经》影响，又受《乐府》影响，还把魏晋、李白、杜甫和韩愈、柳宗元的风格集于一身。最后加一句，还有宋诗风韵。对这样的评论，陈独秀先生于九泉之下，不知会作何感想。

二

杜甫晚年的五言小诗，写身边的小虫小草，如《江头五咏》、《白小》、《猿》、《舟前小鹅儿》等，都有怜悯的态度，每每看出一个"柔弱"来，因此担忧，因此爱怜，因此表达些平安的愿望，使读到的人感到亲切。"白小群分命"一句，最为哀婉。而"丁香体柔弱"，影响了我一辈子对丁香，乃至所有植物的态度。

李白不同，他喜欢大。林云铭说庄子的《逍遥游》，"大"是一篇之纲。用以说李白的诗，也很恰如其分。到晚年，李白对大鹏仍然念念不忘。"中天摧兮力不济"，还是不愿认输。这就是个性的不同吧。

一个人身上有一点李白，还有一点杜甫，最好。不是说年轻时就李白，过了中年就杜甫，而是始终有他们的影子，时多时少，时主时次。

没有杜甫，狂就没有根基；没有李白，忧会流于滥情。狂不可轻，忧不可弱。

三

借到余国藩的《"红楼梦""西游记"与其他》，把论《西游记》的部分一气读完。余书里说，唐僧师徒愈往西行，到达的国家，人物风土愈和东土大唐相似。天竺的民众，竟然以死后托生中国为理想。天竺公主抛绣球招婿，使唐僧想起，他父亲当年也是因为这一习俗而结下亲事，不由得感慨万分。

作者这样写，有人说，显示了一种民族情结。

想起聊斋里的故事：两位僧人西行取经，行至沙漠，遇到两位胡僧。大家相见，各道来历。胡僧说，如今西方衰微，盛传真法在东土，极乐世界也在中华，我们都要东行求法，你们为何还要舍本逐末？

这就有讽刺的意味了。

## 四

关于孙悟空的原型。中古以前的中国传说，猿猴性情淫荡，他们的主要事迹，便是劫夺妇女。拿欧阳询开玩笑的《补江总白猿传》，就讲了欧的父亲行经深山，爱妾为白猿所夺，屈居洞中，被救回后生下欧阳询的故事。欧是波斯人的后代，当时很多人说他长得像猴子。长孙无忌曾作诗讥笑他："耸膊成山字，埋肩不出头。谁家麟阁上，画此一猕猴？"元人杂剧中，孙猴子还常有些风流韵事。但在小说《西游记》中，取经五圣，只有八戒好色。悟空和沙僧做妖怪时，少不了吃人，但不贪色。这个转变，学者觉得不好解释。余教授说，小说中悟空对男女之事并非完全不通，可参见第六十四和八十一回的描写。

翻开《西游记》。然而第六十四回，即木仙庵那一回，虽有杏仙向唐僧逼婚的情节，但和悟空没有干系。第八十一回中，女妖勾引变化为小和尚的孙悟空，悟空的应答，似乎对男女之事很老练，但他的机智还是泛泛的江湖机智，并不一定是性方面的。

其实，在"四圣试禅心"时，面对贾氏的引诱，悟空已经说了:"自小不知道干那事。"这是最清楚的表白。百回本《西游记》里,悟空的形象确和以前不同,至于原因,和他从《大唐三藏取经诗话》中的白衣秀士转化为腰束兽皮的野猴子一样,还是一个待解的谜。但有一点可以肯定:百回本中,悟空和其他取经人一样,被赋予象征意义,即是人物,也是一个符号。猴子代表心,修道之功,首在将性欲从心中剔除。

## 五

周末逛书店,看到人文版的《大师和玛格丽特》,犹豫了片刻,没买,先从图书馆借来看。这回跳过写彼拉多的部分,不要他那个间离效果,一口气读完,仍然痛快淋漓。人文社出了一套名著名译插图本,我爱其中的插图。名著不错,名译多半未必。不仅未必,在已有的几种译本中,挑选的往往是比较差的。不知是否因为版权问题而不得已。《大师和玛格丽特》大概已有三种译本,我有戴骢译本。也许因为先入为主,觉得戴译甚好。布尔加科夫这部长篇,最合适的形容就是四个字:逸兴横飞。而阅读的感觉,像看张颠的狂草。不醉,可使人醉;醉了,可以醒酒。

瓦普几斯之夜本是群魔的狂欢,自歌德《浮士德》之后,它便成为"智慧的狂欢"。《大师和玛格丽特》直接搬用了这个神奇的夜晚,作为全书的高潮。

连《魔山》里也有个瓦普几斯之夜。当年读到此章，立刻打住，留到第二天，准备打起全部精神细品。不料读过，只能哈哈一笑。

## 六

张一麐《古红梅阁笔记》讲了几则袁世凯的轶事。

第一，特别能吃。作者目睹，袁世凯进早餐，"先食鸡子二十枚，继又进蛋糕一蒸笼，旋讲旋剖食皆尽"。张一麐说，这么大的量，够他吃十天，"无怪其精力过人也"。

第二，虚怀下士。他的文稿，交给幕府修改润色，直言，"吾文字不通，汝为我改之"。属员如果只就原文稍加改正，老袁就不高兴；如果大刀阔斧，痛加删削，他则大喜。

第三，袁为张之洞祝七十大寿，送寿屏十六幅，命张一麐为文，张逊之书之。作者不解：幕府人才众多，何以轮到他来写。与同事谈及，同事说：张之洞自以为文章山斗，一般人看不入眼，好骂人，你和逊之都出张之洞门下，如果他觉得文字不好，书法也不好，要骂人，等于骂自己门生了。袁在小事上亦精明如此。

第四，义和拳在山东起事，袁世凯的部下姜某，是淮军宿将，目不识丁，对老袁说，神拳师有神功，不怕枪炮，要不要找来试试。袁世凯答应了。拳师请来，说要搭高台，三日后行法。三日后，拳师登台作法，老袁令士兵围绕高台，乱枪齐射，结果拳师全部丧命。袁由此知道不畏枪炮是骗人，依靠他们绝难成事，从此对义和拳坚决镇压。

怎么评价袁世凯的历史功过是一回事，怎么看这个人的性情和为人，又是一回事。起码一点，他不讨厌。

## 七

挑出一些唐宋七律读，重在组诗。老杜的《秋兴》，论者已多，我自己也专门做过一次"秋兴八首的技术分析"的演讲。我最近特别喜欢《诸将》，这五首功力极深。朝夕诵读，觉得大气内涌，眼前一切都是混茫境界。

钱谦益的《西湖杂感二十首》和《投笔集》中也有一些好的。陆游的七律要再读，还有王安石的。韩偓的七律，本来觉得挺好，读多了，读出少许遗憾，主要是不够精纯，笔力不够劲。

唐宋二朝，七律名作虽多，经得起反复挑剔的终究太少。屈指数来，不过数家。咏史和议论，王安石堂庑独大，气度恢宏。这一点，由于身世所限，连老杜都比不了。

## 八

段晓华女士作《临川王安石纪念馆感赋》，读罢，勾起心中的感慨：

> 半山天外來，雨扫蓊郁竹。
> 铁貌拗以严，客子敛衽肃。
> 思彼天水朝，巨木撑疲俗。
> 迅雷新法开，掣肘自心腹。
> 诸党皆未谐，敢论三不足。
> 回舟挑灯时，谁与分影独。
> 今世复何世，公起能一卜？
> 龟镜尚难明，国士真可哭。
> 低首为流连，满地红踯躅。

想起王安石自己在咏史诗里说的："自古功名亦苦辛，行藏终欲付何人。当时黮黮犹承误，末俗纷纭更乱真。糟粕所传非粹美，丹青难写是精神。区区岂尽高贤意，独守千秋纸上尘。"让人觉得寒心。

王安石答欧阳修说："他日若能窥孟子，终身何敢望韩公？"在《画虎》诗里，他赞叹画者："想当盘礴欲画时，睥睨众史如庸奴。神闲意定始一扫，功与造化论锱铢。"这都是夫子自道。

由宋到清，骂王安石的人排成队，认真读过他的人有多少？读了而又能到达和理解其精神境界的又有多少？真该揪过来，一个个打屁股。

## 九

《墨客挥犀》有"郴连秀才"一则:湖南乡间民俗,杀人祭神,先是酒食相待,再以美女荐枕席,然后杀以献祭。中西风俗,于此同。博尔赫斯的《马可福音》,是完全同样的故事,不过换了一个文化背景。而且,做东道的那家混沌未开的土著人,是现学现卖。一心搞启蒙的士人,无异自作自受。

《郴连秀才》中又说,选择祭品,儒生为上祀,僧为次,余为下。这是一种社会等级观念。然而不言官长,亦不言及道士,想见都归于"下"了。神对于祭品,第一要求是"洁"。以不洁之物献祭,等于亵渎。所谓"下"者,不洁或不够洁之谓乎。

## 十

后汉朱穆,"感时浇薄,慕尚敦笃,乃作《崇厚论》。"摘抄两段:

> 世俗或异,风化不敦。而尚相诽谤,谓之臧否。计短则兼折其长,贬恶则并罚其善。
>
> 务进者趋前而不顾后,荣贵者矜己而不待人。

世敦俗美，则小人守正，利不能诱也；时否俗薄，虽君子为邪，义不能止也。何则？先进者既往而不反，后来者复习俗而追之。是以虚华盛而忠信微，刻薄稠而纯笃稀。

二〇一一年五月五日

辑三

# 卡夫卡的乡村婚礼

一

卡夫卡身上充满了矛盾。对他自己，对读者都是如此。我对卡夫卡的态度一直在两极之间徘徊：喜欢他的同时，感到厌烦，敬佩他的同时，又有点看不起他。到头来，哪一极都不能放下，哪一极都不能占上风。

他的好处，人多说过。我的喜欢，并无不同。这里先只说不喜欢。他的深刻，他的忧郁，他的冷酷和怪异，都不是厌烦的理由。甚至他极为强烈的自恋，他在女人面前才华横溢的轻贱（对米蕾娜）和强词夺理（对费丽丝），我也能理解。

他令人厌烦的地方，不在于他过于强大，他对读者的诱导和控制，他引起的恐惧和绝望，而在于我们对他笔下某些人物的蔑视，这些蔑视最终不可避免地导向他自己。

早在读他致捷克女翻译米蕾娜·耶申斯卡的书信集时，就有了轻微的厌倦。读前面三分之一，觉得好奇和兴奋，因为看到了卡夫卡在小说中不曾显示的一面。读到一半多，觉得在女人面前，他实在和其他人没分别。后面的三分之一，是耐着性子读完的，因为他太唠叨了。

卡夫卡的唠叨有多重原因。一是极端内向的性格，使他在用文字表达时无法抑制倾诉的冲动。二是他对一个不在身边的陌生女人的欲望，这种欲望更大成分上是诗意的，形而上的，不在乎形式和实质，全部意义只在于确实有一个欲望的对象存在。不在身边，意味着远离同时也是超越现实。卡夫卡着迷的从来不是现实，而是现实之外或之后。米蕾娜遥远，费丽丝近在身边。费丽丝体现的现实性不仅使卡夫卡一次次丧失热情，而且让他恐惧，因为一旦他接受并拥有了费丽丝，结婚了，从此就被现实彻底征服了，成为他视为梦魇的现实的一部分。三是他永远在为自己辩解，为自己的一切所思所为辩解。卡夫卡的辩解并不是因为担心他人不理解，也不是不自信，这里有一些很偏颇的东西。在别人尚未质疑的时候便不厌其烦地辩解，似乎说明他从一开始就清楚，在自我欺骗的同时也在欺骗别人。

在致费丽丝的五百多封信中，致米蕾娜书信中那种强烈而单纯的激情和欲望几乎看不到，剩下的，是反复的自我诉说和解释。对一位恋爱长达五年的、两次订婚又两次解约的女友，卡夫卡这样回答对方一个最简单的问题：

"你是想知道如何确立固定关系吗？我毫无把握，一种长期的共同生活是否已足以确立这种固定关系。但我们甚至看不到长期保持这种共同生活的可能性。"退一步说，即使共同生活是可能的，"无论是短期还是长期的共同生活都不足以确立固定关系"。

卡夫卡在一九一二年十一月二十四日的信中，要求费丽丝别在晚上给他写信，把晚上写作的权利让给他："这是我在你面前唯一拥有的自豪感，没有它，我在你面前只有俯首帖耳的份了。"为了说明"夜间工作都是男人的事"，卡夫卡举了中国清朝诗人袁枚的一首七绝《寒夜》为例：

> 寒夜读书忘却眠，
> 锦衾香尽炉无烟。
> 美人含怒夺灯去，
> 问郎知是几更天？

在此后的信中，卡夫卡多次提到这首诗中的女人，那位寂寞的小妾：

> 最亲爱的，可别低估那个中国女人的坚定性，直到清晨，她一直清醒地躺在床上，灯光使她不能入睡，但她保持安静，也许曾试图通过目光使那位学者离开书本，但这个忧郁的、忠实于她的男人毫无觉察，

……他根本控制不了这些原因,而所有这些原因加起来在更高的意义上是对她,又是只对她效忠的。最后她终于忍不住了,夺下了他的灯。这个行动引出了一首优美的诗,但归根结蒂是这个女人的一次自我欺骗。

卡夫卡一方面肯定夺灯行动的正确,但又明确指出其徒劳。其中的意思再明白不过:即使是完全正确的行为,也不能迫使他让步分毫。在他的坚定面前,那个女人的坚定是没有意义的。

卡夫卡提醒费丽丝注意诗中女人的身份,她是女友,而非妻子。这个区别在卡夫卡看来是实质性的。相对于终生为伴的妻子,女友代表的是没有约束的关系,有着招之即来、挥之即去的便利。妻子,卡夫卡界定为"不可能",女友,界定为"不现实"。在"不可能"和"不现实"之间,卡夫卡说,他宁可选择后者。袁枚诗中女人之行为的准确性,正是在这个意义上才获得卡夫卡认可的:

> 灯真的熄灭了,苦恼并不太大,而且还包含着足够的欢乐。但如果女主角是个妻子,那个夜晚不是偶然的一夜,而是所有夜晚的一个例子,当然不仅仅是夜的例子,而是整个共同生活的例子,这种生活是一场围绕着灯的斗争,如果是这样,读者还能笑得出来吗?

卡夫卡说，女友赢了，而她只想赢一次，别无他求，所以即使她显得不讲理，读者也会原谅她。但妻子就不同了，"她要求的不是一次胜利，而是她的存在"，是无数次，是永远，这就不是男人能够给予她的，哪怕他爱她甚于一切。

在写于他和费丽丝相识后五个月的这封信里，卡夫卡明确宣示了婚姻的不可能。他说，他爱她，是以"天生的无能爱着她"。

然而他们继续着男女之间异乎寻常的频繁通信。一年零四个月后，卡夫卡和费丽丝订婚。两个月后，解约。三年后，再次订婚。两个月后，再次解约。

在一九一三年六月二十六日的信中，卡夫卡谈到自己和写作：

> 我与写作的关系和我与人的关系是不可改变的，它们存在于我的本质中，而不是暂时现象。为了写作，我需要孤独，不是像一个"隐居者"，仅仅这样是不够的，而是像一个死人。
>
> 对人群的畏惧我自来就有，不是对人群本身，而是对他们闯入我孱弱的天性的行为。最亲近的人走进我的房间都会使我产生恐惧，这种行为对于我来说已不仅仅是恐惧的象征。

卡夫卡极端病态的敏感是他孤独和恐惧的主要原因，在此基础上，他试图把个人悲剧的根源归因于社会——如果我们承认人是社会的产物，那么，他的归罪并非毫无道理，但即使如此，那也只是一部分原因，更大的原因在他的臆想。在作品中，卡夫卡把臆想和现实混同，无限夸大和扭曲，从而完成了对个人痛苦和挣扎的部分虚构。虚构的这一部分也许正是卡夫卡作品中意味深长的地方，是使他深刻的地方。从这个意义上来说，伟大的卡夫卡其实是虚伪的。

## 二

我把卡夫卡的作品分为三类：喜欢的，不太喜欢但可以接受的，不接受的。第一类包括《地洞》、《乡村医生》、《乡村婚礼的筹备》，以及《城堡》；第二类可以举出《变形记》、《女歌手约瑟芬》和《饥饿艺术家》；第三类，毫无疑问，《审判》和《在流放地》首当其冲。《变形记》使人感到轻微的不愉快，《审判》和《在流放地》则使人恶心。

很多伟大的书都是令人不愉快的。这是情感印象，而非价值判断。加缪的小说，我厌恶《异乡人》而喜欢《鼠疫》，出于同样的理由。我不喜欢作者以自我折磨为深刻，更不喜欢以自虐为快乐。在艺术作品里，恐惧、痛苦、悲哀、厌倦、绝望，所有这些负面的情绪，不仅应当得到表达，而且往往是通往本质的更直接的道路，因而也是更有力的表达。但是，如果恐惧、痛苦、悲哀、厌倦、绝望，永远停留在自身，它们无限的推演只是加深和扩大自己，只是量度的增加，只是笼中的原地踏步，而不指向新的方向，暗示新的可能，孕育其对立面，它们就是令人不愉快的，甚至是恶心的。最好的悲剧是纯净的，古希腊悲剧的那种纯净，我们进入之后还能走出来，我们体验到了比悲痛更多的东西，而且我们知道，作品，以及它连带的一切，它通过暗示和读者的想象所将产生的一切，都不过是一个表象，它必须告诉我们，在表象背后，不管是情感还是理智，是超越了恐惧和痛苦本身的。

《审判》停留在自身，它是封闭的，不指向另外的可能性。它像《异乡人》一样，认可被迫害，安于被迫害，等于承认了迫害的合理性。表面上，卡夫卡借助荒诞揭示人在压迫面前的无能为力和无可逃避，这种单方面的夸大无异于剥夺了反抗和解放的权力，彻底扼杀了个人寻求自由的可能性。更可怕的是，如果由于无奈而放弃和认可只是第一步，其后必然是从绝望中寻找出快乐来。一如鲁迅所言，做稳了奴隶，还要歌唱锁链的美丽，还要看不起没戴锁链的人。

《在流放地》站在受虐者的立场渲染对施虐的迷恋。在军官身上，我们可以看到，施虐和自虐是一回事，为了虐的实现，客体是谁已经不重要，重要的只是实现。这显然并不完全符合现实。因此，军官身上体现的变态，也是理想化了的，这里就有卡夫卡的影子。

不禁想到安部公房《沙丘之女》的故事：一个东京男子在捕捉昆虫时落入村民的陷阱，被迫和一个陌生的女人同居。女人的家在村子对抗沙漠的最前沿，他们生活在沙坑之底，每天的生活就是清除沙子，以此保证村子不被风沙吞没。东京男子当然不甘这样做奴隶，但他逃不出去。他的消极怠工也无济于事，村民只用停止供水就把他降服了。

那个早已在命运面前低头的并不漂亮的乡村女人，以她的沉默和关怀，渐渐形成一种诱惑，男人在她身上居然获得了快乐。安部写东京男人对女人由厌恶到漠然，由漠然到感到诱惑，是书中最激动人心的片断。问题是，相对于东京男人原有生活（尽管他觉得单调，抓捕昆虫正是一种逃避）的彻底丧失，他在沙丘之底的这一点获得实在微不足道。那么，这里的激情和快乐理由何在？意义何在？

一方面，快乐是人的生存本能；另一方面，我们不能由于这一点快乐而肯定沙丘之下被强加的生活，肯定东京男人原有身份的彻底丧失。《沙丘之女》是一本可爱的书，因为它不曾仅仅因为一个女人的柔情和肉体之美而承认沙丘之荒诞生活的合理性，甚至予以赞美。它提出了更多的理由，来解决"强制的生活即使美好，道德上也是不可接受的"这一论断带来的矛盾。

在敕使河原宏的同名电影里，东京男子为自己的新生活找到了两项强有力的理由。一个是对社会的责任：他发现了使村庄免于被风沙沉埋的可能方法；另一个是对异性的责任：女人怀孕了。这样，当他在经历了多次失败而终于能够逃出沙坑之时，他放弃了逃离，而自愿留下来。一方面，他有责任，其次，更重要的是，他告诉自己，把该做的事做完再逃走也不迟。

东京男子思想转变的意义在于：沙丘生活从此不再是他人的强迫，而是自由的选择。而卡夫卡不肯给他笔下的人物自由选择的权利和机会。

问题就在这里，卡夫卡也许没有意识到，他的作品实际上是在肯定他感到恐惧和试图逃避的那种生活，他甚至不需要理由。在他的沙丘之底，休说自由选择，连那个既不年轻也不美貌的女人都没有。

这是真正的噩梦。卡夫卡给予我们的噩梦。

三

阅读卡夫卡很难和愉快联系起来，《乡村婚礼的筹备》是极少的例外。我一直不太明白为什么独独喜欢这一篇。它没有故事，没有很深的寓意，中间还残缺了多页。从结尾来看，它很可能也是没有完成的。作为卡夫卡的早期作品,它最值得炫耀的地方,就是主人公幻想自己变为甲虫那两小段,后来被扩充成卡夫卡最著名的作品之一——中篇小说《变形记》。

《乡村婚礼的筹备》还有点名不副实,其中既没有婚礼,也没有筹备。唯一沾边的是乡村。可是,主人公爱德华·拉班虽然在小说结束时赶到了乡村,但这乡村是个什么样子,我们不知道。

故事开始是六月的一个雨天,下午四点左右。拉班利用假期,赶火车去乡下看望未婚妻。他是一个工作劳累过度、脸色苍白、情绪低落的人,而且不年轻了。他很不情愿出门旅行,觉得不如留在城里,好好休息。他一路上发愁的,是如何打发未来的十四天时间。雨中人来人往,一切都令他焦躁不安。他怕错过火车。他在风中吃力地行走。他梦想着自己能灵魂出窍,一具穿着衣服的躯体代替他赴约,而真身像一只甲虫留在家里,躺在床上,冬眠。在街上,他遇到同事雷蒙特,可能一起喝了咖啡,并谈到另一位同事的太太如何漂亮。

故事的第二部分是在火车上,拉班遇到的人物是两位旅行推销员和一对小商贩夫妻。他们关于生意的谈话,拉班毫无兴趣。他只关心火车,希望它开得越快越好,因为眼前的每一个车站都使他担心。他不愿意停留,希望下一个车站会和以前的不同。

在小说的最后部分,拉班在雨夜抵达终点,走过泥泞的道路，坐上破旧的公共马车，到达客栈。然而，没有人理他。

拉班的未婚妻名叫贝蒂，和拉班一样，也已不年轻了。关于贝蒂，拉班在进入火车站之前，似乎为了给自己一点鼓励，曾经掏出她的照片看。拉班的第一个感觉是，贝蒂的背驼得太厉害了，从来没有挺直过。其次，贝蒂的嘴太宽，而且下嘴唇突出。第三，贝蒂的衣服和帽子很糟糕，尤其是袖子，难看得像绷带。最后，拉班总算给了贝蒂一点肯定，就是她的眼睛非常漂亮。然而颜色是不是棕色的，他不确定。为什么说贝蒂的眼睛非常漂亮呢？拉班的理由是所有人都说漂亮。

贝蒂的家在乡下，她回家显然已有一段时间，拉班开始大概一直频繁写信，但最近一星期却一封也没写。拉班去乡下看她，是商量婚事，拜见女方家长？还是去结婚？我们不知道。在车站遇到拉班的雷蒙特是这么和他开玩笑的："这就是正要去见未婚妻的新郎啊！"而拉班自己心里也这么安慰自己：贝蒂是他的新娘，他爱她。似乎他确实是去结婚的。但从头到尾，卡夫卡就是不明说。坐在去客栈的马车上，拉班抱怨一路的辛劳："这一切之所以发生，都是因为拉班要去他的未婚妻那里。"换成其他的作家，早就说："这都是因为拉班要去乡下和他的未婚妻结婚。"

卡夫卡喜欢模糊，这些模糊之处不一定都深具意味，有的纯粹是习惯。

可是，对于结婚这么大的事，拉班为什么要抱怨不休，视为折磨呢？理由之一是他太累，而他十四天的假期显然来之不易。其次，他不喜欢乡下：道路不好，住房太差，夜晚散步太凉。第三，他害怕陌生地方的习俗，担心自己的亮相不能出色。第四，拉班是一个从不旅行的人，他坚信这趟旅行一定会把他弄病。此外，由于年纪大，拉班还认为，一切和浪漫有关的事，都不适合他：

> 现在刚刚六月上旬，乡下的空气还很凉。虽然我会注意多穿衣服，可是我不得不跟别人一起晚上去散步。那里有很多池塘，他们将沿着池塘散步。那我肯定会着凉的。但在聊天时，我却不大能插上话。我没法把那个池塘与一个遥远地方的其他池塘相比较，因为我从未旅行过。至于谈论月亮、感受幸福和兴致勃勃地去登瓦砾堆，我又年纪太大了，不愿意干，免得别人笑话。

拉班的所有理由，都是荒唐可笑的。他对婚姻的抗拒，不像卡夫卡后来的作品那样，出自恐惧，或者厌倦。在这里，包括婚礼在内的任何可能性，任何结局，还没有变成强制性的，变成一个无法逃脱的噩梦。拉班的奇怪心理，更像是一个玩笑，表明作者对于生活中一切事件蕴含的不确定性的担忧。但这担忧还仅仅停留在担忧，因为拉班尽管始终犹豫，但他毕竟去了，而且顺利地抵达了。

故事结尾，拉班坐在马车上，等着客栈老板到车前迎接，但老板没有来。拉班想，也许就因为他知道我是贝蒂的未婚夫，他才故意不来。贝蒂常说，她经常受到下流男人们的调戏。也许老板就是其中之一。

这样的结尾刻意突出故事的荒唐——一种相对轻松的荒唐，带有游戏的味道。这在卡夫卡的作品中是太不容易见到了。

## 四

如果说轻松是《乡村婚礼的筹备》让人喜欢的理由，那是不错的，但不是唯一的理由。一个如此简单的故事之所以能在若干年里让我一读再读，自然不是情节的缘故。初读《乡村婚礼的筹备》，令人头昏脑胀的是小说中大量的琐碎细节。这些细节全是通过拉班之眼看见的。但拉班的观察，虽然细致，却不深入，因为他心事重重，对外界事物没有兴趣。他观察，要么是被迫的，要么是用来转移焦虑的，看过即忘。因此，我们读到的，就是一些纯粹的细节，像雨一样围绕着拉班、却和故事发展无关的细节。这些细节增加几个，减少几个，调换一下位置，都不影响小说的构成。正是由于细节的纯粹，在熟悉后的重复阅读中，我们获得了满足。

绝大部分细节是关于人的。小说开头，拉班穿过走廊，跨进门洞，即将走进外面的世界，他看到的是街上形形色色的人物：

一个小女孩，双手平伸，捧着一只疲惫的小狗；

一位女士，帽子上缀满了饰带、别针和花朵；

一位拄着细手杖的年轻人，左手瘫了似地平放在胸前；

三位男人，不时从墙边走到人行道上看看，又说着话退回原处……

路上马车驶过，两位女士坐在深色皮面小长凳上，一个往后靠，脸被面纱和帽子的阴影遮住，一个坐直身子，戴的帽子不大，能看见她的脸。

在三条马路汇合处的人行道上，站着许多无所事事的人，用小手杖敲击着石子路面。在一堆一堆的人中间，是一些尖顶小亭子，姑娘们在里面卖汽水。还有前胸和后背挂着用五颜六色的字母写着娱乐广告的大牌子的男人们……

下电车的人把拉班挤到小水坑里，他看见车里一个男孩跪在凳子上，双手指尖贴在嘴唇上，仿佛正与人告别；一位女士踏上第一级台阶，双手提着裙子下摆，刚刚超过脚面。

咖啡馆里，紧靠窗户的三角形桌子边，围坐着几位正在阅读和吃东西的先生，其中一位把报纸放在桌上，手里举着杯子，正睁大了眼睛朝小巷里看……

在列车上,年轻的推销员用舌头蘸湿了手指,翻看笔记本;

大个子男人手里拿着纸牌,吆喝熟睡的老婆,问她把细纹衬衫装上没有;

女商贩半躺在包裹上,"右侧臀部的裙子绷得紧紧的"。

拉班到达乡村车站时,看见的是一个"打着花太阳伞的女孩"匆匆来到站台上,坐下来,"为了让裙子快点干,把两腿叉开,用指尖在撑开的裙子上捋水"。灯光太暗,看不清她的脸。

……

这些细节有隐含的意义吗?这是我一直在想的问题。

不一定有意义,但卡夫卡肯定经过了精心选择。如果不怕索解过深,我们发现,卡夫卡注意的一是这些人的手的动作,二是女人的衣饰,尤其是帽子。另外一点,就是他反复写到马车。拉班最后的结局,就是在一辆马车里。而此前,马车已经出现了五次。这三点,有什么意义吗?特别是前两点,是透过拉班的眼睛看到的,拉班的无意识透露了他内心的什么秘密?

在对女人的观察中,多少有些蛛丝马迹可寻。同事雷蒙特和他谈到另一同事吉勒曼的太太,说吉勒曼太太非常漂亮:"头发是金黄色的,生了一场病之后,现在脸色苍白。她有一双我见过的最美丽的眼睛。"可是拉班却对雷蒙特的说法提出了质疑:"不过请问,美丽的眼睛是什么样的?眼睛本身是不可能美丽的。是目光美丽吗?我从不认为眼睛会美丽。"

我们对照前面的描写,就发现了问题。拉班看贝蒂的照片,找出她一堆毛病,只有眼睛"非常漂亮"。但这里他明确表明:"我从不认为眼睛会美丽",那么,贝蒂的眼睛还能是漂亮的吗?她唯一的可爱之处不就烟消云散了吗?

城市对于拉班是熟悉的,因而是亲切的。城市是在白天,虽然乱,至少是明亮的。众多的人物其实正演绎着拉班生活的不同侧面:抱狗的孩子是他的童年,无所事事的老人是他的未来。他欣赏的人,他不欣赏的人,代表着他生活中的不同方面。他是这个城市的一部分。

乡村对于拉班是陌生的,因而是令人不安的。乡村是在黑夜,处处是怪异。那里没有他可以认同的人物,只有一个未婚妻,而他显然对她了解甚少,所谓对她的爱,不过是未婚夫不得不具有的姿态。对于乡村,他是个过客,他只是在没办法的情况下,让自己的躯体到此作短暂的停留。

城市和乡村代表了两个世界。在两个世界之间的拉班是幸运的,卡夫卡仁慈地给了他选择的机会,他不仅可以前进,而且还能后退。

在《乡村婚礼的筹备》里,拉班虽然是个怪异的人物,但仍然可以理解。正像他周围的世界和人物,加上没完没了的雨，都是可以理解、可以生活于其中的。更重要的是，这里没有绝望和恐惧，有的只是一点不安，就是这不安也是能够逃脱的。拉班坐在抵达的马车里叹气的时候，不管有没有婚礼，婚礼如何，我们知道他的希望在哪里。因为拉班说了，十四天虽然漫长，毕竟是一段有限的时间，而且，假如无力抗争，干脆软弱到底，任人摆布，最终总能忍过来。所以，拉班在马车里，第一次想到了"美丽的城市和美丽的归途"。和前面的描写相反，卡夫卡第一次用"美丽"来形容拉班刚刚离开的城市，和刚刚经历的同样但方向相反的旅途。

《乡村婚礼的筹备》是卡夫卡难得的一抹微笑，可是后来，连苦笑也没有。

对于婚礼的筹备，卡夫卡保留着一定的真诚，尽管一开始就相当脆弱。对于婚礼，无论在小说还是现实中，卡夫卡都不允许它发生。在他满怀怨恨地视为谎言的世界，他自己也成了一个谎言。

二〇〇八年十二月二十八日

# 从《阿凡达》到《魔戒》

第二遍看《阿凡达》,除了特效带来的视觉享受,那一层薄薄的故事像纸糊的灯笼被人踩过,彻底不成样子了。说是成人童话吧,幼稚得连小孩子都不会满足。所以,听说中国的导演为之叹服不已,起初很觉诧异,想中国最不缺少的,就是编故事的人,就是一向不愿意分清现实和幻想的人,何况神话的传统那么源远流长,从《西游记》或唐人传奇里舀一瓢水,尽够影坛英雄们"全伙"痛饮,何至于没见过世面到如此地步。不过再一想,自《英雄》以来的那些超玄幻、超戏说的国产大片,哪一部曾经好好地讲一个故事,哪怕是像《哈利·波特》那样年龄超过十二岁的孩子就敬谢不敏的故事呢?《阿凡达》再简单,一个逻辑大致合理的情节线是有的,想潜移默化灌输给观众的观念也是有的,甚至还有悬念和起伏。可我在《英雄》里只看见秦始皇在御座前摆了一排又一排的蜡烛,那是祭祀死者才有的排场,如果编剧旨在颂扬始皇帝破除迷信,不在乎当自己为死人，提前出神入化，我没有话说。在《满城尽带黄金甲》里只看见宫中打仗须在地上铺菊花，而且交战双方，即使在政变这样全靠阴谋最需要保密的情境，还得事先约定各自穿什么样的服装，以便军容整齐，造成强烈的色彩对比。如此令人肃然起敬的美学讲究，岂是宁可败阵也要奉行战争礼仪的宋襄公所能想象的。

我爱看花了大钱制作特技效果的电影。道理很简单：同样十一块钱的票价，看花三亿元拍的，当然比看花三百万元拍的划算。对于故事，没什么要求，权当它是挂那些特技之华服的衣架子。对衣架子，要求只一点，好歹立住了，千万别倒。歪，摇晃，破旧，脏，统统没关系，只要让衣服挂在那里，供人观看。现在想来，《阿凡达》还是只看一遍好，《无极》之类，最好别看。

由于《阿凡达》，勾起对幻想片的馋劲儿。盖·里奇新拍的《福尔摩斯》不尽如人意：裘德·洛的华生固然更英俊而且文武双全，但原书里华生保持着外行的糊涂，意在构成一个与读者平等的低视角，以凸显福尔摩斯近于神圣的推理智慧。华生的忠厚和可爱的保守，也是为了衬托福尔摩斯身上天才的怪异。现在华生被改造成小一号的福尔摩斯，妙对的趣味荡然无存。小罗伯特·唐尼饰演的大侦探无复骨子里高傲的英国绅士，成了纽约街头脑瓜子灵光的小混混。拳头再硬一些，跑得再快一点，有什么用？压根儿不是原来的味道。

美国通俗文化里的英雄超人,总见肌肉巨汉,上身磅礴嵯峨,脑袋则缩成一粒鸡蛋。民众认这个。唉,盖·里奇也就这两把刷子,本不该指望他什么的。都怪福尔摩斯的招牌太诱人,谁家的酒都想往里面装。强尼·戴普主演的《爱丽丝漫游奇境记》(原著,又一本心爱之书!胜过娇滴滴的《小王子》多矣。玲珑剔透的想象,种种机智的小游戏!)3D,先不说好不好,要到下月才登场。怎么办?于是回头看《魔戒之王》。从《国王归来》看到《双塔》,再追根寻源,回到《魔戒同盟》。

不算当年在电影院看的一遍,这是第三次看碟。看完,原先担心的由于过分熟悉而产生的厌倦之感并没有出现。以前曾为之激动的那些场景,依然能够震撼人心:布理村跃马客栈之夜,雨声淅沥中神秘黑骑士的马蹄和马口呼出的白汽;莫雷斯矿坑,矮人的地下王国,无数暗洞和灵异的深渊;大河上的巨大国王石像,是引导,守护,又是预言;罗汗国大战,雨中的高城雉堞,甲士鹄立,嗅着逼近的死亡的咸味;迈纳斯提利斯如利剑冲天的白城,仿佛来自韩愈的歌行;寒笼天山,云海苍茫,雪山顶上烽火在暗夜点燃;千里驰援的罗汗大军在平原上冲锋,剑戈映日日无光;萨茹曼的黑塔,莫多魔塔上的火焰之眼——哦,还有霍华德·萧 (Howard Shore) 的音乐,再好不过的电影配乐了,比约翰·威廉斯的还要好——在电影里,不太喜欢曼声细语，优美甜蜜，专一催人泪下的大提琴或小提琴独奏。

最早尚无激光影碟，别人送了前两集的录像带，四盒。第一集的末尾，有长达半个小时的音乐，包括安雅唱的 *May it be*。第二集结尾的音乐约十五分钟。也有一首歌，不知是谁唱的，也不知曲名，情绪近似。这两套录像带的尾巴，常当唱片来听。后来出了电影三部曲的原声带，每部一张，配乐收得更全，有些还是另行编配的，影片里听不到。见过一套《双塔》的配乐全集，单部电影，就足足录了四张碟，时间可能比电影本身还长。

西方的魔幻小说，所读有限，数来数去，大概就数《魔戒之王》了。托尔金的叙述，刻意营造中世纪的气氛，不放过任何细节，包括文体，把骑士传奇的神韵发挥得淋漓尽致。正邪善恶，光明与黑暗，如此的极端两分法，从布什总统嘴里出来是那么专横可笑，但托尔金依仗这一很容易被误用，很容易导致狭隘的偏见和党同伐异的中世纪传统，却制造出无比庄严神圣的效果。

更让人放心的是，托尔金与原教旨主义无关。因此，他的中土 (Middle earth) 为中心的世界，在二分法之外，乃有别的此类作家不具备的宽容和丰富。《魔戒之王》里，神始终不曾出现，天地之间，除了人类和魔，还有精灵、矮人、霍比人、半兽人、巫师和鬼魂。这样的梯次，仿佛莎士比亚的《暴风雨》，以人为中心，道德的层次和精神的力量分别向两个方向延伸，形成高于人和低于人的生命序列：魔法师、人类、爱丽尔、卡列班。高到神灵，低到魔怪，暗喻着人的心灵在善恶两方面的极限。莎士比亚在《暴风雨》中伟大得无比单纯，那确实是文艺复兴的真谛，跳过中世纪，回到古希腊和罗马。托尔金高出C. S. 刘易斯的地方，就在这里，他的传统可以追溯到健康明朗的远古，而刘易斯的《纳尼亚传奇》，只是一个观念符号的童话图解。

高贵血统的骑士们游荡在大海和高山之间，渡溯无边，栈石星饭，暗中守护人类和精灵的国土，他们被称为游侠。游侠阿拉贡，是小说中的二号人物。在电影里，由于编导突出他和精灵公主阿纹的爱情，他抢了魔戒之王的持有者普鲁多的戏，而精灵王子勒戈拉斯又抢走了一点他的戏。

中国没有真正的游侠时代，新派武侠小说试图弥补这一缺憾，但无法摆脱意识形态的纠缠，即使是还珠楼主，虽然比金庸更纯粹，仍然缺乏中古的单纯和庄严。先秦和唐朝的藩镇时代，确实有游侠以刺客的形式出现，但他们在当时的社会中，所产生的影响不比盗贼更大。

先秦是义的时代，可惜距离成熟的小说的诞生还早。唐朝短篇小说发达，但唐朝的游侠，已经不以"义"为行为准则了，他们多是军阀的爪牙，或另一种风格的大盗。

做爪牙，报知遇之恩；当盗贼，有一些自由反抗，蔑视权威的意味，但窃财似乎并没有什么高尚的目的。西方骑士故事中至关重要的浪漫爱情，在唐的剑侠身上却是必欲摒除的。因此，唐人尽管逸韵难追，传奇小说的发展却朝向了另外的方向。《虬髯客传》是最接近我们要求的风格的作品，也许是唯一的一篇。

读过《七侠五义》之类的公案小说，我们知道，在墨子著作中集中体现的先秦的侠义精神，到唐已渐趋式微，但那时的侠士还保持着一点清高和自由，如功成隐退之类。到明清，江河日下，直至不堪。可怜一身横练功夫，只是为利禄而给官府做奴才的。他们的反面，没有或还没找着机会被招安的，仍旧做强盗窃贼，也无心劫富济贫，只是图个人一时的享受。我们读了金庸，千万不要以为宋以后还有那么一个如火如荼的大时代，无数为民请命的江湖英雄一剑一箫，披星戴月，奔走在神州大地的青山绿水之间。倒是东南亚那些三四流的武侠小说家无意之中写出了侠的一点真相：最了不起的，他们也就在六扇门里当个捕快，抓几个靠闷香入室劫色的采花盗，和专门在泽国的芦苇丛中暴夺镖银的江湖会匪。

就技术最先进的美国电影来说，讲一个好故事的时代已经过去了。与之恰成对比的是，中国的小说家正在一门心思地想讲好一个电影情节剧（melodrama）式的通俗故事。

故事越来越简单,同时电影越来越长。四十年代,故事片的标准长度是九十分钟。如今,大部分正剧和动作片都在两小时以上,大片,如《魔戒》,每一部都超过三小时。《阿凡达》两小时四十分钟,算是很有节制的了。那么,电影的长靠什么来支撑?靠技术细节。《黑客帝国》第二部,高速公路上的打斗,是该片的最大亮点,全是靠武打设计和特技来完成的。《二〇一二》中逃离沦陷的洛杉矶和黄石公园的喷发火山的两段,以及《克隆岛》中闹市追车的一段,都是如此。情节融合在技术细节里,最后是技术细节本身就等于情节。电脑游戏越来越多地被改编为电影,就像从前的小说和戏剧。那时候是文学电影时代,现在是电脑游戏电影和漫画电影时代。在几千里的人类历史中作为娱乐之主要手段之一的故事,其定义必将随之改变。

技术当然也可以娱乐。金庸小说里的武打描写,双方招数展开,动辄洋洋数页,不仅不枯燥,反而妙趣横生。梁羽生的武打细节同样细,但才气所限,不如金庸迷人。古龙的武侠小说没有武打的技术细节,他靠扑朔迷离的故事情节取胜。用文字表达的技术细节,和用特技画面表达的技术细节,本质上并无不同,因此,它照样可以好玩。但金庸小说有强大的故事作后盾,技术细节有所依附,在瞬间的感觉刺激之后,还有长久的感染力量。而这是目前的大片尚且欠缺的。

《阿凡达》的激动人心之处在于，对人类，尤其是像杰克那样一个不幸伤残，只能坐在轮椅上的人，自由奔跑已是巨大的诱惑，何况骑坐在翼兽背上升腾高举。由此联想到大鹏图南和列子的御风而行，不算矫情。在看第二遍的时候，感官刺激大潮已退，却也让我看出，或者说，得闲想到了另外的名堂：杰克由一个普通的士兵，一跃而为异星异族人类的领袖，指挥三军，俨然救世主重临——美国人的救世主情结简直没救了，政治家要当，将军和科学家要当，玩世不恭的花花公子要当，小资兮兮的家庭主妇要当，连《变形金刚》里的小男孩也满脸庄严地当了一回。杰克飞翔在空中，山海历历，大军齐进，连昔日部落最强悍的战士，也慑服于他的勇气和智慧，甘拜下风。他左右顾盼，志得意满，充满自信，也充满权力的快乐。是的，权力，还有什么比权力更令人兴奋？

拿破仑跃马阿尔卑斯山的油画，被很多志向不凡的老板挂在办公室，朝夕相对。这是羡慕，是理想，更是主观投射，一个化身或代入。这正是来自印度神话的阿凡达 (avatar) 一词的原意，常指大神毗湿奴化身为人类或超人和动物。在印度的细密画上，最流行的题材便是毗湿奴化身为Krishna，和他所爱的牧女拉达 (Radha) 在一起。Krishna被称为毗湿奴的第八个化身，即第八个阿凡达 (the 8th A-vatar of Vishnu)。

电影尚未推出，Yahoo网站上有消息说，如果《阿凡达》

票房令人满意,导演卡梅隆将把这个故事拍成三部曲。现在看来,票房肯定是令人满意的。如果拍续集,稍有常识的人都会想到,必有一个杰克的"回归"(return),不管以什么方式。说起来,西方文化对"离家"——"磨难(肉体或纯粹精神上的)和升华"——"回归"这样的环形三部曲结构痴迷之极,"回归"在哲学上说来又特别好听。《星球大战》的最后一部是《杰迪骑士的归来》,《魔戒之王》的最后一部是《国王归来》,《阿凡达》恐难脱此定式。

当年在影院看《魔戒》的情形大多已忘记,如今两次看《阿凡达》的经过也没什么可说的,只有《双塔》是个例外,那是陪一个来美的同学一起看的。那天上午,我们在曼哈顿中城乱走,中午在意大利快餐店吃饭,再逛,有点累了,就进了影院。三个小时的电影,我担心太浪费他有限的时间,因此对片中树精和两个哈比人无休无止的谈话颇感不耐。事后重看,觉得原本是可以接受的。但电影《魔戒》系列不是没有问题。扮演普鲁多的伊利亚·伍德,表演过火了,特别是他做出种种痛不欲生的表情时,太刻意,太沾滞,仿佛那些痛苦是他千呼万唤始来的,他耽于其中,不忍割舍。

二〇一〇年一月二十七日

# 回看《教父》

弗兰西斯·科波拉的《教父》早已是美国电影的经典，经典总是使人想起一个逐渐远去的背影，伴着音乐，融进幽暗的星空。十几年前看它，吸引我的是一个黑手党家族的惊险故事，当然，还有马龙·白兰度经得起一遍遍重温的表演，那真是一瓶无上佳酿，喝时痛快，回味更醇。十几年后再看，看到的是政治、权力、阴谋和暴力，看到的是人生中的各个方面：亲情、爱情、理想、骄傲和遗憾，幸福和悲哀。而这一切的背景，从都会街头的剑光斧影，到华堂绮宴的阴谋冷算，权力的杀场层层递进，愈高则愈凶险，愈深则愈黑暗。

## 迈可

在《教父》三部曲中，两代教父，维托·克利奥利昂和迈可·克利奥利昂，都以平静的方式告别了人世，死于没有肉体痛苦的疾病突发，死于一瞬间，死于不知不觉。按照中国的传统观念，如此寿终正寝是善者所能获得的最好酬报，因此不失为一种幸福。不过认真分析起来，克利奥利昂父子的死还是有区别的。

首先，维托确实是在快乐中死去的。死神驾临之际，他正在家中后院和孙子嬉戏。当他那曾经不可一世的庞大躯体轰然倒在花木丛中之时，惊讶的小孙子只是呆呆地望着他，不明白发生了什么事。而迈可死的时候，丧失爱女的悲痛尚未平复，何况射进女儿胸膛的那颗子弹本来是为他准备的，所以悲痛很可能是他病发的原因。维托的最后日子，给人颐养天年的气氛，而迈可则处在难以排解的孤独中：妻子离他而去，儿子走了一条和他完全不同的道路，唯一和他心心相印的女儿，在如花初绽的韶年死于非命，继承家族事业的，是和他谈不上亲密的侄儿文森特。他退休时的年龄比父亲小，可是仍然太晚。在精明强悍的文森特面前，他过早地衰老了。维托生前曾遭暗杀，元气大伤，否则他还能活得更久；迈可则是被疲惫和痛苦摧毁的。

在黑手党的风云世界，维托和迈可都算得上一代枭雄，但迈可的路显然比他父亲艰难得多。要说这很不合常理。维托避仇离乡，只身赴美，白手起家，创业之初，不仅小偷小摸皆须事事躬亲，连为人排忧解难这样的"体面活儿"，也得屈膝向人苦口婆心地劝求，而迈可则直接继承了一个势力雄厚的王国，有钱，有武力，有官场人物为后台。

然而劳逸易势，难道守成真的比创业还要更凶险吗？

　　从影片里，我只能看出两个原因。和父亲的草莽身份不同，迈可受过良好的教育，当过海军陆战队员，立过战功。他具有上流社会的一切教养，带有绅士或有文化的人的气质。这种人物的弱点之一，便是理念和行动之间时有的矛盾。其次，我们可以看到，在维托的时代，他面对的是和他同类的江湖好汉，习惯而且遵守一定的江湖规则，而这些江湖规则，其实也是一种道德要求，基于他们的教育程度和生活状况，成为维持一定的江湖秩序的游戏规则。他们适应这些规则，如鱼在水。迈可，在家族事业日益扩展的情况下，触角不断伸向社会的更上层。于是，在过去的经验中从未接触过的人物，大大小小的政客、金融家、社会名流、红衣主教，纷纷粉墨登场。他们带来的，不是他们的名号所夸耀的道德和文明，而是令人更加叹为观止的斗争艺术和生存哲学。在《教父》第一集里，迈可一把手枪就能解决的问题，到第二集，必须演一出复杂的苦肉计，才能让一个小小的参议员就范，到第三集，连梵蒂冈都成了阴谋的要角，一场屠杀之后，迈可感叹连真正的幕后角色是谁都不知道。他不得不苦思冥想，把自己未来的继承人送到对方阵营当黄盖。

　　最后决战在文森特的指挥下大获全胜，然而差一点就变成同归于尽。天乎？人乎？迈可哪一点不如父亲呢？可很多时候，他靠孤注一掷才勉强成为赢家。

迈可的理想是所有眼光深远的黑手党教父的共同理想：通过洗钱，使家族事业合法化，从此摆脱强盗身份，跻身在重重美丽的帷幕之后，由政治和金融垄断集团构织成的所谓上流社会。在这个过程中，他发现，政治原来和犯罪毫无二致，背后无非是利益的分配，势力的均衡，阴谋和权术，黑手交易，丢卒保车，过河拆桥，"永远不要把内心的想法说出来"，"不要恨自己的仇敌，那会影响你的判断"，等等。不仅如此，与黑社会相对简单甚至天真的暴力和权术相比，社会上层其实是更黑暗、更无耻、更肮脏、更残酷的角斗场，翻手为云，覆手为雨，处处尔虞我诈，一切手段无所不用其极。黑手党的一代枭雄，踏入以政客、律师、企业家和上层宗教人士组成的名利场，反而如毛头小子一样左右支绌，步步维艰。

从黑社会到政界，到宗教界，区别仅在于：变不合法的犯罪为合法的犯罪。迈可梦想合法，因为一旦合法，庞大的国家机器就不再是你的敌对力量，而成为你的工具，你的保护神了。任何个人势力都不可能与国家对抗，所以聪明人不会站在和国家对立的一面，即使他要打交道的是一个最龌龊的小官僚，一个最无耻的吃里爬外的警察。在第一集里，迈可亲手杀死那个被对手家族收买、企图干掉他父亲的巡警，当时是事出无奈，而非深思熟虑的行动，尽管它显示了迈可的决断。而且对于此后迈克的遭际，也是一个不好的兆头。迈可因此远走他乡，在西西里，血缘和精神的双重故乡，与爱情邂逅，又迅疾幻灭，留下一生的隐痛。

反观文森特的第一次暗杀，杀一个远比小警察有来头的大人物，是通过化装为骑警从容不迫地进行的。这是一个意味深长的对比。文森特的父亲桑尼，迈可的长兄，维托的继承人，由于一味蛮干而遭毒手。他实在应该听听比他蛮横得多的中国好汉吕布在《小宴》中劝和的著名唱段，强者易折，他应该明白这个道理。桑尼早死，失去庇佑的文森特在黑道中乱混，情形一如未发迹时的维托。他几乎就是一个马仔，没有教养，不会摇头晃脑地听歌剧，不会搂着女人翩翩起舞，我们很少看到他沉思默想，即使在他已注定成为家族的继承人、将指挥一场决定家族生死存亡的战役之后。他知道了该做什么，就知道怎么做，仿佛这二者本来就是一回事。行动的能力胜过纸面上的智慧，维托和文森特都比迈可更能举重若轻。他们有计划，要结果，不像迈可，总要在事业上镶一道理想的花边。理想说起来好听，想着它的人也自觉高贵，但在强盗正名为贵族之前，理想不能点铁成金，甚至也算不上锦上添花。理想是画蛇添足，是在自己的翅膀上吊一只涂抹得花花绿绿的水泥墩子。迈可心思缜密而有决断，这个弱点不至于叫他失败，他只是活得更累而已。

《教父》三集，近十个小时，一口气看下来，于生死搏杀之中，始终感到一丝凄凉。想到多年来看过的黑帮电影，流露此种情绪的不在少数,觉得也是有意思的事。《巴格西》(Bugsy)中满口脏话的江湖无赖"小虫"居然志向高迈,目光远大,当他死于爱情和李广式的无可救药的"倒霉"(包括一场致命的大雨)时,令人油然而生"运去英雄不自由"的感慨。马龙·白兰度饰演的维托,可爱,可敬,可哀,可惜。他的骄傲,他的仗义,他的老谋深算,他的舐犊之情,不由人不为之倾倒。相比之下,迈可的悲哀仅只是悲哀,虽然同样打动人,却不能叫我们肃然起敬。

我想,在电影这样一个虚构的世界,我们尽可以认同不同品类的人物,想象最匪夷所思的人生,在他们身上,我们看见自己身上未实现的部分,未被认可的部分,看到自己的理想、梦想和幻想,看到自身至今不肯舍弃的天真可笑荒唐无聊甚至其他羞于承认的部分。电影给我们快乐,电影使我们感动——包括深入骨髓的悲哀,原因就在这里。

## 维托

老教父维托三子一女,电影借女儿康妮的婚礼为契机,交代故事背景,介绍登场人物,这种手段,红楼梦里常见,也处理得最高明。科波拉心有灵犀,颇能得几分神韵。康妮在《教父》第一集里是个受气包、倒霉蛋、糊涂虫,从头至尾,乏善可陈。她修炼成精,浑身散发出光芒,要等到第三集。剧场毒杀仇敌那一场戏,她的镇定,她的视死如归，令人刮目相看：这个可怜的黑眼睛小女人，血管里流的，毕竟是西西里家族的血啊。

却说维托的三个儿子，长子桑提诺，也叫桑尼，是家族的继承人。他生性彪悍，能打能闯，缺点是急躁冲动，不能深谋远虑。在老教父坐镇下，他的一切都是优点，他就是莎士比亚所说的"战争的猛犬"，或按我们熟悉的类比，一个稍稍胜过张飞，顶多是一个关羽的悍将。关张之上如果没有刘备，没有后来的孔明，命运不会比吕布更好，迟早会被人割去首级（后来确实被人割去了）。桑尼死于非命，从电影一开始，每个观众都预料得到。

次子弗雷多是个小混混，一个近乎白痴的、毫无气度的花花公子。他不关心家事，不参与打杀，在黑手党世界里，他是一个废物，没用，零。要说好处，善良也许算一条，而这，在第一集里也看不出来。

对于弗雷多，维托和迈可谈起时说："弗雷多……唔，弗雷多……"他不知如何说好，因为这个人所共知的没出息的家伙毕竟也是他的儿子。他不细说，当然也是因为，迈可什么都明白。

小儿子迈可文质彬彬，在维托眼里，他才是家族的希望。迈可在必要的时候可以像桑尼一样狠，同时像维托一样沉得住气。更重要的是，他比维托心机更深，下手时比桑尼更残忍，他是小说中曹操那样的人物（现实中的曹操可能更像李世民）。

桑尼丧生，养伤中的维托惊闻噩耗，欲哭无泪。传达消息的汤姆话音甫落，维托仰首望天，嘴角抽动，我们马上就要看到他老泪纵横——但他双眼一开一合，生生把眼泪咽回去了，面色哀凄中回复了一贯的高傲和刚毅。有节制的痛苦比肆无忌惮的放纵更能感动人。在节制的痛苦中，藏着更深、更广大的东西，那是寻常的表达不能完全表达的。

作为父亲，维托是了不起的父亲。作为一家之主，他也堪称模范。维托的名言是：没有家庭，一个男人不能成为真正的男人。为什么？在黑手党世界，他堂克利奥利昂是一个家族的堂堂教父，虎踞一方的诸侯。在外，强敌环伺，在内，群雄欲起。他不仅要破解和抵挡对手的一切阴谋和暴力，更必须把自己化身为阴谋和暴力。这是一副焊在脸上的面具，不是皮肉也是皮肉了。面具最终决定本质，成为本质，便似一个人忘了表演本是生活中的一个瞬间，在舞台上的不过是一个角色，他要藏在角色里永远不出来，舞台之幕直到他咽下最后一口气，决不容许垂落。许多权力场上的人物都摆脱不了这一厄运，因此，无论他们怎样扭曲，怎样变态，怎样疯狂，都不足为奇。

然而维托不同，他珍惜家庭。在家庭里，他是一个好丈夫，一个好爸爸，他有责任和爱。所以，不管舞台上的戏演得多么红火，回到后台，卸掉行头，洗去油彩，维托依然是维托。

在《教父》里，最感人之处便是维托和迈可的父子之情。

尽管迈可曾在沙场上出生入死，得过勋章，维托始终视他为需要保护的"幼子"，一个牵肠挂肚的便雅悯。女儿婚礼前全家合影，因为迈可未到，维托拒绝照相。迈可携女友进门，在院子里与宾客寒暄，维托居然像小孩子一样在自己的房间从窗帘缝中偷窥。

维托遇刺入院，受贿的警察赶走克利奥利昂家的保镖，以便对手继续派人行刺。迈可孤身赶到，发现处境险恶，急中生智，把父亲转移到另外的病房。夜色幽深，长长的走廊一片诡异的寂静。迈可俯身对着父亲，轻声诉说："爸爸，你好生躺着休息吧！我来保护你。现在我在你身边了，我在这里和你在一起。"他一遍遍地自言自语，不曾想，一直昏迷未醒的维托，眼角居然流下泪水，嘴角却又漾出笑意。

这是我非常喜欢的一段戏。紧张气氛中一段奇迹般的温馨。阿尔·帕西诺的表演比什么时候都好。

在电影里，我们不断看到维托和桑尼商议家族大事，拟定行动计划，安排人手，但父子之间倾心的交谈，只在于他和迈可之间。维托不是一个天生的黑帮头子，他梦想的是——如很多人的梦想一样——他们克利奥利昂家，将来出的不是一代代的堂克利奥利昂，而是克利奥利昂众议员、克利奥利昂参议员、克利奥利昂州长。他没想到，也许想到却暂时不想说出的,是克利奥利昂总统。即使是州长和参议员,他也感叹时间不够。由黑变红需要时间,他看不到那一天。

这样的心里话,他只和迈可说。

医院给了城府甚深的迈可一次真情流露的机会。维托对迈可,有同样精彩的一场戏:桑尼被害,迈可亡命天涯。维托力撑大局,以守为攻,主动妥协,提出五大家族和解。在联席会议上,维托委曲求全,处处容让,最后只提出一条:让迈可回到纽约。回来后的迈可如果发生任何意外,不管是"在街头被车撞死",还是"在监狱里上吊自杀",他别无选择,只能把责任归于在场的某些人,如果这样的事发生,他将不惜一切为迈可报仇,决不留情。和之前的谦卑恭顺不同,维托说这段话,一字一顿,字字千钧,脸色严峻,带着不容置疑的威慑力量。

老狮子终于还是老狮子。

维托扶助迈可登上教父宝座,他预言未来情势的一段话在《教父》三部曲里,颇似《三国演义》中的隆中对。维托说,"在当前的局势下,对手巴兹尼的下一个行动是,派一个你绝对信任的人来,提议双方和解,在你与会时干掉你,记住,第一个来向你提出会谈建议的人,就是隐藏在内部的叛徒。"

一切皆如维托所言。但迈可的全面复仇,规模之大,手段之黑,超出了维托的预想。迈可不留后患,更不寻求妥协,他把看得见的敌人全部消灭。维托当然能看出迈可未来的行事作风,但他明白,未来的事不是他能够左右的,所以他才会对弗雷多的事欲说还休。他即使要求迈可一辈子照顾弗雷多,原谅弗雷多的所有过失,包括对家族的背叛,迈可能做到吗?

弗雷多被沉入湖中之时,维托墓木已拱。九泉之下的维托,最后合上了眼睛。没有悬念,没有意外。未来顺理成章,一似蹩脚的侦探小说。

维托在幸福中撒手而去,这也许是幸福中唯一的遗憾。

## 文森特

一直很为扮演文森特的演员安迪·加西亚可惜,《教父》之后,他似乎再没有遇到适合他的导演和剧本,只好慢慢退隐为各种形象的小配角。文森特的故事没完,但很难发展。如果他能够在位几十年,即使做得更好,仍然是迈可的翻版。

从个人修养和气质来说,文森特只能做一个教父。但从克利奥利昂家族的立场来说,他应当成为一名慈善家,一名艺术赞助人,直到某一天,功德圆满,以钱通神,铁衣著尽著僧衣,摇身一变,俨然社交场上的名流,此后顺理成章,当上议员或州长。故事发展到此,已经不再是黑手党的传奇了。等到原罪色彩的创业史逐渐淡出大众的视野，再经随时乐意奉献灵魂的文字工作者妙笔生花，脱胎换骨，演为正史，堂克利奥利昂从此成为一个如肯尼迪一般的名字。再以后，砍樱桃树或卧薪尝胆式的传说也会应运而生。

文森特的后代们即使再谱新篇，只能归于另一个系列，唤作《龙飞记》或《豪门恩怨》。

安迪·加西亚等不到那一天了，他那张脸太意大利。而我们，已经进入二十一世纪的第二个十年，正是俗吏与恶少齐飞、奸商共帮匪一色的时代，也是大师和名媛辈出的时代，呜呼。

二〇一〇年八月二十五日

# 墓园和诗人

美国的公墓算得上一大景观。自小看惯中国乡间坟场的一片"荒草迷离，白杨萧萧"，或因古代诗文小说而留下散碎的"元夜凄风却倒吹，流萤惹草复沾帏"的想象，乍见此种异域风情，顿有焕然一新的感觉。新建的大型公墓，由于都市地皮日益昂贵，不得不远迁郊野。而过去几百年来的旧墓，逐渐被居民区包围，甚至点缀在闹市一旁。生者与死者比邻而住，和睦相处。累累石碑毫无恐怖阴森气氛，车水马龙也不曾打扰泉下人漫长的安睡。只不过，旧墓毕竟是旧墓，逢年过节，少见亲人鲜花美酒的献祭，更不会有新起一丘，众人肃立寒风中，听牧师喃喃念诵经文的情景。

也因此，行路途中，常常会经过一大片墓地，或在车中匆匆一瞥，或不免驻足片刻。这些墓地无一例外的洁净整齐，不起坟，只立墓碑。一行行墓道笔直延伸，墓碑间碧草丛生。绝大多数墓碑两尺到一米高，简单朴素，镌刻着死者的姓名和生卒年月，加上一句两句怀念或祝愿之言，文字外的花边纹饰也不张扬。年深日久，碑石颜色渐深，质地渐粗，显出沉稳从容的苍老，和新墓碑的光滑亮丽形成鲜明对比。

一个墓地总有几处令人瞩目的地方，一些坟墓中的贵族和高官。这些坟墓前矗立着高大精美的石雕像，多半是耶稣和圣母玛丽亚，也有天使和古冠厚袍的教士。它们成为一个墓地画龙点睛的妙笔，使得整个墓园像一件似不经意却恰到好处的艺术品，表达的是人类如何看待和对待死亡的主题。

浏览过这些大小和风格各异的墓地，你才能理解为何保罗·瓦雷里在其名作《海滨墓园》中由死亡开始的思索是那么淡定从容，甚至可以说，那么优美，那么轻灵。

瓦雷里眼里的墓园不过是惊鸿一瞥，就像电影《上帝创造了女人》中青春的碧姬·巴铎骑着自行车从海滨墓园边轻驰而过的倩影，对他而言，墓园只是生活中的一个插曲，诗的一个题目，尽管他把这个题目写成了杰作。对于美国诗人托马斯·林奇，墓园不是生活中可有可无的插曲，也不仅仅是一个诗题，那是他生活的一大部分，他赖以为生的领域。作为思考的对象，也许还只是茶余饭后的事。因为他是一个殡葬师。

殡葬师和诗人，一个奇怪的搭配。华莱士·史蒂文斯是职业银行家，曾经让我非常惊奇。相比之下，殡仪馆老板的林奇成为诗人，再顺理成章不过。

林奇后来回忆说，他兄弟五人，三人开殡仪馆，两个姐妹也在殡仪馆工作，"好像我们是一座家庭农场，不过耕耘的不是普通的土地，而是情感的沃野。我们靠他人的死亡为生，正如医生靠疾病，律师靠罪案，神职人员靠人们对上帝的敬畏。"这是诗意呢，还是荒唐？不管怎么说，他人的死成就了林奇，包括他的生计，也包括他的文学。林奇引起文学界瞩目，批评家首先注意到的就是他异乎寻常的职业，每篇评论文章都不忘提到这一点，事实上，这也确实引起了读者特殊的兴趣，以致成为他的散文集《殡葬人手记》的卖点。

对此，林奇似乎感到啼笑皆非。他在本书的序言中写道："在关于我的著作的书评中，人人都会提到我不寻常的职业，意思是说，对于一位殡葬师，写诗真是不坏的事。'殡仪员诗人'和'诗人殡葬师'成了我的标准称呼。黑体字标题想尽量抓住读者的眼球：《观察家》用的是'尸丛文集'，《泰晤士报文学副刊》用的是'请到我的殡仪馆'，《华盛顿邮报》则说，'诗歌深入黄泉'。"但无论如何，《殡葬人手记》让林奇狠狠火了一把，影响远远超过他自命为终生事业的诗歌。

托马斯·林奇（Thomas Lynch）一九四八年出生于底特律，他的家庭是爱尔兰移民的后代，父亲爱德华是镇上的殡仪馆老板。林奇读完大学即进入丧葬学校学习，一九七三年毕业，次年即接手家族在密歇根州小镇米尔福德的殡仪馆，从此开始了他"每年都要埋葬几百个镇上的乡亲"的殡仪员生涯，直到今天。林奇一九七二年结婚，育有一女三子，一九八二年离婚。一九九一年，他续娶玛丽·塔塔。

早在一九七〇年，林奇第一次回到祖国爱尔兰，探望家乡的亲人，在那里读到并喜欢上爱尔兰大作家叶芝和乔伊斯。故乡之行彻底改变了林奇的生活，他找到了自己的精神家园和文学上的根。高祖父在西克莱尔的小屋依然完好，那是他当年结婚时得到的礼物，距今已经一百多年了。林奇以后每年都要回爱尔兰一次，在祖居住上一段日子，和乡人交朋友，阅读、思考、写作。

林奇的主要创作是诗，迄今已出版三部诗集，即《和希瑟·格蕾丝一起溜冰》（一九八七）、《老雌猫及其他》（一九九四）和《米尔福德的静物》（一九九八）。《殡葬人手记》（*The Undertaking: Life Studies from the Dismal Trade*）是他第一部散文集，一九九七年出版，即得到广泛好评，获得"中部地区非虚构作品奖"和"美国图书奖"，并进入美国最重要的奖项"全国图书奖"的决赛。第二年春天，英美文学界评选过去一年出版的文学书籍，散文类中，大家一致推崇的，就是这本薄薄的、由十二篇相对独立的文章结集的《殡葬人手记》，誉之为"一本前所未有的、新颖有力的作品"。

林奇始终保持着诗人和殡葬师的双重身份。作为诗人,他习惯观察和思考;作为殡葬师,他的观察与思考有着与常人不同的角度,这个角度就是死亡。从死亡的角度看世界,看人生,一切都有了不同的意义。死是一个太大的参照物,大到普通人几乎难以承受,因此,一方面它必然归结为诗和哲学,另一方面,也许是更容易的一方面,必然归结为宗教。林奇也正是一个虔诚的天主教徒。这是他的第三重身份,三种身份密不可分。在此基础上,林奇的一些基本理念我们差不多可以想象得出来。在他心目中,所谓人生,其实是由三件大事构成的:出生,死亡,和介于生死之间的婚姻或爱情。爱情和婚姻浑然一体,男人女人在神的祝福下的结合是神圣的。没有婚姻就没有生命的诞生,就没有家庭;没有家庭,没有后代的哀悼和怀念,一个人的死就成了生命真正的结束,死者的一生就变得毫无意义,因为一个人曾经的生活,正是在后人的记忆中才得到肯定和承认的。葬礼实际上就是这么一个对死者盖棺论定的仪式,坟墓则是永恒记忆的物质体现。从生到死是一个完美的循环,婚姻是这个循环的圆心,因为它,生死皆得连绵不断。

林奇的观念,很有点中国人"生死事大"、"慎终追远"的意味。他从宗教和仪式的意义强调,葬礼无论多么隆重，都不过分，因为它涉及的是一个人，我们的亲人，涉及的是一个生命的全部价值。但我们也明白，但凡传统的东西，唯其历史悠久，似都难逃越来越被忽视，越来越淡化的命运。在这种大势面前，亲近传统者无法摆脱内心的失望和悲哀。感叹变成沉痛，沉痛变成自嘲。感叹发自内心，沉痛也未必虚假，但到了嘲讽我们就要小心了，因为它很可能把握不了分寸，变得偏激和强词夺理。

在《殡葬人手记》中，林奇最拿得出手的，是他二十多年的独特经验。他是一个职业的死亡观察者。死以五花八门的方式到来，有儿孙满堂的老人心满意足的寿终正寝，有承受不了配偶背叛的中年男子的切齿怒目的自戕，有年轻人一时冲动下的错误选择，有突如其来的疾病，有离奇的意外，有疯子和冷血杀人狂的暴力……从职业的角度，林奇把死亡分为"干净的"和"乱糟糟"的，"干净"和"乱糟糟"不仅意味着现场清理的简便与否，也往往暗示着死亡的自然和非自然，合乎情理和不合乎情理。一个极端的故事是，那位无法忍受妻子和她老板私通却又懦弱得不敢反抗的丈夫，以死展示他一生中唯一的一次刚强：他躺在熟睡的妻子身边，用电动切肉刀割断咽喉，用满床滚烫的血把她惊醒过来。另一个故事则有着令人毛骨悚然、黯然神伤的巧合：一个十岁小姑娘在深夜飞驰的车后座上，被一群孩子恶作剧地从高速公路上方桥上扔下的一块墓石击中胸膛，死于送医院的途中。检视那块致命的石头，墓石上刻着"福斯特"的名字。伤心欲绝的母亲为女儿挑选墓穴，千选万选，选中基督雕像右手所指的一块空地。走过去，父亲发现，紧挨着选中的空地的墓碑上，死者正是福斯特。

通过死而更珍惜生命，更珍惜平凡生活中琐碎的细节，因为那些细节中饱含了亲人的爱和关心。林奇回忆父亲和母亲的部分相当感人，他写到当初离婚后一个人如何照料孩子，为他们担忧，以至只要他们不在身边就忧心不已，由此想到父亲在他们幼小时如何严格以待，其实就是因为心里总怀着对伤害生命之意外的恐惧。作为殡葬师，他见过的死亡太多，寻常人不注意的地方，不觉得危险的地方，他看到了危险。他谨小慎微到近乎病态，因为他有自己的经验为依据，生命在这个世界上远比我们想象的脆弱，死亡确实就那么发生了，以任何方式。

《殡葬人手记》不只讲了殡葬的故事，还有诗人的故事，其中一个，讲到一个诗人朋友如何从爱情的打击中恢复过来，重新找到爱情；另一个，讲到一个美食家兼诗人的爱尔兰人，无时无刻不在为可能到来的死亡担忧：怕车祸而一辈子不敢开车，身体的每一次哪怕再细微的不适，他都怀疑自己得了不治之症，为此研究了书上"从字母A打头到字母Z打头的所有人类已知的疾病"，甚至扩大到动物特有的病症，因为它们某一天也有可能传染给人类。林奇并未笑话这位朋友的杞人忧天，相反，他讲这个故事，正是要说明，出于对生命的爱惜，我们无论多么谨慎都不过分。

坦率地说，林奇不是一个思想深刻的作家，也不是他崇拜的叶芝那样的才华横溢的诗人。《殡葬人手记》是一本精彩的书，一本很有意思的书，一本内容实在而奇特的书，但够不上一本伟大的书。从书中得来的印象，林奇是个相当保守和古板的人，但他诚恳、认真。他的所见所闻，所思所得，尽在书中，好处坏处一目了然。诚恳和认真，在人类的各种"美德"中，本系自然而然之事，最为普遍，最容易信守，谈不上终生的奉献和壮烈的牺牲。然而就是这凡夫俗子的品德，在当今中国，日益艰难，日益珍稀，因此也日益可贵。一个人诚恳而认真，可以让人肃然起敬。即使他迂腐、浅薄、见解可笑，我们仍然尊重他，因为一个人怎样思想，那是他自己的权利。只要他真诚，只要他不迎合，不附和，不讨好，不伪饰，不皮里阳秋，我们仍然敬重他。

透过林奇，我们可以知道很多美国人的思想，尤其是作为虔诚天主教徒的爱尔兰移民的思想。这在美国是很有代表性的。他们的一些观点，尽管我们并不苟同，但我们起码明白他们为什么会这么想，理由何在（林奇极端反对堕胎，他的理由是尊重生命，生命是上帝给的，谁都没有权力剥夺他人的生命，不管以什么方式，以什么名义，出于什么理由,因此,他反对堕胎,正如反对死刑)。但若止于此,林奇就太不足道了。林奇的叙事,如好的小说一样,反映了真实存在着的客观现实。愿意思考的人,现实永远是他思想深刻性的根源。在此意义上,林奇的书对于每一个读者,确实开卷有益。林奇善于讲故事,但故事感人并不表明他在煽情,相反,林奇的叙事相当简洁,虽充满激情却还算有节制,随时插入的议论和抒情,来去自然,有格言的隽永却无格言的造作。他是一个在生活中的人,他的思索也都是关于人生的,如此而已。

在讲述过程中,林奇偶尔会忘了自己诗人的身份,变成一个生意人,他的感叹虽然诚挚,却有点蛮不讲理了。比如他说到,很多人不喜欢葬礼,既不愿耗费精力,也不愿多花钱,恨不得人一生中就没有一次葬礼。林奇发牢骚道:殡葬业不像别的行业,一切推销手段均无用武之地,人们不肯来照顾生意的时候,就是不来。又说人生只有一次葬礼,大家还嫌多。生死之事,林奇最崇拜的叶芝比他达观得多。叶芝在《本布本山下》中有言:

> 向生,向死,
> 投以冷眼。
> 骑手啊,向前!

这几行诗后来刻在叶芝的墓碑上。林奇也许很想用散文传达出叶芝的精神，但可惜得很，他力有未逮。

总而言之，《殡葬人手记》是文学史常见的那种因这样那样的偶然而产生的可喜的小名作，我们读它，是去分享一个普通人的独特经验和细微的感受。许多书评家都谈到《殡葬人手记》的格调：肃穆，平实，有些哀伤，又有点黑色幽默，完美地统一在一种"和善安详的忧郁"中。换言之，《殡葬人手记》"是对已经亡故的父母和正在蓬勃成长的孩子们的致敬，这里有从刻写墓碑者身边小跑而过的高尔夫球手，有美食家和疑难病患者，有情侣和自杀，这里有令人感到轻快的葬礼，也有让人不禁掩面而泣的婚宴。这是一本具有罕见优雅的书，充满强烈的激情，且又不乏机智和人情味儿。这是死者告诫生者的书。"

二〇〇五年十二月二十二日

## 斯万之恋（一）：奥黛特，爱的秘密

最早读普鲁斯特的《追忆似水年华》，读的是英译《斯万之恋》，其时译林出版社的中文全译本尚未出版。《斯万之恋》可能是《追忆似水年华》中最流行的一卷了，因为故事完整，完全可作为一部独立的长篇小说来读。相对于其他各卷，情节集中，线索单纯，人物有限，即使是缺乏耐心的读者，咬咬牙也就读下去了。而其中的缠绵悱恻，较之坊间的言情之作，高下不可以道里计。读者掩卷之后，既感怅惘，又觉痛快。有此先入为主的阅读经验，后来看完全书，始终不能改变对此卷的偏爱，多年之间，一读再读。施隆多夫执导的同名影片看了两遍，并不喜欢，因为情调根本不对。斯万在书中本是一花花公子，但天性风趣，有钱，又有极深的艺术修养，加上"长得帅"，是上流社会顶受欢迎的人物。但在电影里，杰瑞米·艾伦斯扮出的却是一个患了重度忧郁症的衰朽"老"人。至于奥黛特，影片负责选角的人可能从未读过普鲁斯特对她不厌其烦的描写，要么就是故求新异，以至于人物形象和书中处处相反，脸形、眉眼，甚至乱蓬蓬的头发，都足以让真正的斯万气得半死，只除了那一身红衣。

这里强调奥黛特的容貌，决非搬弄才子清客的故伎，有意朝宫体或香奁方向靠，而是由斯万爱情的性质决定的。在斯万富于哲学和艺术性的恋爱过程中，容貌扮演的角色，远较我们习以为常的"心灵"或"精神世界"来得重要。在这里，容貌是斯万庞大爱情哲学体系的支柱，是所有推论和结论的出发点，是最初也是最终的"因"。在斯万那里，爱情基本上是他个人的情感游戏，目的在于以对象为材料，通过想象和虚构，建起一个花木葱茏的王国，以填补内心的巨大空虚。爱既是这种完全按照个人理想（或臆想）的虚构，在爱的对象身上，就必有某一个细节，和这种理想符合，哪怕是加以改造和完善后的符合。因此，恋爱的关键，就是寻找那一个神秘的符合点。

斯万以风流著称，情妇走马灯似地变换，在遇到奥黛特之前，他对女人的态度很简单：通过在情妇面前展示自己的优越，包括智力、艺术修养、金钱、社会地位和态度上的优越，获得精神满足。因此，对于女人本身，无论身份还是姿色，并不过分挑剔。为了省力，"他不费心思去发现跟他在一起消磨时间的女人身上的美，却花时间去跟他一眼就觉得漂亮的女人在一起。而这些女人的美时常是相当俗气的,因为他本能地追求的体态之美跟他所喜爱的大师们所雕塑或绘出的女子的美恰恰背道而驰。后者深沉的性格和阴郁的表情使他的感官凝滞,而只有健康、丰满而红润的肉体就足以使他的感官苏醒。"

这里必须提一句:斯万是位善本书和名画收藏家,同时又是美术史研究者,对音乐感觉敏锐,并富于深刻的理解。

当往日的朋友把奥黛特作为"令人销魂"的宝贝儿介绍给斯万时,斯万一开始对她兴趣并不大,倒不是觉得她不美。年轻时的奥黛特妩媚动人,这是见过她的人所公认的,然而她的美不是斯万感兴趣的那种美:"轮廓未免太鲜明突出,皮肤未免太纤细,颧骨未免太高,脸蛋未免太瘦长。眼睛倒是好看,但是大得仿佛在自身的重量下往下垂,压着脸上的其他部分,使她总显得身子不舒服或情绪不佳。"

在斯万眼里,她是众多女人中的一个,一个也许不错的逢场作戏的对象,得与失都无碍大局。可是,在奥黛特那边,情况就不同了。出身低贱的奥黛特在刚刚嵌进上流社会一丁点儿的维尔迪兰夫人的沙龙厮混,遇到这么一个屈尊俯就而来的大名人,岂肯轻易放过?

我们知道,斯万的弱点就是总想在女人面前享受他那点优越感。他买一件不必要的昂贵的礼物,送给一位露水姻缘的平民女子，仅仅是为了看到女人脸上难以置信的惊喜，听到她激动得难以自持的感谢。奥黛特未必了解斯万的这一底细，但她凭借聪慧和一步步的小心试探，加上那种最能打动矜持自尊的男性的热情主动，让斯万欲罢不能，好感从无到有，关系居然一天天亲密起来。

和斯万的有所节制不同，奥黛特在一切场合展示她对斯万的柔情，不管是私下还是在沙龙聚会上，以至于旁观者都忍不住要在斯万面前开玩笑。照世俗的看法，一位女人如此主动、如此毫不掩饰地表达对一位男性的爱慕，固然显示了痴情，却是有失身份的。然而从这里，斯万看到的是奥黛特为了爱而作出的牺牲。一个女人能为你不顾羞涩，这种爱理当得到回报。对于奥黛特，斯万在爱之前，首先萌生的是感动，这使一向玩世不恭的斯万变得温柔起来。他发现自己不知不觉地变成了情窦初开的少年，为种种无来由的猜疑、思念和嫉妒所困恼。他恨每一个曾经和奥黛特亲密过的男人，恨每一个如今仍和她保持联系的男人，恨每一个随时可能接近她的男人。他计算着奥黛特生活中的每一分每一秒，不让任何一个时段逸出他的知觉。当病态的嫉妒日益强烈终至不可抑制时，普鲁斯特相信，爱也就彻底成形了。

随着来往增多，奥黛特"体态上的缺陷"不再那么突出。在维尔迪兰家的聚会上，一曲凡德伊的小提琴奏鸣曲

（实际可能是一首圣桑、德彪西、拉威尔或弗兰克以至于福雷的作品，节制、华丽、清澈），斯万最喜爱的乐句唤醒了他心中最温柔的东西，"好比在朋友家中的客厅里突然遇到他曾在马路上赞赏不已，以为永远也不能再见的一个女人一样"。音乐把他领向"崇高、难以理解、然而又是明确存在的幸福"，一瞬间仿佛使他恢复了青春，也就是说，恢复了他早已弃绝的把生活与一个理想结合起来的念头。这一瞬间，斯万变成了纯洁的圣人，他的温柔很自然地，转移到眼前正和他亲密来往的女人身上。于是他相信，他是在真正地"爱"一个女人，尽管这个女人曾经有过那么可疑的过去。

爱带来全心全意的投入，带来焦虑和幸福，带来嫉妒的痛苦，带来精神的充盈乃至升华。但是，奥黛特的"缺陷"虽然不重要了，但依然存在，而且总是使他的幸福欠缺那么一点完美。在去奥黛特家的途中，斯万必须在脑海里勾勒她的形象，"为了觉得她的脸蛋长得好看，他不得不回忆她那红润鲜艳的颧颊，因为她的面颊的其他部分通常总是颜色灰黄，恹无生气，只是偶尔泛出几点红晕。这种必要性使他感到痛苦，因为这说明理想的东西总是无法得到，而现实的幸福总是平庸不足道的。"

可是奇迹终于发生了：有一天，奥黛特因为不舒服，穿了比较随意的（奥黛特是巴黎最讲究穿着的女人）浅紫色中国双皱梳妆衣,胸前绣满花样,头发没有结拢,披散在面颊上,低垂着头,"那双大眼睛在没有什么东西使她兴奋的时候一直倦怠不快"。结果,斯万意外地发现,她和罗马西斯廷教堂波提切利的一幅壁画上耶斯罗的女儿塞福拉是那么相像。"现在他看待奥黛特的脸就不再根据她两颊的美妙还是缺陷,不再根据当他有朝一日吻她时,她的双唇会给人怎样的柔软甘美的感觉,而是把它看作一束精细美丽的线,由他的视线加以缠绕,把她脖颈的节奏和头发的奔放以及眼睑的低垂连结起来,连成一幅能鲜明地表现她的特征的肖像。"

普鲁斯特解释说,斯万素有一种特殊的爱好,惯从大师的画作中发现现实中的人物身上的一般特征,而且要去寻找最不寻常的东西,从认识的容貌中发现极其个别的特征。他以前曾发现他的马车夫雷米的面貌和安东尼奥·里佐塑造的威尼斯总督洛雷丹诺一模一样,尤其是他们的高颧骨和歪眉毛。现在,他在奥黛特身上找到了他梦寐以求的东西,波提切利的画从此获得他的珍爱,而奥黛特在他眼里也一步登天,变得更美,更弥足珍贵:

> 他心想,当他把奥黛特跟他理想的幸福联系起来的时候,他并不是像他以前以为的那样,是退而求其次的权宜之计,以为在她身上体现了他最精巧的艺术

鉴赏。"佛罗伦萨画派"这个词就像一个头衔,使他把奥黛特的形象带入一个她以前无由进入的梦的世界,从此身价百倍。以前当他纯粹从体态方面打量她的时候,总是怀疑她的脸,她的身材,她整体的美是不是够标准,这就减弱了他对她的爱,而现在他有某种美学原则作基础,这些怀疑就烟消云散,爱情也得到了肯定。此外,他本来觉得跟一个体态不够理想的女人亲吻,占有她的身体,固然也是顺理成章的事,可也并不足道,现在这既然像是对一件博物馆中的无上珍品的爱慕饰上花冠,在他心目中也就成了无比甜美、无比奇妙的事情。

斯万的爱由此进入辉煌的乐章。

一幅画竟有如此大的力量,以至彻底改变了一个情场老手对一个女人的态度。我很难压抑急欲一睹的念头,同时我也想知道,奥黛特的形象究竟如何。小说中,斯万把塞福拉的画像摆在家里,权当奥黛特的照片,画中人和小说中人,就绝非一般的相似。塞福拉,圣经中译为西坡拉,她的故事见《旧约·出埃及记》,其中说到,摩西杀了人,逃往米甸:

"一日他在井旁坐下,米甸的祭司有七个女儿,她们来打水,打满了槽,要饮父亲的群羊。有牧羊的人来把她们赶走了，摩西却起来帮助她们，又饮了她们的群羊。"姑娘们把摩西带回家，告诉父亲事情的经过，那位祭司耶斯罗（《圣经》中作叶忒罗）就把摩西留下，并把其中一个女儿西坡拉嫁给摩西为妻。

波提切利的壁画名为《摩西传》，集中画了摩西一生中最重要的几个片断，井边饮羊是其中的一段。画面上，摩西身穿黄袍，是个年轻力壮的大汉，正在往水槽里倒水。左边画了叶忒罗的两个女儿，其中一个背对观者，正面那一位则正是西坡拉。西坡拉怀抱牧羊杖，头微低，目不转睛地注视着摩西，脸上有感激，有羞涩，也许还有爱慕。西坡拉的容貌和波提切利画中常见的女神大致相似，但她更年轻，表情中更多少女的单纯和柔弱，用楚楚动人来形容最合适不过。现实中不乏漂亮的女人，包括可爱、温柔、秀丽和艳丽等等不同的类型，但真正当得起楚楚动人四个字的，很少。据专家说，这里有四个因素，缺一不可：纯真、柔弱、羞怯、善良。如果再进一步，波提切利笔下的西坡拉，看久了，会看出她眼睛里一丝若有若无的哀愁，这才是打动人的决定性的因素。由于这种哀愁是淡淡的，欣赏者在不知不觉里，以为这是本人面对一个少女时油然而生的情感，于是这一点哀愁便唤起了强烈的情绪，再反转投射到画中人物身上，形成有意味的循环。

如果我们此时拿《摩西传》中的西坡拉和小说中的奥

黛特作对比,结果恐怕是令人疑惑的,因为按照普鲁斯特的描写,奥黛特,不管她多么迷人——会说话的大眼睛、纤细的腰肢、性感的嘴唇——她和西坡拉并不相似。西坡拉没有高颧骨;西坡拉脸蛋修短合度,丝毫不过于瘦长;西坡拉脸色健康;西坡拉没有过去的放荡生活留下的疲惫神色。当然,西坡拉眼睛大而明亮,但这差不多是所有绘画作品中美女的共同特征(写实的人像除外)。更重要的是,透过容貌反映出的人物的内心世界,哪一点能和奥黛特对应得上呢?我们前面讨论的五大因素,纯真、柔弱、羞怯、善良,以及那天然的、与现实生活无关的、似乎来自天国的哀愁,每一点都和奥黛特风马牛不相及。在某一时刻,某个特定的情形下,奥黛特可能表现出上述特质中的各项,但那既是暂时的,也是非本质的,更可能是表演性质的。

既然如此,斯万"惊天动地"的发现是如何产生的?

普鲁斯特在不经意间可能提供了答案,他说斯万"已经接近看破一切的岁数,懂得满足于为爱的乐趣而爱,并不太要求对方的爱。但是这种心心相印虽然已经不再像年轻的时候那样是爱情必然追求的目标,却依然还跟一些概念如此紧密,还可能在爱情没有萌发之前成为产生爱情的根源。"普鲁斯特说:"男人在年轻的时候渴望占有他所爱的女子的心,到了后来,只要你感觉一个女子心上有你,就足以对她产生爱情。就这样,到了一定的岁数,由于你在爱情中追求的主要是一种主观的乐趣,你就会觉得对女性之美的爱好应该在爱情中起最大的作用,这时即使最初没有任何欲念的因素,爱情也会油然而生。"

关键的一句话是,在斯万那里,爱情是"一种主观的乐趣",这也正是我们前面说过的,在斯万那里,爱情,以及在爱人身上体现出来的所有美好的品质,透过微小的细节折射的精神意义,都是爱者的想象和虚构,归根结底是不存在的。在这里,想象也许是情不自禁的,而虚构,则是彻头彻尾的自我麻醉,自我欺骗。尽管如此,斯万动机中的真诚和善意仍是不容否认的。

在《追忆似水年华》的第二部《在少女们身旁》,普鲁斯特借助画家埃尔斯蒂尔(原型是惠斯勒),对理想在爱人身上的灌注有过更详尽具体的说明。

叙事者马塞尔在画家家里见到埃尔斯蒂尔夫人,觉得她相貌普通,又不朴素自然,很不招人喜欢,但画家却"每时每刻都用含有敬意的柔情蜜意说:'我的美人加布里埃尔!'听到他这样说,人们很受感动,但也感到惊异。"在见识了埃尔斯蒂尔神话题材的画之后,马塞尔明白了:画家已将全部时间,整个的思考功夫,一句话,整个生命,都献给了更好地分辨、更忠实地再现那些寄托了他的理想的、近乎天神般的特质的线条和色彩。这样的理想给予他灵感，要求很高的迷信，是他心中最秘不示人的部分。直到有一天，他在一个女郎的躯体上，遇到了已在外部实现的这个理想。"从她身上，他得以感到那理想是崇高的、感人的、神妙的——只有对我们自身之外的存在，我们才能有这种感受。"于是，"经历了千辛万苦从自身开发的美，顷刻间神秘地化成了肉身，主动献身给他，结成硕果"，心灵于是得到最终的宁静。

波提切利最著名的两幅画，都和爱神维纳斯有关。《维纳斯的诞生》是不用说了，《春》的核心人物也还是维纳斯。这两幅画中的维纳斯形神均酷似，不仅突出爱神之美，还写出其风流态度。希腊罗马神话中的爱神可爱而轻佻，但似乎给人的还是高贵的印象。波提切利并未越出此一范围。不过，若让我放胆说点外行话，波提切利的维纳斯中，我最喜欢的却是《维纳斯和战神》中的那一位，觉得是所有维纳斯中最美的。《维纳斯和战神》的题材本极香艳，但画中的爱神难得的安详和端庄，仿佛优雅的贵妇人，或贤惠的妻子。波提切利惯会搞这一套把戏，在《维纳斯的诞生》中，爱神因为赤身裸体而不胜娇羞，在《春》中，爱神不像是爱神，更像是面对大自然陷入沉思的某位湖畔派诗人。其实这都不是爱神的本来面目，我觉得也不是波提切利的本意。波提切利着意围上的帷幕，是要待细心的观赏者自己揭开的。

揭开这道帷幕之后,我们看到的是什么呢?我们看到的是,《摩西传》中西坡拉的那张脸,其实就是《维纳斯和战神》中爱神的面容,唯一的区别是时间:西坡拉还是一个少女,维纳斯已经是一个成熟的妇人。这两张脸太相似了,看熟了波提切利画作的人,很容易在记忆中混同,而记忆总是按照我们愿望的方向飘移的。但愿这不是我个人由于印刷品的失真而产生的错误印象。

说到这里,事情应当明白了:斯万在奥黛特脸上看到的,不是别的,正是爱神的形象。在现实中,爱神意味着什么,是人人皆知的。事实上,在徐继增的译本中,奥黛特的绰号就叫"爱神"。

二〇〇七年十月一日

# 斯万之恋（二）：嫉妒是更持久的坚持

轰轰烈烈的《斯万之恋》结束于男主角黎明前的一梦。在梦里，作为斯万的情场潜在对手、实际上早已和奥黛特关系暧昧的福什维尔伯爵，化身为不动声色而富于心计的拿破仑三世，带着奥黛特悄然离去。这一场景意味深长：形象始终不清晰、但多少给人猥琐印象的福什维尔，如何能和拿破仑三世联系起来？其次，当梦中的斯万继续随众人攀向崖顶之时，奥黛特独自下山，与暗中等候的情人在山脚相会。这是在暗示奥黛特一如既往的堕落吗？果然如此的话，斯万的攀升有什么意义呢？此后的斯万，无论肉体和精神，名誉和地位，都在急剧衰败，他的堕落比奥黛特更彻底，因为奥黛特在堕落中也是生活着的，而斯万则在堕落中走向死亡。斯万和奥黛特的根本区别就在于，斯万无法承担堕落的代价。斯万不知道，即使在能够呼风唤雨的那些日子，他也是脆弱到不堪一击的，不仅仅因为他是一个犹太人。

暮霭沉沉的梦里，所有细节都荒诞不经。斯万随着一群人散步，这里有维尔迪兰夫人、画家、戈达尔大夫，全是小沙龙的常客，还额外加上了作者的外祖父。外祖父在此出现，好比羊在鹅群中。最后两个人则更加不可思议，一个是不明身份的戴土耳其帽的年轻人，另一个是拿破仑三世。他们散步的路"俯瞰大海，一侧是悬崖，有时壁立千仞，有时仅及数尺"，哪里是宜于款步倘徉的所在呢？斯万面对以充满柔情的目光看着他的奥黛特，蓦然发现自己穿了一身睡衣。奥黛特面容疲惫，泪水似乎就要夺眶而出。斯万一瞬间爱意顿生，真想马上把她带走。奥黛特却看一下手表，说一声"我该走了"，不待细细吻别，翩然离去。画家告诉斯万，拿破仑三世随即也下山了："他们是约好的，她是他的情妇！"

故事发生在早晨八点钟，男仆把斯万唤醒，告诉他，理发师就要来了。一早理发，是因为他听说年轻妩媚的康布尔梅夫人要到贡布雷去住几天，那里久违的乡间景色同样使他怀念。所以他决心离开巴黎，去贡布雷住些日子，希望借此把因为沉浸在对奥黛特的幻想中而不再留意的东西重新拣拾回来。他想到为奥黛特牺牲了那么多，而且道德修养也连带有所降低，心里忍不住咆哮起来：

"我浪掷了好几年光阴，甚至恨不得去死，这都是因为我把爱情给了一个我并不喜欢，也跟我并不一路的女人！"

如果小说就此结束，斯万的形象也许会完美得多。但生活的残酷就在于，但凡有一点可能性，不管是因为社会的大环境，还是由于人性中细微的、完全可以理解也可以原谅的弱点，它非要穷尽一切，追索人到无可逃遁之地，最后把他彻底摧毁（另一种意义上的完成）。

当我们在后续的零散叙述中，得知斯万不仅不顾社会上确凿无疑的传言（奥黛特曾以出卖肉体为生）而娶了奥黛特，而且生了一个女儿，亦即叙事者后来的初恋情人希尔贝特时，我们很难解释这一切。斯万的咆哮无疑表明了他从幻梦中的觉醒，既然如此，梦醒之后，他为什么还要和奥黛特结婚？没有人强迫他，也没有道义上的约束，在爱情消逝之后，连凭借波提切利的名画构建的海市蜃景也灰飞烟灭，奥黛特已不再是他欲望之所系，他为什么非要冒丧失在上流社会的地位的危险，娶一个交际花为妻？是爱情的承诺吗？一个花花公子的承诺值得了几文？

美国批评家哈罗德·布鲁姆在其一纸风行的《西方正典》中，结合弗洛伊德理论，参照莎士比亚的戏剧，得出的结论是：是嫉妒，是比爱情更强大的嫉妒，使斯万娶了奥黛特，一个完全不是其类型的女人。布鲁姆说，对斯万这样一个社交生活如此丰富多彩的唯美主义者兼公子哥儿，奥黛特既不够高尚也不够低俗。"在普鲁斯特的世界里，你没法像美国人那样轻飘飘地说：啊，奥黛特，再见吧，就让我对你所做的一切随风而逝吧！也难以采用英国人的模式，告诫她说：失恋是伟大的人生经验，你将因此重新张开眼睛观看世界。"

布鲁姆断言:"对斯万而言,爱情已然消逝,但嫉妒仍旧持续,于是他娶了奥黛特,这不是因为他不在乎奥黛特在和其他男男女女来往时背叛了他,而恰恰是因为这份背叛。"

布鲁姆非常赞赏普鲁斯特在书中对这桩婚事的解释:

> 几乎每一个人都对这桩婚事感到讶异,而这种现象本身就是令人讶异的。很少人能了解我们所说的爱情纯属主观的特质,很少人能明白爱情怎么会另外创造出一个人,这个人和另一个用相同的名字生活在世上的人是两个截然不同的人,她的成分大多得自我们自身的真传。

布鲁姆用了诸如"性的嫉妒是真正的坚持"、"沉入嫉妒有如沉入地狱"这样的题目,来强调嫉妒可能是最好的小说题材。而且他认为,"普鲁斯特超凡的戏剧天才使得他在描绘性嫉妒的能力上直逼莎士比亚,而性嫉妒是最具文学性和正典性的人类情绪之一。"

在斯万的爱情故事,以及其后用更庞大的篇幅讲述的叙事者本人和阿尔贝蒂娜的故事(尤其是《女囚》和《女逃亡者》这整整两部)里,嫉妒和爱密不可分,不仅构成爱最重要的部分,而且是爱情背后的支配力量,它自始至

终操纵和引导着爱情,直至最后彻底颠覆和替代了爱情。普鲁斯特这样描述爱和嫉妒如何统一在斯万身上:

> 我们心目中的爱情和嫉妒都并不是一种连续的、不可分的、单一的激情。它们都是由无数昙花一现的阵阵发作的爱欲和各种不同的嫉妒构成的,只不过由于不断地聚集,才使我们产生连续性的印象和统一性的幻觉。斯万爱情的存在,他的嫉妒的坚持,是由无数欲念、无数怀疑的死亡和消失构成的,而这些欲念和怀疑全都以奥黛特为对象。如果他长期见不到她的话,那些正在死去的欲念和怀疑就不会被别的欲念和怀疑取而代之,而奥黛特的出现继续在斯万心中交替地播下柔情和猜疑。

因此之故,在斯万那里,爱最终延展到了肉欲之外很远的地方,现实中活生生的奥黛特的面容,再也无法和他心头的痛苦和持续的焦虑联系起来。爱就像疾病,当我们凝神观照时,发现它既不似爱情,也不像死亡,它和人的思想和肉体紧密相连,融为一体,除去它无异于毁灭爱者本身。这样的病是任何手术都无能为力的。

斯万早已预感到爱情的死亡,那时他曾暗下决心,时刻保持警惕,有朝一日不爱奥黛特了,一定要把那行将飘逝的爱牢牢抓住,扯回来。但事与愿违,"随着爱情的衰退，保持爱情的愿望也随之衰退了"，就像在人变成另外一个人后不可能继续顺从原先那个人的情感一样。最后，"当斯万偶然在身边找到福什维尔曾是奥黛特情人的证据时，他发现自己丝毫不觉得痛苦。爱情已经离他而去，他只是为它在永远离开他时没有跟他打个招呼而感到遗憾。"

按布鲁姆的说法，斯万的故事为叙事者本人更加不可救药的爱情病作了预告。事实上，斯万的一切，他的执迷和猜忌，他永无餍足的将爱情形而上学化的努力，他波德莱尔式的嗜酒般的自我麻醉，虽然太过强烈，却仍属正常范围。叙事者马塞尔的嫉妒，则是真正的膏肓之疾，甚至是变态的。

在《女逃亡者》中，尽管阿尔贝蒂娜已经死于车祸，尽管阿尔贝蒂娜已经在死前的信中（我读过的最感人的书信之一）情意绵绵地许诺回到他身边，马塞尔仍旧坚持不懈地"探求"阿尔贝蒂娜的过去，他一直怀疑的她的同性恋行为。希望找到确证，证实他心中的怀疑，也因此判定她有罪。这样的偏执到了令旁观者齿冷的程度，除了"野蛮"和"残暴"，不足以形容。

在马塞尔漫长的爱情过程中，怀疑凌驾于爱之上，使他心中的爱意形同附庸。假如说，在决定是否与阿尔贝蒂娜结婚之前，这种所谓"真相的探求"尚可理解，而在阿尔贝蒂娜不幸车祸身亡后，怀疑的证实与否有什么意义呢？难道一个女人正值青春妙龄的死亡还不足以赎清她生前的过失（假如算得上过失的话）吗？她的回心转意还不足以使他更加珍视她过去的那些柔情和他们共度的快乐时光吗？

阿尔贝蒂娜略带荒唐的性游戏和奥黛特一贯的风流完全不可以相提并论，她少女时代的无心之过远远不是堕落。马塞尔为什么对女友的同性恋行为那么敏感，以至于他的嫉妒与痴迷无异？有人说，叙事者和阿尔贝蒂娜故事的生活原形，正是作者自己的同性恋经历。生活中的同性恋伴侣，虽然在小说中伪装成少女出现，但马塞尔对同性恋而非异性恋异乎寻常的激烈反应，无意中把真相暴露无遗。布鲁姆引用J. E. 里维斯的说法，说普鲁斯特在爱情问题上的观点不是女性的，而是雌雄同体的，并进一步引申说，《女逃亡者》中叙事者的立场乃是男体女同性恋者的立场，嫉妒的根源在于，"我们试图描绘的年轻男子显然是一个女人，因此，那些深情脉脉地望着他们的女人，注定要和莎士比亚喜剧里被女扮男装的女孩所吸引的女人一样感到失望。"

雌雄同体的想象也许可以解释马塞尔的行为，但对于斯万，似乎还不够，因为在本质上，斯万和马塞尔是有严格区分的。马塞尔是一个被娇宠惯了的孩子，他要求周围的世界全部向自己靠拢，而在感情上索求无度。斯万则本质上是一个艺术家，一个趣味高雅的审美者，一个收藏家。收藏家这个头衔尤其重要，和这个词连接的是收藏，一种特殊意义的拥有。在小说第四部《索多姆和戈摩拉》中，当马塞尔向斯万表白,他从不嫉妒,甚至不知道嫉妒为何物时,斯万意味深长地告诫他说,稍有点妒心,不算坏事,有了妒心,才能真切感受到对一位女性的拥有,但嫉妒不能超过一定的限度,这个限度就是,必须控制在可治愈的范围之内,否则嫉妒便是最可怕的折磨,对他人,也是对自己。

斯万用一句"我曾嫉妒过她们",轻描淡写地打发了过去那么多年痛不欲生的爱情生涯。现在,他摆脱了嫉妒,也摆脱了爱,但过去的爱恋不会被忘怀,原因无他,因为他过去酷爱生活,酷爱艺术,酷爱所有给他感官享受和精神享受的事物,而借男女之遇合而表现的"爱情",则是这一切的最好象征:

> 如今我已疲倦,无法再与他人共同生活,昔日有过的那些纯属我个人的情感,我觉得无比珍贵,所有收藏家都有此等癖好吧。我向自己敞开心扉,犹如打开橱窗看一看,那一件件里,有我多少爱,别人无论如何是感受不到的。如今我更珍惜这一珍藏的情感,要是失去了这一切,将会多么烦恼!

人的一生是由过去的一切点滴组成的,自我珍惜的人,必然珍惜过去。过去被否定,意味着整个人生被否定。那么,所有耗去的时光,就成了绝对的虚度。斯万为了证明那段刻骨铭心的爱确实发生过，存在过，尽管是错误，在未曾意识到错误之前，仍是珍贵的体验，而且从中体现了生命的价值，那么，他娶回奥黛特，就是以最世俗的，亦即最简单明了的方式，表明他的态度，表明那段个人历史的不容否定。

斯万以看似错误的方式为过去的错误划下句号，其实是最明智的，因为这对于他，是解放，是超越。斯万在迈向衰朽的未来岁月，是生活在自由中的，这包括他在预知了死期之后，能以异常平静的态度，在谈笑间向世界告别。

我想，这才是斯万为何在爱情早已寂灭的情况下仍然娶了奥黛特的理由。在斯万那里，奥黛特自始至终不是作为奥黛特，甚至不是作为一个女人，而是作为一个符号而获得其价值的。被爱与不被爱，都与她无关。起初，她是斯万理想的化身，是斯万为自己的精神游戏而创造出来的尤物。其后，她是作为斯万过去生活之珍贵记忆的纪念物而登上斯万夫人的宝座的。从斯万最初对她了无兴趣，到最终对她漠不关心，奥黛特走了一圈，等于寸步不前，到头来什么都不是。在与斯万萍水相逢的无数女人中，除了一个头衔和女儿，奥黛特并不比别人多得到什么。她是其中之一，也许是最漂亮和最幸运的一个，但这些，相对于斯万的彻底悔悟，已经微不足道了。

二〇〇七年十月二日

# 歌德谈话录

这本书去年从北京带来，和另外一些我特别喜爱的书一起，如梅特林克的戏剧，"二十一世纪外国文学丛书"中的一些欧洲小说。箱子在桌子底下搁了一年多，一直没拆开。搬家后，堆在卧室壁橱靠外的地方。书架还没买来，想睡前有一叠书在手边，即使没时间读，翻翻目录和前言后记也是好的。因为顺手，先打开的，就有这一箱子。书被抚摸得很旧了，封面还有一道污迹，像是茶痕。最后几十页卷了边。人民文学出版社一九八二年的一版三刷，定价九毛一，印数已累计达到十三万册。扉页上写着：一九八三年夏于武汉大学。

一九八三年是我毕业的年份，七月中或下旬就离开了学校。先回家小住数日，之后返校收拾行李北上。《歌德谈话录》很可能是我在武大买的最后一本书。我记得那时中文系学生很迷朱光潜，《西方美学史》几乎人手一套。他翻译的几本美学或文艺理论名著，也很风行。各书中我独爱此本,一来是拜郭沫若译《浮士德》之赐,对歌德兴趣浓厚,其次是因为,比起康德和黑格尔,比起柏拉图和亚里斯多德,这本书容易懂。而鲍桑奎文克尔班之类,太专业,论述太琐碎,感觉有点小题大做。念大学时买书,每月只有几块钱,不得不精挑细拣。买还是不买,要想好几天。没有反复读过的书,不久闻大名而且真心喜爱的作家,基本不买。《歌德谈话录》真是读熟了的,很多观点深入心底,潜移默化,若干年后就事论事,发言为文,俨然自己的心得,却意识不到是歌德的影响。

书的前三分之一有红笔勾画,还有批语。大概此后便去了北京,后面部分未曾再批阅一遍。我看那些勾画和批语,关注点都在论诗部分,像"一个特殊具体的情境通过诗人的处理,就变成带有普遍性和诗意的东西","艺术的真正生命正在于对个别特殊事物的掌握和描述"。还有的,是些带有人生哲理的格言:"到了七十五岁,人总不免偶尔想到死。不过我对此处之泰然,因为我深信人类精神是不朽的,它就像太阳,用肉眼来看,像是落下去了,而实际上它永远不落,永远不停地在照耀着。"这样的话,如今大概只有在满街的励志书中可以找到,而且有无数种说法,说着同一个意思。

大学时期的文字留下来的不多,论文一向是我的弱点。我在好些书上有大段的批语,算是还能看到的议论的遗存。批语,照理是读后有所得的,然而二十岁时的理解,大部分只能说是天真可爱。去年我翻看《戴望舒译诗集》上满坑满谷的蝇头小字，看得乐不可支——全是一本正经的酸溜溜的废话。《歌德谈话录》上的，也是如此。歌德读过一本中国言情小说，研究者认为是《风月好逑传》，就中国人的生活和思想，谈了很多看法。我的批语，不同意歌德说中国人"没有强烈的情欲和飞腾动荡的时兴"，开玩笑说，"要是他看过三言二拍就不会这样说了。"另一段，谈话的记录者爱克曼问歌德，《好逑传》算不算中国最好的作品，歌德说，"绝对不是。中国人有成千上万这类作品，而且在我们的远祖还生活在野森林的时代就有这类作品了。"我对歌德此言显然觉得舒服，批道："歌德做出这个推断，并没有确定的证据，他能敏锐地看出中国人的文学水平和风格，这是一般人不能做到的。时代的迹象在一部哪怕是最没有代表性的作品里，也能露出端倪。"

歌德因《好逑传》得出结论，说中国人在思想和情感上几乎和欧洲人一样，只是更明朗，更纯洁，也更合乎道德；在中国人那里，人和大自然是生活在一起的；中国人重视道德和礼仪，在一切方面保持严格的节制。《好逑传》在中国古典言情小说中是一部平庸之作，但歌德由此窥见了中国文化中一些很本质的方面，可见其惊人的洞察力。关于道德和节制的说法，很多人可能会觉得荒谬，因为中国的统治者历来是以腐败荒淫著称的。但我们也不能忘记，中国的传统知识分子，正是以此严格自律的，中国文化的血脉，是靠他们而不是那些荒淫的权贵们来传承的。

我花了两个晚上重读《谈话录》。这是一个选译本，只有原书篇幅的一半。朱光潜先生在后记里谈到他取舍的标准，以涉及哲学、美学和文艺创作理论的为主，关于应酬、游览、个人恋爱，以及非常专门的科学知识，仅取"少数样品"。朱先生的选译，是作为一本美学和文艺理论专著，他的取舍无可厚非。但从阅读趣味的角度来看，他大量割爱的，也许正是很精彩的。在特殊中表现一般；创作从现实而非从理念出发；形式影响内容；艺术既服从自然又超越自然。这都是很好的道理，但如今我毫无兴趣，因为这些理论对创作和欣赏没有任何助益。

中文系的文学理论课，讲来讲去，不外乎"典型环境中的典型人物"，和"文革"中著名的"三突出"是一类东西，害人不浅。理论如果一味求高，撇开作品构架自己的空中楼阁，最终便成为自我娱乐的概念游戏。先有创作而后有理论，不是先有理论再按理论创作。正像石涛说的，一法既立，无须再讲什么法度，师古人在师其心，心中所有，便是无法之法。具体而微的东西才能带给人愉快，一朵花蕴含的理念，超过几十本布面精装的巨著。歌德的创作自然伟大，他的理论，尤其是和席勒有交汇的部分，实在笨拙枯燥。席勒如果不是早逝，难以想象他如果按照自己的理论去创作，会写出什么东西来。

幸亏朱先生留取了"少数样品",使我们得以读到歌德的生活故事。在一八二七年十月七日的记录里,歌德谈梦和预感,谈他青年时代一段恋爱故事,是书中最精彩的片断。歌德相信梦和预感,他认为这是灵魂的作用,"我们都在神秘境界中徘徊",梦成为现实,是因为"在某些特殊情况下,我们灵魂的触角可以伸到身体范围之外,使我们能有一种预感,可以预见到最近的未来。"

话题是歌德的秘书爱克曼讲述他自己的梦和经历引起的。爱克曼说,他某日散步归途,忽然有预感,预感他会见到一位思念已久的人。果然几分钟后,在剧院拐角见到了那位女士,"正是十分钟前我在想象中看见她的地方。"对此,歌德的解释是,一个灵魂能对另一个灵魂发生影响,就像我们身上有磁石,"在钟情的男女中间,这种磁石特别强烈,就连距离很远,也会发生作用。"

歌德讲起他在早年在耶拿的一段经历。

他爱上一个女子,因宫廷事忙,晚上抽不出时间去见她,而白天见面容易惹起流言蜚语。坚持到第四或第五天,歌德再也忍不住,一定要去她家。到了门口,进门,上楼,听见里面人声嘈杂,只好退出,在街头乱走。这样走来走去,反复多次。最后一次,见她房里已熄灯。歌德不愿回家,继续在街上逛,碰见很多人,其中有女人,模糊似她,近看则不是。歌德说,那时他深信交感力的存在,单凭眷恋就可以吸引心爱的女人到身边。又祈求空气中"无处不在的精灵"把对方的脚步引向自己。走到大街尽头，忽然心有灵犀，觉得应当向宫殿方向回转。走出不到一百步，果然见到那位夫人正向他走来。

朱先生的注解说：此处谈到的女子，据说就是著名的夏洛蒂·冯·斯坦因夫人。关于斯坦因夫人，歌德曾有"灵魂的美丽倒影"的妙喻。

歌德此处的回忆，洋洋数页，非常详细，显见记忆多年不能磨灭。从头到尾，酷似《追忆死水年华》第二部中斯万夜访奥黛特的章节。普鲁斯特描写恋爱中的男人心神不定，在自尊、怀疑、渴望和嫉妒中纠缠挣扎，那么生动细腻的情节，灵感也许正出自歌德这里。

我对所有喜欢记梦的作家都喜欢。事实上，即使算不上伟大，这些作家也都是有情趣的。而我更愿意所有爱梦的作家都是伟大的作家。像歌德、博尔赫斯、曹雪芹、庄子和列子，还有董说。梦不一定预兆什么，梦是我们被抑制的精神释放出来了，那里面有高尚的情调也好，有胡思乱想也好，只有黑暗和恐惧也好，都是我们真实的内在。至少在梦里，人摆脱了现实中身份的限定，不带面具，洗脱油彩，回归天然。

袁枚在《随园诗话》里谈到诗歌选本的几宗弊病，比如趋炎附势、互相标榜、自我抬升。歌德在一八二四年四月十四日的谈话里说到四类反对他的人，拿来对应当今文坛，尤其是那些动不动就骂鲁迅的人，可以相映成趣。歌德总结说，第一类反对他的，是由于愚昧，根本不了解他，就乱咬一气。这类人虽然讨厌，但可以原谅，因为他们不知道自己的所作所为的意义。第二类，是由于嫉妒，不忿别人获得的幸运和尊荣，一心想把别人整垮。第三类，因为自己写作不成功，也成了作者的对头。这些人很有才能，觉得自己不成功是因为被歌德压住了，所以恨他。最后一类，他们的反对是有理由的，因为人都有毛病和弱点，在作品中会流露出来。歌德说，问题是，有些毛病我早已改正了，可是他们还在指责："这些好人绝对伤害不到我，因为我已远走高飞了，他们还在那里向我射击。"

歌德是古今中外的大作家里罕有的幸运儿，他一辈子生活优裕，写作、恋爱、游览、考察、研究，早年成名，又得高寿，民众热爱他，同行尊敬他，王公贵族给他极大的荣誉，而他也确实不负众望。单只一部《浮士德》，足以不朽。

中国作家中，生前文名就至高无上，第一要算苏东坡，然而苏东坡在政治上却一生坎坷，屡受迫害。他只活了六十一岁。其次是鲁迅，只活了五十五岁。

安闲舒适的生活，使歌德养成雍容大度的平和。中国古代的诗论家常以仰慕的口气论及某些身为大官僚诗人之作的这种风格，然而中国的伟大作家中，少有人能享受歌德的幸运。就连梁武帝，一个酷爱文学，笃信释教，又做了几十年天子的人，八十多岁遭侯景之乱，竟然饿死台城。

歌德在谈到文学与现实的关系时说："一般说来，我总是先对描绘我的内心世界感到喜悦，然后才认识到外在世界。但是，到了我在实际生活中发现世界确实就像我原来所想象的，我就不免生厌，再没有兴致去描绘它了。我可以说，如果我要等到认识了世界才去描绘它，我的描绘就会变成开玩笑了。"

世界上有多少人曾经一辈子无忧无虑，随心所欲过呢？几乎没有。假如有，那就是歌德吧。"世界就是如我所想象的"，这样的话，本该出自上帝之口。

二〇一〇年十一月十四日

# 不存在的贝克特

这回读《射雕英雄传》,正读到第十七回,老顽童周伯通逼着郭靖和他结拜兄弟,然后问他上桃花岛的前因后果。郭靖讲罢,周伯通要给他细说九阴真经的来历,说道:"刚才你说了一个很好听的故事给我听——"郭靖不同意:"我说的都是真事,不是故事。"周伯通说:"那有什么分别?只要好听就是了。"

金庸不喜欢循规蹈矩的所谓名门正派人士,常在小说里明嘲暗讽。射雕里的四大高手,或正或邪,或洒脱或豪迈,最后的境界都到不了周伯通那么高。中国民间传说中的高人异士,非疯即癫。李贽发明童心说,后来行为亦近似。周伯通正是这条线上的人物。痴人疯话,沙中有金。金子是一等一的赤金,但你不能把满河滩的沙子一并搂回家去了。周伯通说,是真事还是故事并不打紧,重要的是好听。以好听为价值标准,真实与虚构便消失了分别。这和说人生如梦,人生如戏的道理是一样的。博尔赫斯一辈子信奉现实即虚构，周伯通的想法与之暗合。

但博尔赫斯的出发点和周伯通不同。博尔赫斯说现实与虚构无异，那是因为我们没办法区分现实与虚构。事情正在发生的时候，它确实是发生着的。一旦过去，它便成了记忆，或一段文字。记忆对于自己，暂时不妨确定无疑。对于他人，则是另一回事，因为我们无从断定他人的讲述或纪录的真实性。

从纯粹时间的角度来看，所谓现在其实是不存在的。现在只是一道没有宽度的线，一边是过去，一边是将来。因此，人类累积的行为，在博尔赫斯看来，不过是图书馆里一架架的书册而已。这些书，有的标明了虚构，如小说和幻想故事；有的被认为是客观的记载，如史书和各种回忆录。可是，故事里不妨有真事的影子，史书里也尽有鬼话。博尔赫斯说，我们如何有能力善加辨别，如何把虚构和现实截然分开？通过逻辑分析，通过不同来源的记述的对比，固然可以更加接近真相，但接近的过程是无限的，因此永远没有抵达。

侦探小说家宣称：严肃的侦探小说决非简单的娱乐，它的哲学意义是对真相的探讨。也就是说，在纷纭混乱的现象中，找出隐藏其后的那个最单纯的真实。就像一道数学题，无论题目多么炫人眼目，演绎和推理的过程多么复杂，最后的结果总是一个简单的数。

优秀的侦探小说让我们看到，一件事情的真相是如何被掩盖的：它来自犯罪者精心编织的谎言，来自周边人物为了保护个人隐私的隐瞒，来自普通人记忆的错误，这些错误并非都是遗忘造成的，而是由于人的种种偏见和自以为是的性格。最后，还有更重要的：过去发生的事，我们看到了结果，看不到过程，事情的过程无法还原，也无从证实。

从另一方面来看，很多被怀疑的人不得不面对一个困境：他们不能证明自己的无辜。比如一个人独自在家，连续两天，足不出户，读书，写字，睡觉。如果被牵涉到一件谋杀案中，他怎么证明自己没有出门到不远的小公园，趁着夜色杀死了一个曾经伤害过他的人？侦探小说为了故事圆满，靠着侦探的耐心，总能找到一个偶然的目击者，或无意留下的痕迹，而在现实中，这样的好运气百不一遇。假象被公众经过认真的思考分析而接受，在历史上和真相被接受的概率差不多。唯此之故，煽动和造谣才能成为政治利器，翻案和寻找真相才能成为一个学术行当。

现在再说记忆。记忆可靠吗？不见得。虽有小误而基本可靠，不至于影响正常的生活，这就够了。人类进化，各种功能的设定，从不求全求备，只要大致可用。这种"和稀泥"、"差不多"的模糊主义和糊涂哲学，好处在节约，免得因为追求余下百分之几的精确而成倍地添加器官结构。

我写日记没有规律，有时东扯西拉，能写逾千字，有时几天不着一字。遇上有事分心，十天半月想不起来，过后觉得必补，一些事要记流水账，挨着日子排下来。排到眼前或某个特别的日子，忽然发现对不上了，赶紧从头重排。那些虽未发现有误的，相信也有不少错记。事过一月两月犹如此，事过多年又如何？

记错，这还是小问题，更大的问题是无中生有，把未曾发生的事当作发生过的事留在记忆里了。心理学家早已发现，人的记忆里保存的，很有一些不是事实，只是我们的幻想，尤其是渴望和恐惧。此外，还有一些事，情感刺激太强烈，或者有违政治和道德情境，我们出于自我保护的本能，会暗中将其修改，而且这种修改是不断进行的，即使我们在特定情境中想起来了，想起的不一定是原本，而是较早的修改本。

三年前发生了这样一件事。夏天回国，买了两套湖南文艺出版社的《贝克特选集》，四册。一套自己留着，一套是给朋友买的。后来出了第五册，朋友托人买了从国内寄来，我没有。这套贝克特，小开本，封面设计不变，每册颜色不同。书上没说全套共有多少册，我们只能等着它出齐。

过些日子，我得到消息，给朋友打电话，告诉他第六册已经出版。他闻讯大喜,立即和国内联系,托人代买,结果到处都找不到这一册。朋友回头问我,消息是从哪里来的。我告诉他,确切无误,是我亲眼看见的。与前四册相比,更厚,而且颜色不一样。

朋友知道我爱书,而且属于"比较靠谱"的一类,不会信口胡侃,于是再和国内通话,嘱咐他们一定找到。

这一次,国内的亲友从网上查找,一直找到出版社的网站,证实根本没有出第六册。全套选集,就只五册。

这是怎么回事呢?我不信,去网上搜,结果是同样的。

朋友猜想是我看错了。所谓第六册,也许就是先前的某一册。可我对书的记忆特别好,颜色不同,厚度不同,其中的篇目也不同,怎么会错?何况抚摸书的软封面时的感觉,书店的噪声,当时的心情(前四册浑浑噩噩一直没读完,先不急着买),仿佛就在昨天,怎么会错?

涉及书,有些神秘故事自是难免。在那之前不久,图书馆买了一本奥斯特的《布鲁克林的荒唐事》,译者陈安是老朋友了,图书馆的同事也有认识他的。奥斯特学博尔赫斯,故事恍幻离奇,又套了一层侦探小说的壳子,以纽约为背景,陈安的文笔漂亮又流畅。我第一个借出,一气读完。还掉,推荐给其他朋友。他们去找,书不见了。查电脑记录,确实已归还,然而它再没回到架子上。总馆所在地中国人不多,翻译小说不算抢手,丢书的事很少。管理员不甘心,找了很久,最后只得另买一本。

我给朋友打电话,顺口讲了此事,朋友哈哈大笑,说:奥斯特的书发生这种事,那就再正常不过。

一段时间里,我们老是说起贝克特第六册。书他当然不去找了,但弄不明白的是,我"看到"那本书究竟是怎么回事。

我呢,尽力回想逛书店时的情景。这一年里,我没有回国,纽约能去的中文书店就那么几家,周末挨家去查看。没有书,也没有看到书时的场面。慢慢的,细节回忆起来了:书店四壁是书架,中间摆了长桌子,上面的书是平放的,另有一个土黄色帆布做的大深筐似的东西,里面堆满新书。这种大布筐很多商店里都有。我挤开人群,在筐里乱翻,《贝克特选集》就出现在筐里,而且不止一本,还有其他各册。

想到大筐,我终于明白了:纽约压根儿就没有一家中文书店用这种大布筐堆放新书或特价书,书店里也从来没有成堆的人抢购新书的情形。我在书店里亲手翻看《贝克特选集》第六册,只能是一个梦。

梦和现实交汇,在我是第一次。

小时候,看过一本连环画,讲有两位年轻的考古学家,继承先辈遗志,寻找一个久已湮灭的古国的遗迹。据说那位前辈深入荒山,有所发现,但在最后一次出征中神秘失踪。年轻人最终找到绝壁间的崖洞,发现了前辈的遗体和暗藏的日记，得知他是被企图劫夺考古成果的外国探险家害死的。几十年前的悬案得以破解，古国的历史也有了头绪。博尔赫斯的一篇小说《特隆、乌克巴尔、奥比斯·特蒂乌斯》则虚构了一颗星球，从它的历史、人文、地理、植物和动物，一直讲到建筑、语言，以及艺术和宗教，像是一部百科全书。

对于一个湮灭的古国，尽管它曾经真实存在，我们几乎一无所知，除了一个名字和一个大约的时代。而对于一个完全被虚构出来的世界，我们却了如指掌，关于它的知识已成为专门的学问。作者没有写出的细节，研究者不难根据书中的暗示推导出来，作者的故意留白，好事者可以即兴发挥，这样环环相生，以至无穷。博尔赫斯喜欢，同时感到惊慌的，正是虚构的这一特性。

在他的小说《蓝虎》中，神秘的黑色小圆石虽然就在掌中，却是永远数不清的。

二〇一〇年二月二十五日

## 关于叔本华的梦

做梦到书店，看平摊在长案上的新书。其中一本，黄绫般鲜艳的黄色封面，深咖啡色的题签：《叔本华著作封面封底及扉页所引名言大全》。拿起翻阅，却非普通开本，而是大画册一般，又厚又重，集录历年各种文字叔本华著作的封面封底和扉页，彩色精印，字大如蜗牛。

编者自言出版此书的初衷，说叔本华的著作向来晦涩艰深，读者畏而远之，当年他在大学开课，欲与黑格尔一较高下，结果可想而知：堂庑辉煌，变了门可罗雀，站在讲坛俯首远眺，偌大的教室，舟中人两三粒而已。待到二十和二十一世纪，叔本华的影响远远超过老黑，就连锦衣肉食的衮衮诸公，酒足饭饱之余，也要放言一通"作为意志和表象的世界"。

且说叔本华的高头讲章没人问津，影响却从何而来？何况影响那么巨大，润物无声，伐骨洗髓。编者说，秘诀就在书之封面封底和扉页所选印的那些格言名言。出版商懂得经营之道，好东西要放在显要的位置。买书的人即使忘了读，那些简短的文字总会过目一遍，一过目，就喜欢了。不买的人，在书店和图书馆随手翻一番，也等于读了。此后广泛征引，报纸杂志，广播电视，处处灌人耳目，甚至电影的片头，也会用大字推出。

所以，事实就是，作为大思想家的叔本华，他思想的精髓，在大众那里，就是那些名言格言的集合。不管书蠹们怎么抱怨它断章取义，多半是游戏文字，偏激的冲动之语，古已有之，并不新颖，更深刻的是他的整个哲学体系，而非地上散落的一些枯枝败叶，等等云云，然而确切无疑的，真正具有社会意义，改变了世界的，就是那些好听、好玩，甜蜜蜜的小玩意儿。

一册大全在手，那编者笑眯眯地（有照片为证）说，读者在欣赏不同时代、不同地区的书籍装帧设计艺术的同时，更可充分领略体现在不同时代和不同地区叔本华思想的变换多姿的风采。

我慢慢地翻看那些格言，真的好，但也有一些相当奇怪的。比如有一条说，中国白话文学的诺贝尔奖，乃在中小学课本。奖和选本是靠不住的。这后二者，既是缙绅录，又可当家谱看。看那译文，很像出自日本人的手笔。这是醒来后唯一记得的两条之一，因为和中国有关。

最后看到一条，醒了：

现在是一年的尽头的深夜，深得这夜将尽了，我的生命，至少是一部分的生命，已经耗费在写这些无聊的东西中，而我所获得的，乃是我自己的灵魂的荒凉和粗糙。但是我并不惧惮这些，也不想遮盖这些，而且实在有些爱他们了，因为这是我转辗而生活于风沙中的瘢痕。凡有自己也觉得在风沙中转辗而生活着的，会知道这意思。

我几乎要叫起来：这是鲁迅先生的话啊，我才又读过的，叔本华怎么可以这样剽窃啊！

醒后想想，这梦可能是在嘲笑自己吧。买了好几本叔本华，却一本也不曾读完。最厚的那本，还当着别人的面发豪言，半年里一定"干掉"。结果，是徒然多犯了几次困，白白扼杀了好几个良宵。

倒是鲁迅，这些天临睡前，必读上三几篇。全集的第三卷，收的正是《华盖集》、《华盖集续编》和《而已集》。上面那段文字，就出自《华盖集》的题记。在《而已集》中《魏晋风度及文章与药及酒之关系》这篇演讲中，重温了以前读过多次而没有记住的一段话：

王（弼）何（晏）二人现在我们尚能看到他们的文章。他们都是生于正始的，所以又名曰"正始名士"。但这种习惯的末流，是只会吃药，或竟假装吃药，而不会做文章。

还有：

刘勰说，"嵇康师心以遣论，阮籍使气以命诗。"这"师心"和"使气"，便是魏末晋初的文章的特色。正始名士和竹林名士的精神灭后，敢于师心使气的作家也没有了。

唉，师心，使气。

二〇〇九年十一月四日

# 百合圣母,梦与现实

在一本介绍西画的青少年读物上看到关于出生于莫拉维亚的装饰画家穆查 (Alphonse Mucha) 的一个传说:穆查有一幅画,叫做"百合圣母",画面是一大一小两个女孩。衣巾飘逸的少女双目微闭,似在幻想;左下方的小女孩明眸炯炯,直指现实。很多年了,保存这幅画的穆查的孙子,一直以为画中只有一个人物,就是百合花丛中的美少女。八十年代,此画到日本展出,日本人主动提出免费做一些维修,结果发现,画一直被左右对折着。自那以后,左边的女孩才得以展露真容。

不仅如此,那个坐在地上的小女孩,竟然长得和穆查的女儿亚洛斯娃十二岁时一模一样,而亚洛斯娃是在此画完成后四年才呱呱坠地的。难道穆查在十六年前就预见到了女儿的长相?

"百合圣母"全貌毕现,带给穆查家人很大的惊喜。穆查的儿子终于透露,当年家里空间太小,没法挂这幅画,加上他和妹妹有点不合,就私自把画对折起来了。

关于画,古今中外传奇不断,穆查的故事算不上最神奇,不过由此我想到现实和非现实的问题,理想、梦想、幻想,沉湎在诗歌、哲学、历史和音乐之中,这是一种现实的生活吗?如果我们一概用自己特定的眼光去看待一切,这是不是也是对现实的非现实化?人究竟活在哪一个世界更适意?日常事物的意义大半是我们附加的,这种对客观性的背叛正是精神生活的意义,艺术和宗教在这里殊途同归。

马蒂斯、夏加尔、蒙克、凡高、修拉、米罗、达利的画都使我愉悦,因为他们给我看另一种现实。

意大利画家乔治·奇里柯说,艺术取决于观察的视角,重要的也许不是现实本身,而是观察者和观察的方式:要使一件艺术作品真正不朽,必须完全跳出人的界域,因为通常的理智和逻辑会损害艺术。艺术的方式更接近梦和儿童的精神状态。首要的是从艺术中排除一切已经熟悉的东西。

每一物体都有两个视角:平常的视角,也就是我们日常的看法,大众的看法;另一种是精灵式的,形而上的视角,只有少数人在洞明的境界和形而上的抽象里看到。

作品必须表述出不在其外表的形象里展现的某些东西,被表现的事物和形体,必须同时是诗意的叙述远离着它们和它们的物质形式对我们隐藏的东西。

我想,没必要夸大梦的神秘,但在梦里,由于明确的非功利性,思维摆脱了一切现实的羁绊,得以进入自由随意的状态。

《列子》的《周穆王》篇专门探讨现实和非现实的关系,借助的媒介是一位来自西方的幻术师,所谓"西极化人"。他带领周穆王神游了纯粹虚构的世界,使得周王对身边已经极尽奢华的世界产生了厌倦和轻视。西极化人引导穆王体验非现实世界,借助的手段其实就是艺术。他把这个过程叫做"默存"。

游走在现实和非现实之间的人,列子讲了三个国家,以说明经过高度概念化的三种状态:

其一叫做古莽之国,在西极之南,那里阴阳之气不交,故无冬夏,日月之光不照,故无昼夜。那里的人不吃不穿,主要的事是睡觉,五十天才醒来一次。因此,他们以梦中所为为事实,醒来所见为虚幻。

其二是中央之国,季节分明,昼夜交替,人们每天一醒一睡,以醒时的作为为实,梦中所见为虚。

其三是阜落之国,在东极之北,气候炎热,太阳不分日夜地照耀,土地不生庄稼。人民性格强悍,整天在外奔走,经常醒而不眠。

在三个不同的国家里,对现实和非现实的理解是完全不同的。

郑人蕉鹿的故事,比我们原先以为的更复杂。

樵夫打死一只鹿,藏在山中,覆以柴草。但他很快忘记了藏鹿的地方,找不到鹿,便以为自己不过是做了一个梦。他一路自言自语,旁人听见,按照他所说的,找到了那只鹿。回家告诉妻子,妻子笑话他,说他白日做梦。

樵夫回家,夜里做梦,梦到了藏鹿的地方,也梦到了那个取走他的鹿的人。次日一早,上门索讨,争执不下。官司打到士师那里。士师说,你们两个都是糊涂虫,分不清做梦和真实。现在既然确实有鹿,你们各得一半。

故事传到国君那里,国君觉得可笑:大家全都在做梦,糊涂的不仅是樵夫和得鹿人,士师断案分鹿,怕也是在梦中吧。国相劝国君:梦与不梦,除非黄帝和孔子,我们普通人是没能力分辨的。既然如此,士师已作决断,何必再去追究其是非呢。

那么,清醒是否一定更好呢?列子又讲了阳里华子和秦人逢氏之子的故事。

阳里华子得了健忘症,"今不识先,后不识今";逢氏之子患了"迷罔之疾","闻歌以为哭,视白以为黑"。

华子的病经家人的不懈努力,终于治愈,但醒过来的华子却大为震怒,他说,从前忘事,"荡荡然不觉天地之有无",现在突然记起往事,"数十年来存亡,得失,哀乐,好恶,扰扰万绪起矣。吾恐将来之存亡,得失,哀乐,好恶之乱吾心如此也。须臾之忘,可复得乎?"

逢家父亲在去鲁国求医的途中遇到老子,给他描述了儿子的病情。老子说,你不能说你儿子一定就是精神错乱,因为关于是非利害,并无客观标准。假如天下人都像你儿子一样,那么你就是精神错乱了。

每个人都生活在现实中,就像鱼不能离开水。因此,说一个艺术家脱离现实,这是天下最荒谬的事。一个艺术家即使只描写他自己,只描写他内心极端个人化的臆想,他仍是现实主义的,因为他本身就是现实的一部分。

博尔赫斯在《吉诃德的部分魔术》中说:

> 同别的古典作品相比,《堂吉诃德》是现实主义的,但它的现实主义和十九世纪的现实主义有本质上的区别。康拉德说他在作品中摈弃了超自然的东西,因为承认它等于否认日常的事物没有奇妙之处。我不知道塞万提斯是否也有那种直觉,但知道吉诃德这个人物使他把一个平凡真实的世界同一个诗意的想象的世界加以对照。康拉德和亨利·詹姆斯把现实生活写成小说,因为他们认为现实生活富有诗意,塞万提斯却认为现实和诗意是互相矛盾的。塞万提斯为我们创

造了十七世纪的西班牙诗歌,但自己并不觉得那个世纪和当时的西班牙有什么诗意。

现实和诗意(暂且借用这个意义过于褊狭的词)还有一个谁更真实的问题。博尔赫斯喜爱的哲学家克罗齐,有一句清晰,简洁,但很有说服力的论断:精神是唯一的实在。

在《关于现实》一文中,博尔赫斯专门论述了古典作家的现实观。他说,古典作家的现实观可以归纳为三种:

最简单的一种,是提供重要事物的信息;作者把组织象征游戏的机会交给了我们,也把阐释的机会留给了我们。他们提供的大量信息所包含的经验、反应和感受使人盼望得到一个最后的结论,但却难于得出结论。确切地说,他们描写的并非现实的初级感觉,而是经过加工的概念化的现实。

第二种方法是想象一种复杂程度出乎读者意料的现实并交代其前因后果。

第三者方法最有效,同时也最不容易运用:虚构和营造氛围。

博尔赫斯说,观测和关注本身就有很大的选择性。我们的意识所表现的任何关注,都意味着某种取舍:放弃不感兴趣的事物。

至于博尔赫斯自己,他笔下的现实来自书本,而不是实际生活。那是高度概念化了，按照作者的兴趣加以选择，并不可避免地有所想象和虚构了的现实。正是因为这样，在博尔赫斯那里，人类历史的空间和时间量度都被他压缩到可以把握的规模，如他自己所描写的，在一个点上体现出无限。

至于我，我只要像列子所说的那样，解决所有哲学问题，只需一个梦。默存。

二〇〇九年九月五日

# 儿子和侦探小说

纽约的斯蒂文森高中（Stuyvesant High School），是美国公立高中里的名校。国内的翻译材料中，有一些夸张的介绍。近年来，亚裔学生已经占了学生总数的约百分之七十，其中绝大多数是华裔。名校当然有名校的特点，比如学生团体和俱乐部特别多，课程选择相对自由，虽然分数依然是学生的命根子，但它确实极为重视学生的自主能力和参加社会活动的能力。至于课程，斯蒂文森高中了不起的地方，在于学生可以选课，当然限于某些类别。如文学，可以选欧洲文学或美国文学；历史，可以选世界史或美国史、欧洲史。所以，同班同学的概念也淡漠了：这一门课是同学，下一门未必是。

十一年级，相当于中国的高二，本是申请大学最关键的一年，儿子的英文课，却选了一门侦探小说。听起来，很有不知轻重缓急的感觉。不过这是他喜欢的事，别人奈何不得。我父亲是个侦探小说迷，跟着他，我迷上。儿子的沉入,说不定又是受我的影响。

刚到纽约,补习英文,我的阅读基本上是通俗小说,其中侦探小说最多。到儿子能看书的时候,手上的英文书经过处理,没剩多少了。有一本廉价版的《福尔摩斯探案集》,是照当初发表时的 *Strand* 杂志排印的,插图特别精美。他一读就喜欢上,从小学到高中,不知读了多少遍。如果不是硬面精装,那书肯定散了架子。后来他要看别的,我就把雷蒙·钱德勒推荐给他。他读完家里的几种,意犹未尽,去图书馆找来钱德勒作品集,把他的长篇全部读完。《漫长的告别》他读得遍数最多,书里的一些俏皮话能背下来。有一次写作文,我看到他引用老钱的名言:每一次告别都是死亡一点点(To say goodbye is to die a little)。我看后大笑,因为老钱风流潇洒,一向不伤感,反讽才是他最拿手的,尤其是不无爱意地挖苦上流或半上流社会的漂亮女人时。而这句话,太小资了。

由钱德勒,很自然地延伸到达希尔·哈梅特。同是"硬汉派"(Hardboiled),又同在好莱坞混,哈梅特的风格与钱德勒相似,但语言不如钱德勒精彩。儿子对语言,还领会不到哪里去。这一代在网络上长大的孩子,喜欢刺激,喜欢傻乐,语言要简单,同时调料要足,每一口都要吃得长吁短叹。钱德勒无意中提前迎合了他们的口味。哈梅特的名作《瘦子》,便不如《漫长的告别》吃香。后来我推荐欧洲的作品,非英语国家的他看不了,乔治·西默农和迪伦马特只好坐冷板凳。而英国的女将们，P.D.詹姆斯的国土风光旖旎，可惜长路艰涩，他坚持不到终点。桃乐丝·塞耶斯，我不太喜欢。结果，他只接受了阿加沙·克里斯蒂。往回读，有爱伦坡，还有柯林斯。柯林斯的两本书，《月光宝石》和《白衣女人》，他觉得不错，但不能再读。我猜想，作为侦探小说，柯林斯因为早，还不够纯粹，尤其是《白衣女人》，基本上还是稀释版的哥特小说。

上侦探小说阅读课，我也能从他那里得到一些信息。他的老师和我大致同龄，趣味相似，但阅读的范围则差别很大。老师读的，以美国小说为主，介绍给学生很多并不出名的作家，其中不少人只写了一本或不多的几本书，然而只挑一本书，质量极高，和名家相比而毫不逊色。我的阅读，依赖于翻译，基本上是被别人牵着鼻子走。论作家，面比较窄。论国别，则五花八门。中国人好"名著"，什么都讲究"名著"。一个名家，连最烂的作品都有不止一个人译。而那些非名家的精彩绝伦之作，甚难一见。

说口味近似，因为都更喜欢早期的作品。从上世纪三十年代到六十年代。除了故事，还有气氛和情调，还有趣味。另外，不那么血腥和怪异。当代的侦探小说，最突出的进步是技术细节的逼真和细致。情节曲折到无以复加的程度，因此能一直保持阅读时的张力。比如眼下很流行的杰夫里·迪弗。问题在哪儿呢？就是再也没有叙事时的亲切从容，没有那种体现高尚审美趣味的节制。一切服务于情节，没有闲笔，没有机智和幽默。过去的侦探小说有意把人物性格写得特别鲜明，而且始终不变，这是使读者认同和痴迷的简单有效的一招。后起的侦探小说作家当然不会忽视这一点，但他们做过头了。他们把侦探形象的设定当成技术手段，就像设计迷局一样，因此是程式化的，很难再带给读者乐趣。对比一下迪弗和早年的罗伯特·拉德兰（Robert Ludlum）是很有意思的。拉德兰的"伯恩"（Bourne）系列几年前拍成电影三部曲，由马特·戴蒙主演。电影如小说一样精彩。拉德兰非常细腻，细节精确到几乎让人觉得琐碎了，但始终有悬念牵引着。同是细，同是情节紧张，环环相扣，拉德兰舒缓，迪弗急速。这就是两个时代的差别，生活节奏的变化。老师和我，更愿意在紧张得喘不过气的同时，仍然保持着某种从容，某种没落贵族回光返照式的不慌不忙。在这样的环境中，儿子的侦探小说口味，有着和他年龄不相称的老派。

学校附近有一家专卖侦探及悬疑小说的书店，老板是此道中人，因爱好而开了这么一家书店。店里卖书，卖杂志，自然，也卖影碟。老师带学生去参观过，顺便，请老板开了一次讲座，谈他对侦探小说的认识。

我想更多知道老师和书店老板有关侦探小说的任何只言片语，但儿子不耐烦给我重复，只列举了一些作家和书名，无非是谁谁好，谁谁不好。有个叫厄尔·斯坦利·加德纳的，除了大名鼎鼎的梅森律师系列，还以A. A. Fair的笔名，写了一个胖女人和小个瘦男人奇怪搭配的"妙探系列"（*Bertha Cool and Donald Lam*，台湾译名）。这个系列，老师不屑一提，书店老板提到了。"妙探系列"二十九种，我全部看完，有几种，还不止一遍，觉得非常好玩。儿子想找这套书，英文本绝版多年，图书馆居然找不到一册。说明在美国，快被人遗忘了。我没读过原文的，但台湾周辛南医师的翻译，流畅幽默，难道译文和原文，会有那么大的差别。否则，梅森探案畅行不衰，小个子赖唐诺为什么难登大雅之堂？作为侦探小说，太简单？太像漫画故事？错配的幽默不够正统？

老师不仅开列书单，还借给学生杂志，如《埃勒里·奎恩侦探小说杂志》。在儿子手里见到，大觉惊奇，以为早就是古董了呢？类似的杂志，以前有《希区柯克侦探小说杂志》（*Alfred Hitchcock's Mystery Magazine*），两岸翻译出版了多种多册其中的短篇小说选集，很多版本标明，或者没标明而给人的印象是，这些都是希区柯克写的。错远了。

还有电影。老电影的光碟，儿子得求我帮他找，我因此知道得详细些。这里有一份书店老板和老师心目中的十大最佳侦探或悬疑电影名单：

书店老板的：
《第三个人》（*The third man*）
《马尔他黑鹰》（*The Maltese falcon*）

《唐人街》（*Chinatown*）

《教父》（*The godfather*）

《教父Ⅱ》（*The godfather* Ⅱ）

《劳拉》（*Laura*）

《瘦子》（*The thin man*）

《漩涡之外》（*Out of the past*）

《白热》（*White heat*）

《法国通道》（*The French connection*）

老师的：

《瘦子》（*The thin man*）

《马尔他黑鹰》（*The Maltese falcon*）

《长眠不醒》（*The big sleep*）

《疑影》（*Shadow of doubt*）

《猎手之夜》（*The night of hunter*）

《交火》（*Crossfire*）

《恐怖部》（*The ministry of fear*）

《谋杀的剖析》（*Anatomy of a murder*）

《满洲候选人》（*The Manchurian candidate*）

《谋杀，亲爱的》（*Murder, my sweet*）

两份单子，相同的只有两部。书店老板所选，严格地说，有些并不属于侦探电影的范围，如《教父》。老师的选择比较专业。但书店老板所列而老师遗漏的《劳拉》和

《唐人街》，实在是很经典的作品。但我明白老师的用心，现当代的作品，他尽量不选。太黑暗，太暴力。也许他自己不喜欢，也许他觉得不适合给孩子看。《唐人街》就是如此。再往后，一九九七年的《洛城机密》（*L.A.confidential*），也是好评如潮的。开场不久，有一组室内尸体横陈的镜头，满地满墙的血。本想推荐给儿子的，看了这组镜头，我说，你别看了，太血腥了。儿子倒好，只要告诉他太血腥太暴力，他绝对不看。不喜欢，也害怕。他喜欢温情脉脉，不露声色。就像我，爱看黑白电影，绅士和淑女，衣冠楚楚，哪怕故事假得没边。

我推荐儿子看弗里茨·朗的《凶手》（*M*），并没当作侦探电影。因为这是电影史上的杰作，思想深度非寻常电影可比，更别说把它局限于侦探电影这个较小的范围了。比较两份目录时，我说，奇怪，没人选《凶手》。儿子说，不标准。确实，案子是群众破的，探长罗曼起的作用有限。而且他起的作用，主要不是在抓获凶手，而是逮住了那群忘记了自己的角色，要为社会行正义的黑帮分子。不过儿子说，在看过的所有侦探电影，包括更宽泛的悬疑以及惊险电影中，他觉得最好的就是《凶手》。不仅情节好，而且太幽默了。连古典音乐爱好者也会高兴的：皮特·劳瑞扮演的那位儿童杀手，最爱哼哼的曲子，是格里格《培尔·金特组曲》里的一段，"在山魔王的宫殿里"。后来，一位盲人就是根据这段曲子辨认出凶手的。这部片子，我们都看过三四次，将来肯定还会看。

期末成绩出来，儿子得了八十八分，很糟糕的成绩。我觉得奇怪，自己喜欢的课，怎么会这样。儿子说，他在课堂上很少发言。发言，占总成绩的四分之一。我问他，为什么不参加讨论。他说，他觉得大家的发言多半没意思。为什么？Too obvious, too stupid（太浅显，无聊）。是真话还是狡辩，我不知道。但有一点，我说，你得记住了，不管怎么看别人，你得表达自己。否则，老师觉得，你恐怕连Too obvious too stupid的看法都没有。另外，不要评判别人，你还没有那个资格。

再回到新旧侦探小说的对比上来。

侦探小说的精彩不在于凶杀场面有多血腥，也不在于犯罪者有多变态。这些都可以一笔带过。希区柯克的《惊魂记》，有人说，浴室一幕太过分了，没必要。女士看了，夜晚不敢进浴室。其实，就是一张惊恐的脸的特写，几声尖叫，墙上挥刀的影子，加上血——黑白的——*丝丝缕缕汩汩流进下水口*。那是在六十年代。放在今天，是超纯真版。十九世纪，舞会上的女人听见一桩凶杀案，会当场晕过去（当然，还有腰肢勒得太紧的原因）。上世纪三十年代，克拉克·盖博在银幕上光了下膀子，女观众发出尖叫，事后还有人抗议。放在今天，算什么事？中国的情形我不太清楚了，美国的观众神经足有十三陵的楠木柱子粗。他们爱看血肉横飞，爱看呕吐物喷溅流淌，爱看各种刑具折磨人。屠宰场的场景在恐怖片里特别多，刀子不过瘾，还要铁钩，还要锥子，还要手术刀，还要电锯。

相比之下，过去的侦探片甚至可以拍得抒情优美，比如《猎手之夜》。希区柯克的《捉贼记》简直像琼瑶片一样甜蜜。希区柯克一直保持幽默，这是为了娱乐。大概他觉得，对于一个奇妙的、难以理喻的世界，再没有把一个无辜者、一个普通人、局外人，置身于间谍、阴谋和杀机四伏的情境中更能昭示生活的真相了。无辜者这种不无"轻快"的"受难"，靠巧合破解危机，最终总能得到酬报——忙碌太甚或运气欠佳的男单身汉赢得美女的芳心。《北西北》成为美国人最喜爱的希区柯克片，不是没有道理的。儿子的老师不很喜欢希区柯克，他选的更多的是所谓的"黑色电影"，悲观愤世，充满批判精神。

在我看来，上世纪三四十年代不像是一个愤世嫉俗的年代，二战前后的压抑气氛里，似乎还有着希望，因为堕落也是有限度的——也许仅仅是因为技术的原因。那时的批判者想不到今天是什么样子，而今天，还是拜技术之赐，我们不再有"黑色电影"了，电影早已五彩缤纷，而且宽银幕，而且立体，连恐怖也是彩色的。

侦探小说里的死亡，代表着他人的堕落。黑色电影里的死亡，是对虚伪社会秩序的一种文质彬彬的颠覆。

二〇一一年四月十一日